Hadas de Sueños e Invierno

TIFFANY CALLIGARIS

HADAS DE SUEÑOS E INVIERNO

Argentina – Chile – Colombia – España
Estados Unidos – México – Perú – Uruguay

1.ª edición: junio 2022

ISBN: 978-84-17854-50-8
E-ISBN: 978-84-19029-78-2
Depósito legal: B-4.889-2022

Fotocomposición: Ediciones Urano, S.A.U.

Impreso por: Rodesa, S.A. – Polígono Industrial San Miguel
Parcelas E7-E8 – 31132 Villatuerta (Navarra)

Impreso en España – *Printed in Spain*

A los soñadores que seguimos buscando un barco pirata
entre las nubes.

PARTE I

LA SONRISA
DEL HADA

LA LLEGADA DEL INVIERNO

L a pequeña bailarina giraba al igual que un copo de nieve atrapado en una espiral de viento. Su reflejo se movía al mismo
tiempo en la pared espejada, danzando con un maillot blanco. Recordaba haber bailado los mismos pasos cuando estaba en la clase
intermedia e interpreté a Clara Stahlbaum en *El cascanueces.*

Era un ballet puramente festivo; lleno de colores, sueños infantiles, dulces y escenarios que traían felicidad.

Estaba sentada junto al resto de mis compañeros en los bordes
del salón que pertenecía a la academia de danza de Nina Klassen.
Meses atrás habíamos hecho una producción de *El lago de los cisnes*

en la que obtuve los papeles de Odette y Odile. Pensar en ello me llenaba de nostalgia, me transportaba a un mundo secreto en el que la trama del ballet se había vuelto real y había conocido a las personas más maravillosas: conjuradores, un hada del bosque, príncipes y princesas.

Las notas del piano escalaron a una melodía precipitada que me hizo querer bailar. A mi lado, mi mejor amiga Sumi tamborileó los dedos sobre sus zapatillas de ballet consumida por el mismo impulso.

—Madelaine está encantadora como Clara, con su recogido de rizos rubios y esos enormes ojos inocentes —me susurró—. Imagina cuando baile con su disfraz: el vestidito blanco, el lazo en el pelo bajo la luz de los reflectores...

—Estará preciosa —asentí.

Madelaine Clement tenía diez años y estaba en la clase intermedia, mientras que Sumi y yo teníamos trece y asistíamos a la clase avanzada. Desde que había comenzado en la academia de niña, la llegada del invierno siempre significaba la vuelta de *El cascanueces*. Era un clásico.

Antes era uno de los ballets que más me gustaba, pero desde que habíamos comenzado con los ensayos sentía un nudo constante en el estómago.

Este año era distinto, no solo tendría a mi familia en el público, sino que habría representantes de la Royal Ballet School de Londres. La prestigiosa escuela de ballet a la que solicitaría una audición. Estudiar allí era el sueño de todos los que aspirábamos a convertirnos en bailarines profesionales. Tener un lugar en los escenarios de las grandes ciudades.

Muchas niñas de mi edad no sabían lo que querían ser de mayores, pero yo lo había descubierto cuando había interpretado a Clara en mi tercera producción de *El cascanueces*. Quería bailar.

Era una necesidad que se volcaba fuera de mi corazón cada vez que oía notas musicales.

—¡Muy bien, Madelaine! —dijo Nina Klassen—. Recuerda no agachar la mirada al final. Y no aflojes los brazos, mantenlos ahí hasta salir de escena.

Nuestra instructora se hizo visible al frente. Llevaba el pelo recogido en aquel moño impecable que todas las chicas tratábamos de imitar. Solíamos bromear con que ni siquiera un tornado lograría soltarlo. Llevaba un largo jersey beis que abrazaba su figura de bailarina clásica.

—He colocado un cronograma con todos los horarios de los nuevos ensayos en el pasillo. Haremos dos funciones, al igual que hicimos con *El lago de los cisnes*. Alexina Belle y Poppy Hadley, nuestras Hadas de Azúcar, tendrán prioridad para usar la sala en los fines de semana.

Miré a la chica alta que estaba estirando por su cuenta en un rincón apartado. Gabrielle Poppy Hadley era una de las mejores bailarinas de mi clase. No solo tenía la altura y el porte perfectos para ser una bailarina, sino que tenía mucho talento y era la persona más autoexigente que conocía. Era bastante reservada. En las semanas siguientes a la representación de *El lago de los cisnes* nos habíamos conocido un poco mejor, pero cuando empezamos con los ensayos para *El cascanueces*, Poppy se aisló de nuevo, enfocando toda su energía en ello.

—David Levis, nuestro Cascanueces, y Wes Mensah, el Caballero de Azúcar, también tienen prioridad para usar el estudio —continuó Nina Klassen.

Me incliné hacia adelante para poder ver al chico que estaba sentado del otro lado de Sumi y le dediqué una sonrisa. Wes era mi pareja de baile, el caballero de mi Hada de Azúcar. Nuestro *pas de deux*, la danza que bailábamos juntos, era una de las piezas más famosas del ballet.

Wes estiró la palma de la mano hacia mí para chocar los cinco.

—Ana Fiorentino es Chocolate, Mia Adele es Té, Nola Preston es Café y Samantha Kwan es Bastón de Caramelo.

Llevé la mano al hombro de Sumi y le di un apretón orgulloso. Bastón de Caramelo era uno de los solos del ballet en los que tendría la oportunidad de lucirse.

—Eso es todo por hoy. Nos vemos mañana —la señora Nina levantó la vista de la libreta que tenía en su mano—. Alex, Poppy, acercaos, por favor.

Sumi me susurró que me esperaría afuera y se puso de pie para ir al vestuario. Durante el otoño salimos de clase con una chaqueta sobre el maillot y con calentadores. Pero estaba comenzando a hacer frío, lo que significaba que debíamos cambiarnos.

—Sé que haréis un maravilloso trabajo al darle vida al Hada de Azúcar; vuestras audiciones fueron estupendas, pero tenéis mucho trabajo por delante. Ninguna de las dos ha logrado el nivel que debe tener para el estreno —dijo Nina—. Me gustaría que el sábado vinierais una hora más temprano. Trabajaremos en los solos antes de practicar el *pas de deux* con Wes.

—Sí, señora Nina.

Poppy y yo respondimos al unísono. El nudo en mi estómago me dio un pequeño tirón. Tenía que mejorar. Practicar y practicar hasta convertirme en el Hada de Azúcar.

● ● ●

Al llegar a casa, mi gran perro me recibió parado junto a la puerta como hacía todos los días. Sus enormes patas se apoyaron sobre mis hombros, mientras se tomaba su tiempo para lamerme el rostro. Toby siempre me hacía sonreír. Incluso en los días en los que sentía una nube de tormenta sobre mi cabeza. Era una mezcla de boyero de Berna con alguna otra raza. Tenía la estatura de un poni y el pelaje denso de un oso.

Busqué dentro de mi bolso y saqué la mitad de la galletita que había comprado volviendo de la escuela. Toby se sentó de manera obediente y sus ojos color miel brillaron alegres.

—Aquí tienes, muchacho.

Se la comió tan rápido que me hizo sentir culpable por no haber traído la galleta entera. Una vez en mi habitación, dejé caer el bolso a un lado de la puerta, encendí las lucecitas led que bordeaban las paredes, y me tumbé sobre el mullido edredón violeta. Tenía los pies entumecidos de dolor, lo cual era normal cuando uno hacía danza clásica. Tendría que ponerlos en una cubeta con agua fría y hielo.

Abracé la almohada, llevando la mirada a la hermosa figura de cristal en mi mesita de noche. Una osa que tenía una corona de flores en la cabeza: la osa Mela. Pensé en el mágico joven de pelo dorado que me la había regalado. Un Conjurador llamado Glorian que vivía en una tierra secreta donde la nieve no era fría y había hadas del bosque. Sabía que sonaba a un lugar que solo podía existir en las páginas de un cuento, pero era real; dos meses atrás lo había encontrado por accidente cuando me caí en el lago del parque y me hundí hasta el fondo.

El reino de Lussel.

Allí había vivido grandes aventuras: había viajado con una familia de Conjuradores, había conocido a un príncipe, había jugado a un juego llamado Destruye el Fuerte, había encontrado a una princesa encantada atrapada en la forma de un cisne, me había enfrentado a una jauría de lobos con una espada de cristal y me había escabullido dentro de la casa de una bruja.

De no haber sido por la estatuilla de cristal y el vestido azul en el último cajón de en mi armario, hubiera comenzado a dudar de si lo había soñado.

En Lussel no había sido Alexina Belle, sino Alex de Bristol. Me habían bautizado así ya que vivía en una ciudad llamada Bristol, en Inglaterra. No era tan glamurosa como Londres, pero era pintoresca.

Estiré la mano sobre el edredón en busca de Harry/Kristoff, el oso de peluche que vivía entre mis almohadones, solo para recordar que ya no estaba. Lo había ocultado en el armario.

—¡Alex! ¡Alex! ¡Aleeeex!

Mi hermana pequeña repitió mi nombre en un canto desafinado, dando saltitos al entrar. Olivia tenía ocho años. Dio un giro completo frente a la cama, haciendo ondular su camisón amarillo, y me miró expectante.

—¿Qué te parece? —preguntó.

—¿Qué me parece qué?

—Mi peinado. —Indicó la trenza de pelo castaño que le caía sobre el hombro—. ¿Te gusta?

—Sí...

Era solo una trenza, suponía que estaba bien.

—No suenas convencida —respondió—. ¿Crees que deba atarle un lazo al final?

—Puede ser.

—No estás siendo de mucha ayuda —se quejó Olivia cruzándose de brazos.

—Porque tengo otras cosas en qué pensar.

—¿Cosas como qué? —me retó.

—Necesito pensar en cómo ser el Hada de Azúcar perfecta para impresionar a los representantes de la Royal Ballet School de Londres. Solo quedan dos semanas para el estreno.

Mi mirada fue hacia el armario por sí sola. *Y en cómo nunca voy a tener mi primer beso con Harry Bentley*, agregó la vocecita en mi cabeza.

—Pensar y pensar no te va a convertir en una mejor bailarina —dijo Olivia sacándome la lengua.

Tomé uno de los cojines y se lo arrojé.

—¡Fuera de mi habitación!

Olivia lo atrapó y me lo tiró de vuelta.

—¡Primero dime qué piensas de la trenza! Estoy intentando encontrar un peinado que me identifique.

—¿Por qué? —pregunté.

—Me he dado cuenta de que todos mis personajes favoritos tienen un peinado característico: Anna de *Frozen* tiene dos trenzas. Rapunzel tiene el pelo tan largo que le llega hasta los pies. Tiana de *Tiana y el sapo* siempre lo lleva recogido. Quiero encontrar el mío.

Una risita se escapó de mis labios.

—Todos esos personajes son dibujos animados, Oli.

—Dibujos con un estilo propio —insistió.

—Me gusta la trenza. Aunque deberías probar más estilos antes de decidirte por uno.

Olivia asintió y se marchó hacia la puerta dando saltitos de nuevo. Ojalá pudiera contagiarme de su alegría. Fui hacia mi escritorio y abrí uno de los cajones. Dentro estaba el cuaderno azul decorado con pegatinas que compartíamos con Sumi. Allí anotábamos de todo: frases de nuestros libros y películas favoritas, letras de canciones, dibujos de las distintas posiciones de ballet, secretos sobre los chicos que nos gustaban. Esta semana era mi turno de tenerlo. Pasé las hojas hasta encontrar una que tenía montones de corazones que encerraban las iniciales A y H.

Alex y Harry.

Una lágrima se escapó por sí sola y mojó la hoja. Era un sentimiento nuevo que me había tomado por sorpresa una semana antes. Una tristeza distinta a sentir malestar, echar de menos a mis amigos de Lussel o sufrir burlas de compañeros de la escuela.

—¡Alex! ¡Olivia! ¡La cena! —nos llamó la voz de mamá.

Cerré el cuaderno, le di una última mirada a mi armario y bajé a comer.

2

El oso en el armario

Mamá había cocinado carne asada, budines de Yorkshire, zanahorias bebés y guisantes. Era una de sus especialidades, y el plato favorito de mi papá. Siempre tenía que apresurarme a servirme porque Olivia tendía a apilar todos los budines en su plato sin tocar el resto.

Una vez que terminamos de cenar, me tocó sacar a Toby a hacer sus necesidades. Me esperaba sentado junto al perchero del que colgaba su correa, moviendo la cola en anticipación. Toby era un perro que sabía la hora. No era algo que decía en voz alta, pero estaba convencida de ello. En especial desde que visité Lussel y vi a una osa sentada frente a una mesita de té disfrutando de tartaletas de miel. Si una osa podía sentarse a tomar el té, seguro que un perro podía aprender la hora.

Tomé la sudadera burdeos que siempre dejaba lista para salir y luego mi chaqueta roja de invierno. Cada día oscurecía un poquito más temprano. De no ser por la hilera de faroles que iluminaba la acera, no podría ver más que las verjas blancas que bordeaban la mayoría de los jardines.

Subí el cierre de la chaqueta y me puse la capucha que sobresalía de mi sudadera.

Era una noche fría. Aire húmedo sopló contra mi nariz. Miré arriba, hacia las nubes grises que tapaban el cielo, tragándose todo el azul. Inglaterra era famosa por su clima lluvioso. Los inviernos en Bristol eran fríos, aunque no tan fríos para que nevara demasiado. Olivia siempre se quejaba de que nunca caía suficiente nieve.

Toby tiró de la correa, estirando el hocico hacia un árbol que había perdido todas sus hojas. Esa siempre era su primera parada. La segunda eran las rosas de la casa de ladrillo en la esquina. Me peiné el pelo castaño por debajo de la capucha. Esa era la casa de los Bentley. Mi corazón dio un pequeño vuelco.

Tu-tuc, tu-tuc, tu-tuc.

Allí vivía un chico de sonrisa traviesa y luminosos ojos del color del chocolate derretido. Harry Bentley había sido mi amor secreto desde la primera vez que lo vi. Además de ser vecinos, íbamos a la misma escuela, aunque él estaba en otro curso ya que era un año mayor. Mis papás le pagaban para que sacara a pasear a Toby todas las tardes. A veces, cuando no tenía clase de ballet, lo acompañaba.

Le encantaban las magdalenas de vainilla con chips de chocolate y nos seguíamos en Instagram. Sabía que no parecía demasiado, pero haberle enviado la solicitud de amistad había sido un gran paso. Antes de eso me contentaba con ver su foto de perfil.

Toby trotó hacia las rosas rojas que se asomaban por el borde del jardín. Era una de las pocas casas que no tenía verja. Espié hacia el coche aparcado frente a la puerta principal. Antes, vivía con la esperanza de que justo saliera cuando pasaba y nos encontráramos de manera casual. Caminaba más lento. Se lo pedía a las estrellas. Pero ahora, quería verlo y no verlo al mismo tiempo.

La semana pasada, cuando estábamos en el coche volviendo de ballet, Sumi me había contado que había escuchado a un grupo de chicas hablando de que Harry había besado a Nadia Castel en un juego de girar la botella. Oírla decir esas palabras me dolió. Como si hubiera perdido algo que quería.

Nadia era muy bonita; su pelo era rubio, del color de los girasoles, y siempre estaba acompañada de un grupo de chicas. Tenía un montón de seguidores en Instagram. Yo tenía pocos amigos y a veces se burlaban de mí llamándome «piernas de garza».

Me detuve por un momento. Esperé. Por si acaso. Podía ver luces encendidas por la ventana. Tal vez Harry saliera a sacar la basura.

La puerta permaneció cerrada.

Una ventisca sopló contra mi espalda, barriendo el momento. Toby bajó la pata trasera que había levantado sobre las pobres rosas y se precipitó hacia delante, contento de seguir con su paseo.

Di un paso, otro y otro, resignada a que no lo vería. ¿Por qué no podía dejar de pensar en él y en mi deseo?

Dentro de mi armario, en el estante de los jerséis, reposaba un oso de peluche. Lo había comprado en una tienda llamada Construye un Oso; había elegido el tipo de oso que quería, uno marrón de orejas pequeñas y sonrisa dulce, lo había rellenado de algodón, lo había vestido con una chaqueta verde (el color favorito de Harry) y un par de vaqueros, le había escondido un corazoncito rojo dentro del relleno para darle vida y había susurrado: *Deseo que mi primer beso sea con Harry Bentley.*

Tras oír que Harry había besado a Nadia Castel, sentí como si me hubieran robado esas palabras. Cuando llegué a casa aquel día, había agarrado al oso que estaba acomodado sobre los cojines de mi cama y lo había guardado en el armario.

No sabía qué hacer con él, ni con el deseo que custodiaba.

3

MERIENDA EN LOS ESCALONES

La clase de Historia estaba pasando más lento de lo habitual. En el banco a mi lado, Sumi tomaba notas de manera cuidadosa, resaltando fechas en distintos colores. Tenía suerte de que mi mejor amiga fuera a mi misma escuela además de a la academia de danza. Nos habíamos conocido en preescolar cuando Sumi me había pedido prestada mi caja de pinturas, y desde entonces éramos inseparables. Yo había empezado ballet primero y Sumi les había pedido a sus mamás que la apuntaran a la misma clase tras oírme hablar de lo mucho que me gustaba.

La profesora Edith, una mujer de rizos salvajes, anotó algo en la pizarra. Mientras ella hablaba de alguna guerra entre Inglaterra y Francia, yo pensaba en zapatillas de ballet y notas musicales.

Bajé la mirada a la hoja frente a mí, la cual no tenía anotaciones de Historia. Era una carta.

Queridos Lindy y Glorian:

¡Os echo de menos! Estoy en la escuela, pero no logro concentrarme en clase porque estoy pensando en el ballet que vamos a interpretar en unas semanas. Se llama *El cascanueces*. La historia trata sobre una niña llamada Clara Stahlbaum. En las producciones que vienen de Alemania, es Marie. Nosotros la llamamos Clara. Sus padres hacen una gran fiesta en su casa para celebrar la Nochebuena. Van muchos niños. Bailan y juegan alrededor de un árbol de Navidad con decoraciones muy bonitas.

También hay una visita especial: un hombre misterioso llamado Drosselmeyer. Es el padrino de Clara. Entretiene a los niños con trucos de magia y juguetes a cuerda. Y, lo más importante, él es quien le regala a Clara un soldado de madera que es un Cascanueces.

¡Clara lo adora apenas lo ve! Lo levanta en el aire y baila con él en un vestido blanco. Hay una parte en la que el hermano de Clara, un niño muy travieso llamado Fritz, se lo arrebata y lo rompe (siempre sufro en esa parte), pero Drosselmeyer lo arregla.

Cuando la fiesta termina, y la casa queda a oscuras, Clara baja hacia donde está el árbol de Navidad. ¡Y allí ve algo alarmante! Un grupo de soldaditos liderados por su Cascanueces está peleando contra un ejército de ratones. Están por todos lados. Y los ratones tienen un rey que es bastante temible. Clara queda atrapada en medio de la batalla. Parece que el Cascanueces va a perder, pero ella lo ayuda.

¡Se quita un zapato y se lo arroja al Rey de los Ratones para defenderlo! Esa parte me encanta. Me recuerda a cuando estábamos en Lussel y le arrojé bolas de nieve a un lobo para ayudar a Sirien.

Cuando logran derrotar a los ratones y la batalla termina, el Cascanueces se transforma en un príncipe. Viajan juntos a un bosque invernal donde los copos de nieve bailan a su alrededor. ¡Es precioso de ver!

En el segundo acto, el príncipe lleva a Clara al Reino de los Dulces, donde los reciben el Hada de Azúcar, su caballero y el resto de los dulces. Hay muchas danzas en la fiesta: una danza española representada por Chocolate, una danza china representada por Té, la danza árabe es Café y la rusa son Bastones de Caramelo.

Y, por último, la danza del Hada de Azúcar y su caballero. ¡La que voy a bailar yo! ¡Soy el Hada de Azúcar!

La obra termina cuando Clara se despierta bajo el árbol de Navidad con su Cascanueces en los brazos, maravillada ante la aventura que han vivido.

De pequeñita me parecía confuso, pero ahora creo que es una historia sobre una niña con mucha imaginación. Sobre sueños infantiles y la magia de la Navidad.

¿Alguna vez pasó algo parecido en Lussel? ¿Tenéis algún consejo para interpretar a un hada? Me da miedo no poder transmitir la felicidad que inspira el Hada de Azúcar.

¡Espero veros pronto!

Con mucho cariño,

Alex

Lindy y Glorian eran los hermanos que había conocido en el reino de Lussel; Lindy era una Conjuradora de Flores, y Glorian, un Conjurador de Cristales. Los echaba de menos a menudo. El día después de enterarme de lo de Harry había ido al lago en el parque con la esperanza de poder nadar hasta el fondo y cruzar a su reino. El agua estaba helada y no sentí ninguna corriente que me succionara como la vez anterior. No podía regresar sin una llave que abriera el portal, por lo que les había estado escribiendo cartas contándoles sobre mi vida. Algún día esperaba hacérselas llegar, al igual que un mensaje en una botella.

—*Pssstt...* Alex —me llamó Sumi.

Llevaba una cinta adornada con florecitas rosas que iba muy bien con su brillante pelo negro.

—Me he olvidado la bolsa en las taquillas y tengo que encontrar a la señorita Maggie para entregarle un informe que olvidé ayer —me dijo—. ¿Nos vemos afuera?

—Sí, te espero en las escaleras.

Además de nuestras mochilas, Sumi y yo siempre cargábamos bolsas de deporte que habíamos comprado juntas para llevar nuestras cosas de ballet. La mía era lila y la de ella era roja. La campana de fin de clase no tardó en sonar y todos nos levantamos de manera automática.

Mi mamá siempre pasaba a buscarnos cuando salíamos de la escuela; primero nos dejaba a nosotras en la academia, y luego la llevaba a mi hermana Olivia a su entrenamiento de fútbol.

Me senté en los escalones frente a la entrada de la escuela y saqué una bolsa con galletas de avena y pasas de uva. Mamá siempre me las horneaba para que me dieran energía antes de bailar. Estaba comiéndome la primera cuando noté la sombra de alguien detrás de mí.

—¿Alex?

Tragué tan rápido que por poco me atraganto. Harry Bentley se asomó por mi lado, sonriéndome de manera amistosa. Su arremolinado pelo castaño sobresalía de un gorro de lana sobre su frente. Ver su rostro era como ver el sol, irradiaba calidez.

—Ey —lo saludé.

—Justo iba a ir a tu casa a buscar a Toby. ¿Quieres venir conmigo? —me preguntó.

Mi estómago zumbó lleno de luciérnagas. En un breve momento de locura, consideré si tendría tiempo suficiente para caminar con él hasta casa y correr de vuelta antes de que mi mamá llegara. Lo cual era imposible.

—Tengo ballet —respondí.

—Cierto —hizo una pausa y agregó—: Admiro lo dedicada que eres. No conozco a nadie de nuestra edad que destine tanto tiempo a algo. A excepción de los videojuegos.

Agaché el rostro, riendo.

—Todos mis compañeros de danza le dedican el mismo tiempo. Hay una chica llamada Poppy que siempre llega antes y es la última en irse —le conté.

—Pero seguro que no puede hornear deliciosas magdalenas como tú...

Intenté esconder la gran sonrisa que ocupó la mayor parte de mi rostro cuando me di cuenta de que se estaba quitando la mochila para sentarse a mi lado. Mi corazón aceleró su *tu-tuc, tu-tuc, tu-tuc*. Mordí la galleta que aún sostenía en la mano solo para hacer algo que me ayudara a contener el entusiasmo.

—O galletas —agregó.

—Avena y pasas de uva —dije, extendiéndole la bolsa.

—No quiero robarte tu merienda. Espera... —Harry llevó las manos a los bolsillos de su chaqueta verde y extrajo una chocolatina—. Aquí tienes. Intercambio.

Reconocí el envoltorio azul; era un Crunch, su chocolatina favorita.

—Gracias.

Harry tomó una de las galletas y se la llevó a la boca. Estaba tan mono... Había algo en su sonrisa, una pequeña mueca al borde de sus labios, que hacía que pareciera como si estuviera pensando en hacer una travesura.

—¿Están trabajando en una obra de ballet nueva? —me preguntó.

—*El cascanueces*.

—He oído hablar de esa. Hay soldados y un rey de las ratas, ¿verdad?

No pude evitar soltar una risa ante esa descripción. Los chicos siempre se enfocaban en esa parte: los soldados, la pelea. Aunque admitía que a mí también me entusiasmaba. Me encantaban los duelos con espadas. Olivia y yo solíamos jugar a los piratas.

—Sí, el Rey de los Ratones —asentí.

—¿Hay algún príncipe confundido, como en la otra obra? —preguntó moviendo su codo hacia el mío en un gesto cómplice.

Se refería al príncipe Siegfried de *El lago de los cisnes* y a cómo había confundido a Odile con Odette. Recordaba la noche en que le había contado sobre ello cuando paseábamos a Toby.

—El cascanueces se transforma en un príncipe —respondí, acomodando un mechón de pelo castaño detrás de mi oído para evitar que me tapara el rostro—. Pero esta vez no confunde a nadie.

—Siempre he pensado que todo el tema del cascanueces es extraño. Nunca he visto un aparato para partir nueces que tenga forma de soldado.

—¡Yo también lo pienso! —admití.

Harry se terminó la galleta, se limpió las manos llenas de migas en los vaqueros desgastados y buscó el cable de los auriculares que llevaba en el bolsillo. Siempre estaban enredados en un nudo. Hablar con él era fácil y divertido. Me hacía reír. Y nunca me hacía sentir como si hubiera dicho algo tonto.

—¡Alex!

Sumi salió corriendo de la escuela con la mochila y la bolsa de deporte rebotando contra el hombro. Al ver a Harry, desvió la mirada hacia mí, abriendo los ojos grandes en una expresión que gritaba: «¡Estás sentada con Harry Bentley!».

El calor que subió por mis mejillas seguro que las sonrojó. Ver el coche de mamá acercándose por la calle me salvó de actuar de manera rara.

—Han venido a por ti —dijo Harry mientras se ponía de pie.

Cuando el coche se detuvo frente a la acera, Olivia bajó la ventanilla y sacó la mitad del cuerpo hacia afuera. Llevaba dos trenzas en vez de una sola como la noche anterior y el uniforme de fútbol.

—¡HARRY! —gritó, saludándolo.

Oli adoraba a Harry, aunque era distinto al tipo de adoración que sentía yo; nunca la había visto actuar de manera vergonzosa. Ni una sola vez. *Pequeña suertuda.* Ella y el hermano menor de Harry, Dylan, iban al mismo curso y eran muy amigos.

—Ey, Oli. ¿Cómo está mi arquera favorita? —preguntó Harry asomándose a la ventanilla—. Buenas tardes, señora Belle.

—Hola, Harry. ¿Cómo estás?

Mamá conversó con él mientras Sumi y yo nos subíamos al asiento trasero. Era un alivio que Olivia estuviera sentada delante, así él no podía ver mi rostro sonrojado. Todavía tenía la chocolatina en la mano. La sujeté contra mi abrigo mientras veía la silueta de Harry Bentley alejarse hacia la calle.

• • •

Al llegar a la academia de danza fuimos a cambiarnos en el vestuario. Cada vez que miraba un espejo, me perdía observando a la chica de largo pelo castaño, ojos azules y mejillas redondas que me miraba desde el otro lado. Siempre había tenido esta extraña idea de que entre mi reflejo y yo podía haber algún detalle distinto.

Cuando estaba en Lussel, me había escabullido dentro de la casa de una temible Conjuradora llamada Christabella que había hechizado a mi sombra para que cobrara vida. Pensar en ella, en la Alex falsa, aún me daba escalofríos. Era idéntica a mí y, a la vez, distinta. Más segura de sí misma, más malvada e incluso mejor bailarina.

Ahora la veía cada vez que me miraba al espejo. Siempre me preguntaría si había algo de ella en la chica del otro lado del cristal.

Me recogí el pelo en un moño y me aseguré de verme bien. Nina Klassen era estricta cuando se trataba de nuestra apariencia, decía que siempre debíamos estar presentables; listas para salir a un escenario. Llevaba un maillot rosa, medias claras, calentadores negros y mis zapatillas de ballet. Era un par nuevo y les había cosido las cintas la noche anterior.

Me di un último vistazo, asegurándome de que las medias no tuvieran ningún agujero. La señora Nina odiaba los agujeros.

Una vez en el salón de paredes espejadas y suelo de madera fui hacia la barra para entrar en calor. Siempre empezaba con ejercicios de *pliés* que ayudaban a flexibilizar y fortalecer los músculos. Poppy Hadley ya estaba allí. Sus largas piernas estaban cruzadas, un brazo delante del abdomen y el otro ligeramente curvado hacia arriba en cuarta posición.

Wes Mensah también estaba allí, estirando una de sus piernas sobre la barra. Sumi tenía ensayo en otro salón ya que formaba parte de una coreografía distinta.

—Poppy, empezaremos contigo —dijo Nina Klassen haciéndole una señal para que fuera al centro del salón.

La música comenzó lenta, tentativa; era una melodía dulce que daba comienzo a la danza entre el Hada de Azúcar y su caballero. Extendí los brazos al lado de mi cuerpo en segunda posición, mientras robaba vistazos de Poppy y Wes. Parecían la pareja de una caja de música; Poppy era más alta que yo, por lo que entre ellos tenían menos diferencia de estatura. Su pelo, que llevaba en un elegante recogido, era de un rubio tan claro que generaba un contraste encantador con los rizos marrones de su acompañante.

—El Hada de Azúcar es un espíritu benévolo, un símbolo de magia y esperanza con el que sueñan los niños; cada uno de sus movimientos debe ser liviano y luminoso —dijo la voz de Nina Klassen—. Deja de preocuparte por la técnica, Poppy. Debes fluir. Flotar...

Pensé en esas palabras, intentando encontrar el personaje del Hada de Azúcar en mi baúl de los disfraces. Así era como llamaba al baúl imaginario en mi cabeza. Era una forma de visualizar un espacio en donde podía guardarme a mí misma y reemplazarme por el personaje que necesitaba interpretar. En una producción de *El cascanueces* que había visto en el Teatro Real de la Ópera en Londres, el Hada de Azúcar llevaba una coronita dorada y un delicado vestuario del color de pétalos rosas salpicado con brillantes cristales.

—Alex, tu turno —me indicó Nina—. Empieza con el solo.

Tomé uno de los tutús apilados en el exhibidor y me lo pasé por la cintura. El corazón comenzó a irme rápido, rápido, rápido. Caminé al centro de la sala, estirando los labios en una sonrisa que debía invitar al público a verme bailar.

Ya no era Alexina Belle, sino el Hada de Azúcar. Brillante y liviana al igual que un puñado de polvo de hadas que volaba con la brisa. Me encontraba en el Reino de los Dulces rodeada de una resplandeciente audiencia. Oí la música, que comenzaba con un *tempo* lento, y permití que mi cuerpo respondiera a ella. Sacudí los dedos en el aire como si estuviera intentando tocar diminutos copos de nieve que danzaban a mi alrededor. Luego despegué el talón del suelo colocándome *en pointe*, mantuve la pose durante un momento, y me dejé ir. Me deslicé a lo largo del salón, imaginando a la festiva corte adornada con dulces, a los espectadores inmóviles, a Clara y al príncipe observándome desde una esquina. Estaba allí para celebrar junto a ellos.

Tras dar un saltito, me levanté *en pointe* y di un giro; *pointe* y giro, *pointe* y giro, *pointe* y giro. Continué desplazándome de esa manera, coordinando cada *pirouette* con las notas musicales que me acompañaban al igual que campanillas. El público siempre se deleitaba siguiendo los movimientos del tutú cuando volaba en una espiral.

—¡Alegría, Alex! ¡Demuestra alegría! El Hada de Azúcar es juguetona. Se divierte encantando a su audiencia. —La voz de Nina me alcanzó sobre la música—. Debes emanar la naturaleza traviesa de las hadas.

Mantuve la misma secuencia de giros, volviendo en la dirección opuesta. Pensé en Primsella, el Hada del Bosque a la que conocí en Lussel, en la forma en que coqueteaba con Glorian y lo salpicaba de los luminosos copos de nieve que llovían de sus alas de manera juguetona.

Dejé que la música me guiara, convenciéndome de que era igual de liviana que la pequeña hada. Di unos pasitos en punta y luego hice un *arabesque*. Era el Hada de Azúcar, hecha de sueños y nubes rosas. Quería transmitir alegría a quienes me miraban. Entretener al príncipe y a su invitada. Hice otra *pirouette*, girando en el mismo lugar con un pie en punta y la otra pierna levantada impulsando el movimiento, pero empecé a pensar en los representantes de la Royal Ballet School de Londres y en lo que verían desde sus asientos.

¿Y si mi pierna arrastraba un poco? ¿O las líneas de mis brazos no se veían limpias?

—¡Tienes la sonrisa demasiado tensa! ¡Debes dejarte ir y divertirte!

Continué bailando, siguiendo cada paso de la coreografía, a pesar de que una parte de mí quería detenerse. No pude evitar sentir que mi disfraz se iba deshaciendo con cada giro, perdiendo la luminosidad del hada y revelando a la niña insegura que se escondía detrás.

—¡Vas a destiempo! —me corrigió Nina.

Hice lo posible por regresar al *tempo* de la música antes de llegar al final. Nina me dio cinco minutos para buscar mi toalla, ya que el calor de las luces me había hecho sudar. Luego comencé el *pas de deux* junto a Wes. Tener una pareja de baile que se esmeraba por dar lo mejor me ayudó a terminar el resto de la clase sin que una nube de tormenta centelleara sobre mi cabeza. Wes tenía un carácter tranquilo y bienintencionado que siempre lograba ahuyentar mis nervios. Era el amor secreto de Sumi. En nuestro cuaderno había una colorida hoja que ilustraba sus iniciales dentro de un caleidoscopio de formas y corazones.

—Acercaos —nos indicó Nina, llamándonos con un gesto de su mano—. Poppy, tú estás demasiado enfocada en la perfección de cada movimiento. El Hada de Azúcar es libre y espontánea. Y tú, Alex, estás tiesa.

Poppy y yo intercambiamos miradas de apoyo.

—Sé que amabas tenéis expectativas de dar el siguiente paso y ser aceptadas en prestigiosas escuelas de ballet, pero no debéis olvidar la razón por la cual estáis solicitando una audición: la pasión por el baile. —Nina hizo una pausa y agregó—: Tomaos el sábado libre. Ambas estáis pensando demasiado, tenéis que relajaros.

—Pero...

Nina levantó una mano, acallando la protesta de Poppy.

—Wes, tú debes trabajar en tu *promenade* —continuó hablando—. Cuando sostienes a tu acompañante, ya sea de la mano o de la cintura para hacerla girar, no debes descuidar la posición...

Me uní a Poppy, quien se había sentado en el suelo a estirar. Estaba tan seria que por un momento me dio miedo hablarle.

—¿Tú también vas a solicitar una audición a la Royal Ballet School de Londres? —pregunté.

—A la School of American Ballet.

—¿En Nueva York? Guau. ¿No te da miedo tener que mudarte tan lejos?

—Mi madre fue allí. Yo también quiero ir —respondió Poppy.

Una de las cosas que más me aterrorizaba era que, de ser aceptada, tendría que mudarme a Londres, vivir en la escuela de ballet y compartir la habitación con otras chicas de mi edad. Seguro que iba a echar de menos a mi familia, la comida de mamá, a Toby. ¿Y si lloraba todas las noches?

Wes se había sentado a mi lado y estiraba las piernas.

—¿Qué hay de ti, Wes? ¿También vas a solicitar una audición? —pregunté.

—Nah, voy a esperar un año más. No quiero irme de casa —respondió—. Además, hay menos bailarines varones, por lo que hay menos competencia, creo que voy a estar bien.

Asentí. Poppy se puso de pie y nos saludó con un gesto silencioso antes de irse.

—¿Puedes quedarte un rato más y ayudarme a practicar mi *promenade*?

—Me están esperando en casa para montar el árbol de Navidad. Papá ha ido a buscar a Olivia tras su entrenamiento de fútbol e iban a ir a la granja...

—¡¿Te has perdido ir a elegir un árbol?! —me preguntó Wes incrédulo.

—No quería perderme el ensayo. Y este año le toca elegir a mi hermana Olivia, yo elegí el año pasado.

Recordé el campo repleto de abetos, la granja a la que solíamos ir tenía al menos diez especies distintas; algunos altos, otros robustos, de agujas finitas que cubrían las ramas, agujas gruesas, otros de un oscuro verde esmeralda. Lo mejor de aquel lugar era el aroma fresco a bosque nevado.

—Deberías pedirle ayuda a Sumi. Sé que está libre y es muy buena haciendo *pirouettes* —agregué.

—Buena idea —sonrió Wes—. ¿Sumi también quiere ir a Londres?

—No, no está segura de si quiere ser bailarina profesional, también le gusta mucho dibujar. Va a esperar un año más, igual que tú —respondí.

Suponía que muy pocos sabían lo que querían hacer de mayores con tan solo trece años. Pero yo no podía imaginar ninguna otra cosa que no fuera ponerme mis zapatillas de ballet y estar en un escenario.

Sumi abrió la puerta del salón y se asomó. Llevaba un maillot rosa y calentadores blancos adornados con pequeñas estrellitas. Estaba guapísima.

—¿Habéis acabado? —preguntó.

Asentí.

—Yo tengo que irme a casa, pero Wes necesita tu ayuda para practicar su *promenade* —dije, dedicándole una sonrisa cómplice.

4

ADORNOS Y LUCES

En casa, me esperaba un gran abeto en la sala de estar, a una distancia prudente de la chimenea y el hogar de piedra. Toby estaba sentado a su lado, custodiándolo al igual que un soldado. Llevaba una cinta roja festiva atada sobre su collar, el elegante perfil de un ciervo blanco ilustrado en el centro. Le iba muy bien. Hacía cuatro años que habíamos adoptado a nuestro adorado perro de un refugio local, unos días antes de Navidad. Olivia le había agregado Rudolph de segundo nombre, al igual que el reno de nariz roja. Toby Rudolph Belle.

Le acaricié las orejas y seguí hacia las escaleras. Sentía el cuerpo tan pesado como el cemento. Necesitaba un baño de agua caliente.

—¡Alex! ¡Vamos a montar el árbol después de cenar! —dijo Olivia corriendo fuera de la cocina.

Amaba decorar el árbol, era uno de esos momentos especiales que solo se daban en Navidad. Pero no lograba encontrar el entusiasmo que siempre hacía que me adelantara a desenvolver los adornos cuando mamá me pedía que esperara. Estaba cansada y no podía dejar de pensar en el Hada de Azúcar y mi sonrisa tensa.

—¿Por qué no lo montamos el fin de semana? —pregunté.

—Porque el sábado vamos a pasar el día en la casa de campo de un amigo de papá y el domingo tengo un cumpleaños —respondió Olivia, como si fuera evidente—. ¡Cámbiate rápido! ¡Mamá está haciendo galletas de jengibre!

Eso me incentivó a moverme; las galletas de mamá estaban deliciosas. Tras un buen baño me puse pantalones de pijama, el jersey blanco con copos de nieve dorados que siempre usaba en diciembre a pesar de que las mangas me iban cortas, y un par de pantuflas lilas mullidas.

Después de la cena, papá trajo las cajas de adornos, mientras que mamá acomodó una bandeja de galletas glaseadas en azúcar y cuatro tazas de té.

Compartir ese momento con ellos me llenó de una sensación acogedora que no había sentido en semanas. El pequeño hogar de la chimenea estaba encendido, y salpicaba el espacio de cálida luz anaranjada. Las manos me olían a jengibre y canela. Toby estaba sentado sobre la alfombra observándolo todo con ojos brillantes. Olivia daba saltitos alrededor del árbol.

—¿Quién quiere colgar su adorno primero? —preguntó mamá.

—¡YO! —Olivia y yo gritamos al unísono.

En la familia Belle, cada uno tenía un adorno especial: el de papá era un muñeco del Grinch, un ogro verde con el sombrero de Papá Noel; el de mamá, una hermosa hada con un vestido violeta; el de Olivia era una Minnie Mouse con un lazo rojo que tenía muérdago; y el mío era un reno blanco con una corona navideña en el cuello.

Los habíamos comprado en un bazar en Londres y desde entonces teníamos la tradición de que fueran los primeros adornos en el árbol.

—Tú elegiste el árbol, Oli; ahora le toca a tu hermana —dijo papá.

Le dediqué una sonrisita de victoria y Olivia me sacó la lengua. Llevaba un jersey celeste con pequeños bastones de caramelo y el pelo dividido en dos moños. Su nuevo estilo del día.

Estudié todas las ramas del abeto hasta decidirme por una cerca de la punta. Estiré el cuerpo hasta despegar los talones, sosteniéndome *en pointe*, y coloqué mi reno de manera ceremonial.

—Presumida —murmuró Oli.

Levantó los ojos hacia nuestro padre con una expresión angelical que siempre lo derretía.

—Pa... ¿me levantas para que pueda colgar el mío? —le preguntó.

—Por supuesto.

La sostuvo de la cintura, acercándola hacia la punta del pino, donde mi hermana menor colocó su Minnie en el lado opuesto de mi reno. Mamá dejó escapar una risita. Tomé una de las galletas, negando con la cabeza mientras comía.

Mis padres colocaron sus propios adornos y luego decoramos el resto del árbol. Toby nos observó atento. Sus orejas se levantaron

TIFFANY CALLIGARIS

ante la aparición de una piña decorada con brillos. Era la misma que robaba todos los años y que luego descubríamos en los lugares más insólitos: bajo la alfombra del baño, entre los cojines de mi cama, detrás de las cortinas...

Una vez que terminamos de colocar las lucecitas de colores, llegó el turno de Arlequina, una muñeca de porcelana vestida de arlequín. Su vestimenta estaba dividida entre blanco y plateado, y un sombrero con cascabeles coronaba su cabeza. Tenía los brazos y las piernas extendidas, lo que le daba la forma de una estrella.

Nuestra abuela nos la había traído de Francia y habíamos decidido convertirla en la reina del árbol y darle un trono en la punta.

—Les compramos algo —dijo mamá—. Para que puedan usar ahora durante diciembre.

—¡¿Patines nuevos?! —exclamó Olivia.

—No, tendrás que esperar a ver si te los trae Papá Noel.

—Papá Noel... —rio Olivia.

Mis padres intercambiaron miradas cómplices, y salieron de la sala de estar para buscar algo.

—¡Otro perro! ¡Un hermano o una hermana para Toby! —pidió Olivia llena de exaltación.

Eso sería muy bonito, Toby sería un gran hermano mayor. Le enseñaría a hacer las necesidades fuera de la casa y a robar huesos del cajón de premios cuando nos olvidábamos de cerrarlo bien.

Cuando mamá y papá regresaron no tenían un perro, sino dos regalos. Uno considerablemente más grande que el otro.

—Es para que compartáis —nos advirtió mamá levantando las cejas.

Me entregó el regalo más pequeño a mí y el otro a Olivia. Mi hermana no perdió un momento en romper el papel con una sonrisa frenética. Yo fui cuidadosa de abrirlo por uno de los lados para

40

salvar el papel. Podía usarlo para decorar una lista de mis películas navideñas favoritas en el cuaderno que compartía con Sumi.

Lo primero que vi fue un largo sombrero negro con detalles en dorado, un rostro de madera con mejillas sonrojadas, un uniforme de soldado negro y rojo... ¡Era un cascanueces!

Lo liberé del envoltorio, alzándolo para verlo mejor.

Me sentía como Clara Stahlbaum contemplando el juguete encantado que le había dado su padrino Drosselmeyer. Podía imaginarlo cobrando vida, invitándome a huir a un mundo donde había encantadoras hadas y un malvado rey ratón. Un lugar como Lussel.

—Pensamos que te traería inspiración —dijo papá.

—Me encanta. ¡Gracias! —respondí sujetándolo contra mi jersey.

—¡ES UNA CARPA! —gritó Olivia—. ¡Podemos transformarla en un refugio secreto! ¡Con luces y copos de nieve! ¡Muchos copos de nieve! ¡Y cojines!

Oli habló tan rápido que me costó entender lo que estaba diciendo. La caja que sostenía era casi de su estatura y tenía ilustrada una carpita de lienzo blanco.

—¡Es como la de la princesa Tigrilla en *Peter Pan*! —exclamé.

Decirlo me hizo pensar en cuando jugábamos a ser piratas. A Sumi le gustaban las películas más nuevas, como *Frozen* o *Moana*, pero a mí me gustaba ver las viejas, los clásicos, y había algo inolvidable acerca de *Peter Pan*. Olivia y yo habíamos creado un juego que combinaba el país de Nunca Jamás con personajes de la película *Piratas del Caribe*. Oli siempre quería ser Elizabeth Swan y yo era el capitán Jack Sparrow.

¿Cuándo fue la última vez que habíamos jugado?

No lo recordaba.

—¡Gracias! ¡Gracias! ¡Gracias! —dijo mi hermana.

—Pensamos que sería un bonito lugar donde leer historias y pasar tiempo juntas —dijo mamá.

—¡¿Podemos montarla dentro de mi habitación, Alex?!

—Sí.

—¡¿Ahora?!

Quería decir que sí de nuevo, pero estaba tan cansada, y quería usar el poquito de energía que me quedaba para practicar la sonrisa del Hada de Azúcar.

—No.

—¡¿Mañana?! —insistió Oli.

—No lo sé.

—Lo único que haces es bailar. Ya no quieres hacer cosas divertidas —se quejó Olivia arrugando los labios en una expresión de decepción.

—No lo entiendes, porque eres pequeña —le respondí—. Tal vez ya no quiero jugar contigo.

Sus ojos se abrieron grandes y dolidos. Dentro de mi estómago sabía que no era verdad. Quería jugar con ella como solíamos hacer, pero no tenía tiempo. La función de *El cascanueces* era en dos semanas. Si no mejoraba en el tiempo que me quedaba, no lograría impresionar a los representantes de la escuela de ballet.

—Alexina, ven conmigo —dijo mamá con tono serio.

—Uuuuhhh, Alexina —comentó Olivia por lo bajo.

Oh, no. Mis padres solo me llamaban por mi nombre completo cuando estaban molestos conmigo. Seguí a mamá hacia la cocina. Todavía llevaba en las manos el muñeco de madera. Me aferré a él deseando que pudiera transportarme a la Tierra de Dulces para no tener que ver la mirada seria en el rostro de mi madre.

—Alex, sé cuánta dedicación le pones al ballet, y estamos orgullosos de ti. Entendemos que hay días en los que debes sacrificar tiempo con nosotros, con tus amigos, porque la danza clásica requiere mucha práctica y es una parte importante de tu vida —dijo mamá en tono gentil—. Pero también hay días en los que está bien no sacrificar el tiempo que deseas usar para otras cosas. Últimamente estás un poco alicaída. Eres muy joven para ponerte tanta presión. ¿Es porque vendrán a verte de esa escuela de ballet de Londres?

Agaché el mentón, asintiendo.

—Tengo miedo de no entrar. De no poder cumplir mi sueño de ser una bailarina profesional.

—Alex...

Mamá pasó una mano por mi hombro y me atrajo hacia ella en un abrazo.

—No puedes hacer más que dar lo mejor de ti. La señora Nina dijo que si no entras este año puedes volver a intentarlo el año que viene.

Asentí de nuevo.

—¿Recuerdas lo contenta que estabas cuando eras pequeña y corrías a buscar tus zapatillas de ballet para ir a clase? Bailar debe traerte alegría —dijo sacudiéndome de manera juguetona—. Olvida todas esas preocupaciones y trata de encontrar a esa niña que solo quería bailar. ¿De acuerdo?

—Lo intentaré.

—Y discúlpate con tu hermana. Hemos decidido haceros ese regalo para que podáis pasar más tiempo juntas. Si te aceptan en la escuela de ballet, vas a echarla de menos.

Mamá tenía razón. Al regresar a la sala de estar me disculpé con Olivia y prometí sacar tiempo en los próximos días para montarla juntas. Quería encontrar a esa niña que solo quería bailar. Pero no sabía cómo apagar la vocecita en mi cabeza.

Al regresar a mi habitación no pude evitar pararme frente al espejo en forma de gato que colgaba de la pared. Para una bailarina, mirarse al espejo y corregir la posición era cosa de todos los días.

Estiré los labios en una sonrisa, la chica del otro lado del cristal me imitó. Nina Klassen tenía razón. Mi sonrisa parecía forzada, no era la dulce expresión nacida de sueños infantiles que imaginaba en el Hada de Azúcar.

Por un momento imaginé que la chica de pelo castaño me dedicaba una sonrisita burlona. Ver mi reflejo me hacía pensar en mi sombra. En la falsa Alex de Lussel. En la manera en que había extendido los brazos en direcciones opuestas, alzando una de sus piernas sobre la altura de la cintura en un maravilloso *arabesque*.

Deseé poder bailar como ella. Tener su seguridad. La seguridad de Odile, el cisne negro.

No fue real, sino un truco de la Conjuradora Christabella. La Alex detrás del espejo es solo tu reflejo, me recordé.

Me cambié a una camiseta de dormir y fui a la cama.

Suponía que uno no podía practicar cómo sonreír, tenía que nacer del corazón.

5

UNA INVITACIÓN MUY ESPECIAL

Al día siguiente pude dormir un poquito más ya que habían suspendido las clases en la escuela. Fui a ballet por la mañana y volví a casa después del mediodía. Mi coreografía había estado mejor, aunque tenía que seguir practicando. No lograba moverme con aquella alegría luminosa que era tan característica del Hada del Azúcar.

Toby era el único que estaba en casa. Vimos tele en el sillón de la sala de estar durante un rato hasta que mamá me llamó para pedirme si podía ir a buscar una tarta de manzanas que había encargado de la pastelería.

Apenas terminé de ponerme la chaqueta roja antes de que Toby se arrojara sobre mis pies y moviera la cola.

—¿Quieres acompañarme? —pregunté.

El ladrido que me dio fue bastante convincente. Vivíamos en los suburbios al norte de la ciudad. Casi todas las casas tenían lucecitas de colores que adornaban los árboles de sus jardines y una corona navideña en la puerta. Pasando el parque había una callecita que solo tenía tiendas: un minimercado, una peluquería, una cafetería, la boutique de ropa de Mimi, una pequeña tienda de libros y la pastelería de la señora Elora. Era aún mayor que mi abuela y horneaba los mejores pasteles.

Toby me esperó sentado junto a la puerta mientras entraba a buscar el pastel. La tienda olía a esencia de vainilla y chocolate. Las galletitas en el exhibidor hicieron que mi nariz tocara el vidrio. Tenían una pinta demasiado buena.

—Buenas tardes, señora Elora —la saludé—. He venido a buscar el pastel de manzanas que encargó mamá.

La mujer se asomó por detrás del mostrador con sorpresa. Su pelo era completamente blanco y llevaba un delantal celeste al que parecía que alguien le hubiera soplado harina.

—Alexina, no te había visto —dijo limpiando los anteojos con un pañuelo de tela antes de ponérselos—. Lo pondré en una caja. ¿Quieres algo más?

—Siete de estas galletitas —señalé.

—No vas a comerlas todas tú sola, ¿verdad? Te dará dolor de estómago —me dijo.

—Dos para mí, dos para Olivia, una para Toby, una para mamá y una para papá —enumeré.

—Buena niña. Te daré una de vainilla sin chocolate para ese perro grande que tienes.

—¡Gracias!

Preparó todo y lo acomodó con cuidado en una bolsa. Al entregármela se me quedó mirando como si hubiera recordado algo.

—Espera. Ahora que lo pienso, Alex es diminutivo de Alexina; aquellos peculiares jóvenes que vinieron tal vez preguntaban por ti —dijo llevando la mirada hacia la puerta.

—¿Qué jóvenes?

—Uno era alto, buen mozo, de profundos ojos azules, y la jovencita tenía el pelo rosa al igual que el algodón de azúcar. Llevaban disfraces. ¡Unos trajes preciosos!

Mi corazón fue tan rápido que pude sentir los latidos uno atrás del otro.

Tu-tuc, tu-tuc, tu-tuc.

—Dijeron que estaban buscando a Alex de Bristol.

Tragué una bocanada de aire por la sorpresa. ¡Tenían que ser Glorian y Lindy! Nadie más me llamaba de esa manera. ¡Y la descripción había sido exacta a como los recordaba! ¿Podía ser que estuvieran aquí? ¿En Inglaterra? ¿En mi vecindario?

—¡¿A dónde se fueron?! —pregunté.

—Los vi cruzar hacia la calle de enfrente. Parecían perdidos…

Mis zapatillas se movieron por sí solas. Tomé la correa de Toby y miré en todas direcciones.

Están aquí. Están aquí. Están aquí. Tu-tuc, tu-tuc, tu-tuc.

Crucé hacia las tiendas de enfrente, yendo de puerta en puerta y espiando dentro. Toby me imitó, olfateándolo todo como si estuviéramos jugando a encontrar algo.

Respiré agitada. Atrapada entre la esperanza de volver a verlos y el decepcionante miedo de que fuera un error.

¿Dónde estaban?

—Me gustaría comprar este objeto encantado, buen señor.

Coloridas mariposas me llenaron el estómago. ¡Conocía esa voz! Corrí hacia el minimercado. Allí estaban. Tan impactantes como la primera vez que los había visto. Glorian con el mismo abrigo azul noche adornado por un tramado dorado, y Lindy, con un vestido cuya parte de arriba imitaba una camisa de mangas blancas dentro de un jardinero lila que continuaba en una falda.

—No reconozco estas monedas. ¿De dónde son? —preguntó el hombre tras la caja observando su mano con una mirada perpleja.

—¡Lindy! ¡Glorian!

Los dos se giraron de inmediato.

—¡Pastelito! —exclamó Lindy, dedicándome una sonrisa llena de afecto.

Dejé la bolsa en el suelo y me arrojé en sus brazos sin poder contenerme. Su pálido pelo rosa llenó mi rostro. Lindy me abrazó con tanta fuerza que llevó lágrimas de alegría a mis ojos.

—Te dije que la encontraríamos —dijo Glorian.

Esperó a que su hermana me dejara ir y me extendió la mano.

—¿Cómo has estado, pajarito?

Parte de mí quería cerrar los brazos alrededor de él, al igual que había hecho con Lindy, pero a la otra parte le entró la timidez. Glorian era el joven más impactante que conocía. Aparentaba dieciocho años, con resplandecientes capas de pelo dorado que caían sobre sus cejas, profundos ojos azules que tenían forma redonda al igual que los de un gato, y largas piernas.

Cuando puse mi mano sobre la suya, le dio un beso que llenó mi estómago de más mariposas.

—Bien. ¡¿Cómo es que estáis aquí?! ¿Cruzasteis por el lago? ¿Cuánto tiempo podéis quedaros?

Hablé tan rápido que no estaba segura de si me había entendido.

—Una pregunta a la vez —respondió Glorian con una sonrisa llena de humor.

—Alexina, ¿conoces a estos jóvenes? —preguntó el hombre de la caja registradora—. Han intentado pagarme con monedas extranjeras.

—Sí, están conmigo.

—He descubierto estos binoculares mágicos que hacen que todo se vea más oscuro —dijo Glorian enseñándome un par de gafas de sol.

Me llevé una mano a los labios, camuflando una risita.

—No son mágicos. Están hechos de un cristal especial para proteger los ojos del sol —le expliqué.

—Mmmm. Ingenioso —dijo, estudiándolos—. Me pregunto si podré conjurar algo parecido.

Glorian era un Conjurador de Cristales. Hacía un espectáculo en el que conjuraba hermosas estatuillas de animales y objetos.

—Déjame probarlos —dijo Lindy robando las gafas de las manos de su hermano.

—Lo pagaré por vosotros.

Busqué mi monedero y me acerqué a la caja. Toby ladró desde la entrada, recordándome que seguía allí. Estaba parado junto a la bolsa de la pastelería, custodiándola.

—¿De dónde son? ¿De Ámsterdam? —preguntó el señor Ben tras el mostrador.

—Ehhh… sí, de Ámsterdam.

—¡Mira este perro! ¡Es tan educado! —exclamó Lindy.

Estaba acariciándole la cabeza y Toby le había ofrecido una pata.

—Es mi perro, Toby —lo presenté.

Sacudió sus largas orejas negras y levantó el hocico de manera orgullosa, consciente de que estaba hablando de él.

—Un gusto, Toby —lo saludó Glorian.

—¡Tamelina lo adoraría! —dijo Lindy abriendo sus ojos violáceos con una expresión de ternura.

Tamelina era su hermana menor, una niña que podía conjurar dulces. Al salir a la calle las personas que pasaban se detenían a ver a los llamativos hermanos. Se veían como si hubieran escapado de un glamoroso circo.

—¡No puedo creer que estéis aquí! —dije.

—Hemos venido a darte una invitación para el cumpleaños de Celestia —respondió Lindy—. Convencimos a los reyes de Lussel de Abajo de que nos dieran una llave para poder cruzar a Bristol e invitarte. Están agradecidos de que ayudaras a Sirien a encontrarla.

Oír esos nombres me llenó de nostalgia.

—¿El cumpleaños de Celestia? ¿De verdad? —pregunté.

—Harán un gran baile en su honor. Nos contrataron para hacer uno de nuestros espectáculos —dijo Glorian con una mirada que prometía magia y trucos.

No podía creer que regresaría a Lussel. Solo que... no podía irme y desaparecer. El tiempo en Lussel era distinto, siete días allí eran un día en Inglaterra, pero de todas maneras era un día entero. Cuando caí al lago por accidente, mis padres estuvieron preocupados porque no me vieron en todo el día. Lo pensé. Olivia había dicho que al día siguiente iríamos a la casa de un amigo de mi padre, y la señora Nina me había dicho que me tomara el fin de semana libre para relajarme.

Ir a Lussel con Lindy y Glorian era exactamente lo que necesitaba. Podía decirles a mis padres que le había prometido a Sumi que pasaría el día en su casa.

—¿Podemos volver mañana? Tengo que planear algo para que mis padres no se preocupen.

—Por supuesto, pastelito —respondió Lindy.

—¡Estupendo! ¡Hay tanto por ver! —Glorian miró las tiendas como si se tratara de un tesoro—. ¿Dónde pasaremos la noche?

Esa era una excelente pregunta. Lo primero que tenía que hacer era darles ropa normal para que no fueran tan llamativos. Busqué en mi monedero, mis padres me habían dado dinero en caso de una emergencia.

Supuse que tener un par de Conjuradores de Lussel visitándome era una emergencia.

—Primero tenéis que cambiaros la ropa por algo que no llame tanto la atención. Os compraré algo en la boutique de Mimi —dije.

Glorian observó a las personas que pasaban y arqueó una ceja de manera escéptica.

—¿Quieres que nos cambiemos a algo tan... sencillo? Todos parecen iguales a Buu —dijo.

Una risita escapó de mis labios. Buu era el espantapájaros que tenían en su huerta. Lo habían vestido con un par de vaqueros y una camiseta.

Mimi era una excéntrica mujer de pelo rojo que siempre llevaba bufandas y enormes gafas de marco blanco. Permitió que Toby esperara dentro del local mientras buscaba ropa para los hermanos. El dinero me llegó para comprar lo necesario y Glorian tomó los paquetes sin convicción.

—Cambiaos en casa. Mamá y Olivia no regresarán hasta dentro de dos horas —dije.

Miradas curiosas nos siguieron todo el camino de regreso. Lindy y Glorian lo observaron todo con la misma fascinación que yo debía tener en mi rostro cuando exploré Lussel. Aunque comparado con su reino, Bristol era bastante menos colorido.

—¿Podéis usar la magia? —pregunté llena de intriga.

Lindy estiró la mano hacia las azaleas que se asomaban desde mi jardín. La planta había perdido la mayoría de sus flores debido al invierno. Un hilo de luz de color lila brotó de los dedos de Lindy y surcó el aire. Fue un poco distinto a lo que recordaba. Su color era más pálido y parte de la luz parecía estar derritiéndose. Pero al recorrer las azaleas brillantes brotaron florecillas rosas de las ramas vacías.

—¡Funciona! —di un saltito de entusiasmo.

Ver magia en mi mundo llevó la alegría a mi corazón. Como si todo fuera posible.

—Es más pesada y requiere una mayor concentración —dijo Lindy, pensativa.

Toby trotó hacia la puerta principal, guiando el camino.

—Bienvenidos a casa.

Al entrar en la sala de estar, los hermanos observaron boquiabiertos el árbol de Navidad. Debía parecerles tan extraño; un gran abeto adornado con pequeños muñecos y luces.

—¡Ohhhhh! —exclamó Lindy juntando las manos en un aplauso—. ¿Es de Toby? ¿Le permiten tener un árbol lleno de juguetes dentro de la casa?

No pude contener una carcajada. Toby lo adoraría.

—No. Tenemos una festividad llamada Navidad que celebramos una vez al año. Es tradición tener un árbol decorado de manera festiva y poner regalos debajo —les expliqué.

—Recuerdo que me hablaste de esto. De los árboles con luces y los calcetines en los que ponen dulces —dijo Glorian—. ¿Dónde están las luces?

—¿Y los dulces? —agregó Lindy.

Busqué el pequeño panel con el botón que las encendía. Las lucecitas cobraron vida al mismo tiempo y rodearon las ramas del árbol en una espiral de colores.

—¡Vosotros también tenéis magia! —notó Glorian.

—No es magia, sino electricidad, energía. Como si usaran el soplido del viento para mover las aspas de un molino.

Glorian y Lindy intercambiaron miradas de asombro.

—Y en cuanto a los dulces, puedo prepararos algo.

Llevé el paquete de la pastelería a la cocina. Corté dos porciones de tarta de manzana y puse las galletitas en un plato. Luego preparé dos tazas de té.

Una vez que terminaron de merendar, y le di a Toby su galletita de vainilla, los llevé hacia mi habitación. Me detuve junto a la puerta, un poco avergonzada de que fueran a verla. Al menos no estaba desordenada. Esa mañana había hecho la cama antes de ir a danza.

—¡Mira el espejo en forma de gato! —señaló Lindy.

Eso me hizo sonreír. Los hermanos lo observaron todo con ojos curiosos.

—Glorian, tú puedes cambiarte aquí —dije—. Y Lindy, en la habitación de mi hermana Olivia.

—Si insistes en que nos vistamos como Buu... —respondió el joven exhalando de manera dramática.

Lindy me siguió a la habitación de al lado, las paredes eran de un tono verde agua y el techo estaba lleno de estrellas fluorescentes que brillaban en la oscuridad.

—Tu casa es encantadora, pastelito.

—Gracias.

—Aquí tienes, esta es tu invitación.

La Conjuradora de Flores me extendió un sobre color violeta que tenía el emblema de Lussel en plateado: dos castillos, uno hacia arriba y el otro hacia abajo, las torres más altas de cada uno se encontraban en el medio.

Estaba tan entusiasmada que me temblaron los dedos cuando lo abrí. Dentro había una invitación cuyos bordes tenían hermosas rosas rojas que florecían contra el papel y viñas verdes que serpenteaban.

Estimada Alex de Bristol:
Es con gran dicha que le extendemos una invitación
a las festividades en honor a nuestra princesa
Celestia de Lussel de Arriba.
La esperamos en el décimo día de invierno
cuando el sol cae en el castillo de sus majestades.

6

LA PUERTA EN EL ÁRBOL

Lindy estaba adorable. Le había comprado un buzo blanco con un arcoíris en el centro y vaqueros celestes. Sus botitas blancas lo complementaban a la perfección. Llevaba el largo pelo rosa en dos coletas de suaves rizos.

La última vez que la había visto aparentaba ser una chica de dieciséis, pero ahora parecía un poquito mayor.

—¿Qué piensas? —me preguntó dando un giro despreocupado.

—¡Estás preciosa!

—Gracias —llevó la mirada hacia el techo—. Tu hermanita tiene buen gusto. Mira todas esas estrellas.

Al pensar en Olivia me volví a sentir culpable de haberle dicho que ya no quería jugar con ella.

—Lindy… ¿Crees que puedes conjurar una corona de flores para ella? Ayer le dije algo feo y me gustaría darle un pequeño regalo.

—¡Por supuesto! —su rostro se iluminó ante la idea—. ¿Qué tipo de flores le gustan?

—Las margaritas.

Lindy movió los dedos en un gesto circular, desprendiendo finos hilos de luz lila que se entrelazaron, derritiéndose. Presionó los labios con concentración. Una tras otra, las margaritas cobraron forma bajo la magia; blancas, rosas, azules.

—*Ta-chán* —sopló la luz que le quedaba y me la entregó.

—¡Es perfecta! ¡Gracias!

Dejé la corona sobre su cama junto a una notita.

—Vamos a ver si Glo parece un espantapájaros —dijo Lindy en tono travieso.

Todavía me costaba creer que Glorian estuviera en mi habitación. El Conjurador me producía una gran admiración que no podía sacudirme. Todo acerca de él era tan… mágico.

—¡Glo! —lo llamó Lindy.

Al regresar a mi habitación lo encontramos sentado frente al escritorio junto a un botín de cosas que había reunido. El Conjurador de Cristales definitivamente no parecía un espantapájaros. Le había comprado una sudadera negra de Nike y unos vaqueros de un azul gastado, pero ni siquiera eso hacía que tuviera un aspecto ordinario. Con su brillante pelo dorado y sus delicadas facciones que me hacían pensar en querubines, esos angelitos risueños, Glorian podría ser el modelo de una gráfica.

—No me miréis, estoy deplorable —dijo extendiendo la mano frente a su rostro.

Negué con la cabeza sin animarme a decirle que estaba bien.

—Yo me veo estupenda —respondió Lindy mientras danzaba a su alrededor.

—Oh, Lind, siempre tan optimista —respondió su hermano.

—¿Qué tienes ahí? —preguntó ella.

—Tesoros para mi colección —dijo él, sonriente.

Recordé que Glorian tenía un baúl de cristal lleno de objetos de distintos países que de alguna manera habían llegado al reino de Lussel. Me acerqué para ver qué cosas habían llamado su atención: una grapadora, el cargador del móvil, la chocolatina Crunch que me había dado Harry, un reloj digital en forma de cubo, una postal que mi prima Emilia me había enviado desde Madrid y el muñeco del cascanueces.

—Glo, eso se llama «robar» —lo reprendió Lindy.

—No si Alex decide que puedo tenerlos —me miró con esos ojos azules de ensueño y me dedicó una gran sonrisa—. ¿Puedo, pececito?

¿Quién podría negarse a esa sonrisa? Y Glorian me había regalado a la osita de cristal que tenía en mi mesita de noche.

—Sí. Excepto el cascanueces, mis padres me lo regalaron ayer.

—¿Qué es un cascanueces? —preguntaron los hermanos al mismo tiempo.

Tomé el soldado de madera y se lo enseñé. Les expliqué que tenían que poner una nuez en el compartimiento de su boca, bajar la palanca de su espalda con fuerza y sus dientes quebrarían la nuez.

—Fascinante —murmuró Glorian—. ¿Puedo tomarlo prestado para estudiar su mecanismo? Prometo devolvértelo cuando vuelvas a Bristol.

—¿Harás uno de cristal? —asentí con entusiasmo.

—Lo intentaré. Esta pequeña maravilla será un éxito en las ferias.

—¿Qué hay de todas estas cartas? —preguntó Lindy tomando una de la pequeña pila de sobres blancos.

Oh, no. Mi corazón dio un saltito nervioso.

—Alex las escribió para nosotros. Mira: *Para Lindy y Glorian* —leyó el Conjurador.

Eran las cartas que les había escrito contándoles acerca del ballet para el que estaba practicando y, lo que era peor, una de ellas era sobre lo triste que estaba porque Harry Bentley hubiera besado a otra chica. La había escrito porque necesitaba hacer algo con todos los sentimientos que tenía en el pecho. Porque echaba de menos su compañía. Pero moriría de vergüenza si la leyeran.

—Eso es tan dulce, Alex.

Lindy tomó la pequeña pila y abrazó las cartas como si fueran algo muy preciado. No podía pedírselas de regreso.

Mamá y Olivia llegarían pronto. Pensé dónde esconderlos por la noche. El ático estaba cubierto de polvo y seguro que tendrían frío. Toby se asomó por la puerta, cargando entre sus dientes una piña cubierta de brillos que había robado del árbol.

Verlo me dio una idea. Harry me había enseñado una gran casa a la que solía ir cuando sacaba a Toby de paseo. Los Lewis se habían mudado a Londres, aunque volvían de vez en cuando, y Harry solía ir a controlar que todo estuviera bien. Escondían la llave bajo un gato de cerámica en la entrada.

—¡Sé a dónde ir!

• • •

Esa noche apenas pude dormir. Estaba tan entusiasmada que seguía dando pataditas contra las sábanas. Había dejado a Lindy y a Glorian en la residencia de los Lewis. La casa era inmensa y tendrían un montón de habitaciones para explorar. Les había dejado comida que tomé de la alacena y le hice prometer a Glorian que no se llevaría nada.

Olivia había estado feliz con su corona de flores y mis padres me habían dado permiso para pasar el sábado en la casa de Sumi.

Estiré la mano hacia el sobre violeta en mi mesita de noche y pasé los dedos por el papel. Era real. Iba a regresar a Lussel de verdad. Pensé en Celestia, la princesa que había estado atrapada bajo un encantamiento que la había transformado en un cisne, y que me llamó a su reino con un deseo. Nos habíamos prometido que volveríamos a vernos y ahora podría cumplir mi promesa.

Al despertar a la mañana siguiente me sentí tan inquieta como si me hubiera pasado la noche persiguiendo sueños.

Esta vez estaría lista. Me puse un jersey blanco, mi chaqueta de invierno, vaqueros y Converse rojas. Luego tomé la mochila que había preparado con todo lo necesario: cantimplora, linterna, un par de brazaletes y colgantes que podía usar en caso de que tuviera que hacer un trato con un hada, zanahorias para la pareja de burritos Nimbi y Daisy, y mi edición ilustrada de *Peter Pan* de J. M. Barrie que quería regalarle a Celes por su cumpleaños.

Una vez que mis padres y Olivia se fueron, le di un abrazo a Toby y corrí hacia la residencia de los Lewis. El día estaba frío, pero la alegría en mi pecho era tan inmensa que me abrigaba al igual que una manta.

La gran casa de tejado negro y ladrillos rojos se alzaba al final de una de las calles más pintorescas del vecindario. Al entrar encontré a Lindy y a Glorian sentados sobre los grandes sillones del comedor principal, comiendo *pretzels* cubiertos en chocolate y menta, y viendo dibujitos animados en la tele. Los hermanos compartían el mismo brillo en sus ojos.

—¡Alex! ¡Tienes que probar esto! Es salado, pero también dulce.

Lindy me ofreció un *pretzel*. Sus labios estaban cubiertos de chocolate.

—Y esta es una caja mágica que cuenta historias —dijo Glorian abriendo los ojos grandes con asombro—. Horribles historias sobre un gato que sufre todo tipo de calamidades para atrapar a un ratón; se electrocuta, se corta con un gran cuchillo, abre un regalo que esconde un explosivo… ¡Horrible! Pero ¡fascinante!

Me llevé ambas manos a los labios, conteniendo todas mis risitas. Estaban viendo unos antiguos dibujos llamados *Tom y Jerry*.

—¡Y al ratón nunca le pasa nada! —agregó Lindy, indignada.

Verlos vestidos con vaqueros y sudaderas, viendo la tele, era completamente irreal.

—Supongo que es momento de partir. No queremos llegar tarde —refunfuñó Glorian.

Me aseguré de que todo estuviera igual a como lo habíamos encontrado. Lindy guardó los *pretzels* que quedaban para llevárselos a Tamelina, así podría aprender a conjurarlos. Estaba tan guapa con la sudadera blanca con el arcoíris. Llevaba el pelo suelto y caía en una nube de pálidos rizos rosa.

—¿Vamos al lago en el parque? —pregunté cerrando la puerta con llave y regresándola a su escondite bajo el gato de cerámica.

—No, ese portal lleva al bosque tras nuestra casa, el que usamos para venir nos dejará en el castillo del príncipe Sirien —dijo Lindy—. Nos reuniremos con él y Tamelina para viajar a Lussel de Arriba.

Sirien. Oír su nombre hizo que mi corazón se acelerara un poquito. Pensé en el príncipe que me había ofrecido una rosa tras haberme visto bailar en la Aldea de Cuarzo. Un chico tan cálido y lindo que haría suspirar a quienes lo vieran. Pero su historia de amor era con Celestia. A pesar de que las cosas se habían vuelto confusas, las aventuras que vivimos juntos hicieron que compartiéramos una gran amistad. Ansiaba volver a verlo.

—El rey de Lussel de Arriba ha contratado a Tamelina para que se encargue de todos los dulces y pasteles del baile —dijo Lindy.

—¡Debe estar tan contenta!

—Es tan ingeniosa como un hada. Negoció que Mela pudiera viajar con ella como parte de su pago —agregó Glorian, orgulloso de su pequeña hermana.

Eso me hizo reír tanto que me dolió el estómago. Mela era una gran osa marrón; su mejor amiga. Cuando llegué a Lussel la primera vez, había encontrado una escena tan fantasiosa que estaba segura de que estaba soñando: una niña con un vestido rosa, tomando el té con una osa que llevaba una corona de flores.

—Adonde va Tam, Mela la sigue. Y viceversa —dijo Lindy con una expresión afectuosa.

—Mejor un oso que un muchacho —añadió Glorian.

Dimos varias vueltas por el vecindario ya que los hermanos no podían recordar de dónde habían venido. Lindy dijo que era un terreno lleno de pinos que estaba separado del resto de las casas. Tenía que ser la vieja granja de árboles de Navidad. Mamá me dijo que había quedado abandonada muchos años atrás cuando la zona había comenzado a volverse más residencial.

—¡Ey! ¡Alex!

Me detuve donde estaba. Cientos de diminutas alitas celestes se agitaron dentro de mi estómago. Harry Bentley cruzó desde la acera de enfrente. Su mirada encontró primero a Lindy y luego a Glorian. Levantó las cejas en una expresión curiosa. A pesar de que llevaban ropa normal, los hermanos eran imposiblemente llamativos.

—Ey —lo saludé.

—¿Amigos de tu escuela de danza? —preguntó sin dejar de mirarlos.

—¡Sí! Son estudiantes de intercambio —me apresuré a decir—. Vienen de... ehhh, Ám...

—Argentina —me interrumpió Glorian en tono seguro.

¿Argentina? Iba a decir Ámsterdam. El año pasado habíamos recibido a una estudiante de intercambio llamada Sofía que venía de Argentina, me había hablado de su país, pero con Harry mirándome no lograba recordar ningún detalle.

—¿De Argentina? —preguntó Harry, sorprendido.

—Alex, ¿no vas a presentarnos a tu amiguito? —dijo Lindy brindándome una sonrisita alentadora.

Mis mejillas se volvieron calientes como si hubiera estado tomando sol.

—Lindy, Glorian, él es... ehm... Harry Bentley —dije.

—Encantada.

—Harry —Glorian dijo su nombre como si fuera un caramelo agrio que quería escupir—, estamos apresurados. Vamos, pajarito.

El Conjurador de Cristales dejó caer una mano sobre mi hombro y caminó a mi lado. Estaba tan pasmada que por un momento olvidé cómo hablar. No sabía si horrorizarme porque lo hubiera tratado de esa manera, o disfrutar de que Harry me viera junto a alguien tan fantástico como Glorian.

—¡Lo siento! ¡Vamos retrasados! —me disculpé, mirando sobre mi hombro.

Harry tenía la boca abierta en una *O*. La sonrisita de mis labios se me escapó al igual que un secreto. Esperaba que estuviera tan desconcertado como yo me sentí cuando escuché que le había dado un beso a Nadia Castel.

—Glo, eso ha sido descortés —lo reprendió Lindy.

—¿No has leído las cartas? Esa es la pequeña sanguijuela que hizo llorar a Alex.

De repente me sentí ardiente de vergüenza. No debí haber escrito esas cartas, había dejado que todos mis sentimientos se volcaran al papel. No creía que fueran a leerlas realmente.

—Lo sé, pero es solo un niño. Hacen cosas tontas todo el tiempo. —Lindy pasó su mano por mi otro hombro—. No debes estar triste, pastelito.

No estaba triste, sino mortificada.

—¿Cómo conoces Argentina? —pregunté para cambiar de tema.

—Uno de los objetos que encontré de este mundo viene de ahí. Es un recipiente envuelto en cuero con una bombilla de metal. Tiene una inscripción que dice «Argentina». Imagino que es un lugar bonito.

Bajamos por la calle hasta llegar a un caminito de tierra que se adentraba en el terreno abandonado. Noté la fila de abetos que se extendía al final de la propiedad. Eran altos y firmes, como si siempre hubieran estado allí.

Lindy se nos adelantó, danzando entre ramas cubiertas de agujas verdes, hasta alcanzar el último abeto. Era el más alto de todos.

La Conjuradora de Flores extrajo una llavecita hecha de oro.

—¿Lista para regresar a Lussel? —me preguntó con una dulce sonrisa que prometía magia y estrellas fugaces.

—¡Lista!

Movió las manos en el aire de manera dramática, como si fuera a hacer un truco, y guio la llavecita hasta un diminuto hueco en el tronco del pino. Solo que no era un hueco, ¡sino una cerradura! Estaba a plena vista y, a la vez, era invisible.

Lindy giró la llave tres veces.

Contuve el aire.

El *tu-tuc, tu-tuc, tu-tuc* de mi corazón se entrelazó con el *clank, clank, clank* que emitió el cerrojo.

Una angosta puerta se desprendió del tronco, revelando un espacio negro que desaparecía dentro.

—¡Esto es genial! —exclamé.

Íbamos a caminar por el interior de un árbol.

—Las bailarinas primero —dijo Glorian extendiendo el brazo en invitación.

Lindy me tomó de la mano y me guio dentro. Todo se volvió negro. La oscuridad era tan densa que parecía que estuviéramos bajo el agua. La anticipación en mi pecho creció y creció como si estuviera en el tortuoso ascenso de una montaña rusa, a meros respiros de la aterradora caída.

—¿Lindy?

—Estoy aquí —presionó sus dedos sobre los míos.

—Dicen que este lugar está lleno de fantasmas...

Glorian habló en voz baja y me causó escalofríos.

—¿Fantasmas?

Pensar en ello me hizo imaginar espeluznantes figuras blancas danzando sobre el vacío que nos rodeaba.

—Espíritus de los árboles que hipnotizan a los niños con el movimiento de sus ramas y...

—Está mintiendo, no lo escuches —me advirtió Lindy.

Tal vez era mejor si cerraba los ojos. Aunque suponía que todo seguiría igual de oscuro. Iba a intentarlo cuando rayos de luz azul quebraron los alrededores. En un momento no podía ver; al siguiente, salí a un paisaje de satinados tonos azules y vibrantes verdes.

Era de noche.

Luciérnagas doradas flotaban entre los árboles con una cadencia melodiosa. A lo lejos se alzaba un espléndido castillo hecho de piedra blanca espejada que reflejaba el brillo de infinidad de estrellas en el cielo. El pueblo a su alrededor estaba sumergido en destellos de plata que llovían desde los altos muros.

La Ciudad de las Estrellas. Allí era donde vivía la familia real de Lussel de Abajo.

—Bienvenida de nuevo, Alex de Bristol.

—Por poco olvido lo cautivador que es… —suspiré.

Era un escenario de ensueño. Pequeños faroles guiaban el camino hacia el castillo al igual que luminosas migas de pan.

—¡¿Qué rayos?! ¡¿Qué ha pasado?! ¡¿Dónde estamos?!

El corazón por poco se me sube a la garganta. Glorian, Lindy y yo nos giramos hacia atrás al mismo tiempo. Harry Bentley estaba de pie junto al tronco por el que habíamos salido. Tenía los ojos abiertos de par en par. Y su postura… parecía hecho de piedra.

Tragué una bocanada de aire debido a la sorpresa. Harry nos había seguido a Lussel.

7

BIENVENIDO A LUSSEL

—Oh, por todos los diablillos alados —exclamó Glorian en tono dramático.

Harry contempló el gran castillo como si se tratara de un espejismo. Entendía lo que sentía. Yo había pasado por lo mismo cuando llegué a Lussel por accidente la primera vez. Había estado convencida de que era un sueño, o peor, de que había sufrido una contusión.

—¿Qué hacemos con él? —preguntó Lindy.

—Vuelve por donde viniste en este instante —dijo Glorian señalando hacia el árbol.

Harry pestañeó sin entender. Luego dio un paso hacia mí y me tocó el brazo como si yo fuera la única cosa real.

—¿Alex, dónde estamos? ¿Cómo es posible que... que... cruzáramos un árbol? ¿Qué es este lugar? ¿Disney?

—Es... ehmmm...

—Ni una palabra, pececito —me advirtió Glorian—. Si los reyes se enteran de que dejamos pasar a un intruso, tendremos serios problemas.

Miré de Harry a Glorian, de nuevo a Harry, sin saber qué hacer o decir. No quería decepcionar a ninguno de los dos.

—¿Lindy? —llamé a la Conjuradora de Flores rogando ayuda.

—Todo va a ir bien —me aseguró, viniendo a mi lado—. Cuéntanos, Harry Bentley, ¿por qué nos has seguido?

Su voz gentil hizo que Harry pareciera un poquito más calmado. Lindy tenía ese efecto, era tan cálida como un día de verano.

—No lo sé. Nunca os había visto en Bristol, y luego él se llevó a Alex y la llamó «pajarito». Lo cual me pareció extraño. Hasta sospechoso —dijo, arrojándole una mirada de desaprobación a Glorian—. Y os vi abrir una puerta en el tronco de ese pino...

—Ohhh, estabas preocupado por Alex —comentó Lindy encantada.

Bajé la mirada hacia mis zapatillas rojas. Mi rostro debía verse de ese mismo color. ¿Harry había estado preocupado por que me fuera con Glorian? Parte de mí quería danzar y girar dando una *pirouette* hasta que el bosque girara conmigo.

—La manera en que llamo a Alex no es asunto tuyo. Y ahora que hemos escuchado esta fascinante historia de por qué has decidido seguirnos, es hora de que regreses a tu mundo —contestó Glorian cruzándose de brazos.

—No iré a ningún lado hasta saber lo que está pasando —respondió Harry en tono testarudo.

—Les daremos un momento.

Lindy presionó los dedos sobre mi hombro en un gesto alentador. Luego fue hacia su hermano, entrelazó el brazo bajo el suyo, y lo hizo caminar junto a ella. Esperaba que eso significara que podía decirle la verdad. No quería mentir. Además, ¿qué otra explicación había?

Ver a Harry en aquel paisaje de ensueño, rodeado por un satinado cielo estrellado, por luciérnagas y faroles, hizo que mi corazón se precipitara en un *tu-tuc, tu-tuc, tu-tuc* tan frenético que imaginé a un colibrí aleteando desesperado dentro de mi pecho.

—Alex, por favor, dime qué está pasando —me pidió.

Empecé a hablar, liberando las palabras en mi garganta sin poder contenerme. Le conté todo: cómo había caído en el lago por accidente, el bosque cubierto de luminosa nieve verde que no era fría, la niña y la osa, Lindy y Glorian, nuestros viajes por las ferias, Sirien, la princesa atrapada bajo la forma de un cisne que todos habían olvidado, la pradera Azabache, la casa de la Conjuradora Christabella.

Para cuando terminé, me sentía liviana.

Harry parecía tan desorientado como si hubiera salido de uno de esos juegos en los parques de atracciones que daban vueltas y vueltas hasta que uno se mareaba.

—Suena todo muy descabellado. —Pasó una mano por la nube de pelo castaño que caía sobre su frente.

—Lo sé.

—¿De verdad te escabulliste dentro de la casa de una bruja que transformaba personas en pájaros? —Levantó las cejas, incrédulo.

—Sí. Junto a Sirien y a Celestia. —Alcé el mentón con orgullo.

—Guau...

Harry se paseó sin poder despegar los ojos del centellante castillo blanco.

—¿Crees que este lugar es una dimensión paralela a nuestro mundo? ¡Como el Mundo del Revés en la serie *Stranger Things*! —dijo, exaltado.

Esa era su serie favorita.

—No lo sé —admití—. Es un reino donde la magia existe y hay portales que lo conectan a Inglaterra y a otros países.

—Mmmm. —Se llevó la mano al mentón de manera pensativa.

Glorian y Lindy nos estaban dirigiendo miradas curiosas. Lamentaba que Harry se tuviera que ir, pero no quería meterlos en problemas.

—Tienes que regresar a Bristol —dije.

—¿Qué hay de ti?

—Tengo una invitación para el cumpleaños de Celestia. La echo de menos. Glorian y Lindy me traerán de vuelta después del baile —le aseguré.

—Alex, no puedo dejarte aquí con ese alto, rubio, malhumorado... —dijo mirando al Conjurador de Cristales de reojo.

Glorian resopló indignado. Lindy dejó escapar una risita que sonó a campanillas.

—Tan romántico —suspiró.

Harry debió escucharla, ya que se sonrojó un poco. Junté las manos y jugué con mis dedos de manera nerviosa. El hecho de que desconfiara de Glorian porque era mayor era completamente romántico.

—Quiero acompañarte —insistió Harry—. Este lugar parece increíble. Además, vivir aventuras siempre es más divertido junto a los amigos.

Me dedicó una de esas sonrisas que curvaban sus labios sugiriendo una travesura. Me consideraba su amiga. Quería que viviéramos una aventura juntos. Si todavía no me había derretido, lo haría pronto. Todo se volvió dulce; como si las mariposas en mi estómago se hubieran convertido en abejitas hechas de miel.

—¿Puede venir con nosotros? ¿Por favor? —le pregunté a Glorian.

Usé la misma mirada angelical que Olivia siempre usaba con nuestros padres. El joven se pasó los dedos por el rostro en una exagerada expresión teatral. Lindy le susurró algo al oído y le dio un gran abrazo antes de que pudiera responder.

—¡Vamos, Glo! ¡Será tan emocionante!

—Bien —dijo de mala gana—. Pero debemos hacerlo pasar por alguien de aquí. Nadie puede descubrir que ha venido con Alex.

—¡Bienvenido a Lussel, Harry Bentley! —exclamó Lindy, y conjuró un pequeño estallido de pétalos rosas sin poder contenerse.

8

EL CHICO DE LOS ESTABLOS

Glorian dijo que lo primero que debíamos hacer era ir a la cabaña de huéspedes donde habían dejado sus pertenencias, para cambiarse con la vestimenta adecuada. «Nadie en Lussel va a verme vestido como un espantapájaros», había asegurado.

A medida que nos acercábamos a los terrenos que rodeaban el castillo, el azul del cielo comenzó a disiparse entre tonos rosas y naranjas. Pronto amanecería. Ver dos amaneceres en un mismo día me resultó muy extraño.

El lago que rodeaba los muros del castillo era tan cautivante como lo recordaba. Sobre su superficie espejada flotaban majestuosos cisnes blancos y flores de loto.

Harry parecía deslumbrado. Su boca estaba abierta en una *O* silenciosa.

Imaginé lo romántico que sería sentarnos en un pequeño muelle con las piernas colgando sobre el lago, como había hecho con Sirien. No había podido besar al príncipe porque no era el deseo que guardaba en mi oso de peluche. Pero Harry sí lo era.

Tal vez aquel deseo no estuviera perdido después de todo. Tal vez… la magia de Lussel me ayudaría a que se hiciera realidad.

—Parece como si hubieras comido demasiados dulces y el azúcar te hubiera subido hasta los ojos —observó Glorian.

Oh, no. Sacudí la cabeza de manera inconsciente, esperando que eso ahuyentara la escena que había imaginado.

—Es el paisaje. Es tan hermoso…

—Mmm —comentó el joven sin mostrarse convencido.

Delante de nosotros, Lindy le estaba contando a Harry que Lussel estaba dividido en dos reinos: Lussel de Abajo y Lussel de Arriba. Señaló la bandera que ondeaba desde la torre más alta, la cual ilustraba un castillo invertido en violetas y dorados. El emblema de Lussel de Abajo.

—Si esa sanguijuela hace algo que te pone triste, solo dilo. Puedo causar un accidente —me susurró Glorian.

Las puntas de sus dedos acariciaron el aire, desprendiendo un pálido humo gris. Lo amoldó entre sus manos y creó un niño de cristal que brilló transparente antes de caer hacia el suelo y quebrarse en pedacitos.

No sabía qué me había asustado más, si la estatuilla rota o la sonrisa de villano que torció los labios de Glorian.

—¡No estoy triste! —me apresuré a decir—. Lo prometo.

Una vez que llegamos a la cabaña, los hermanos dijeron que irían a cambiarse. Harry y yo nos quedamos en la sala, sin saber qué hacer más que sentarnos en el sillón. Abracé mi mochila. No sabía cómo actuar normal delante de él.

—¿Recuerdas cuando te llevé a la residencia de los Lewis para enseñarte mi lugar secreto? —me preguntó Harry—. El tuyo ha resultado mucho más increíble.

Eso me sacó una risita.

—La primera vez que llegué aquí fue como encontrar el tesoro perdido de un barco pirata. Todo era tan resplandeciente e imposible.

—¿Cómo te contuviste para no contárselo a nadie? —me preguntó.

—No puedo. La reina me dio una llavecita para abrir uno de los portales que me llevó de vuelta a Bristol y, a cambio, tuve que firmar un documento mágico que me prohíbe hablar sobre Lussel cuando estoy en nuestro mundo.

Harry asintió como si tuviera sentido. Glorian y Lindy entraron en la sala, haciendo que soltara un suspiro de asombro. Estaban espléndidos. El par de asombrosos Conjuradores que hacían espectáculos y encantaban a su público.

Glorian llevaba un largo abrigo azul de cuello alto con un bordado de estrellas plateadas que comenzaba en su manga, le rodeaba el brazo, trepaba sobre su hombro y caía en una lluvia de constelaciones por la parte delantera de la prenda.

Lindy lucía un hermoso abrigo color verde agua que tenía flores plateadas en el cuello, las mangas y los bordes. El diseño parecía una chaqueta normal hasta la cintura y luego se abría con la caída acampanada de un vestido. El pálido tono verde complementaba su pelo rosa.

—¡Guau! —exclamé.

Glorian pasó la mano por las brillantes capas de pelo dorado que se apilaban sobre su frente y torció los labios en una mueca complacida.

—¿Vamos a una fiesta de disfraces? —me preguntó Harry.

—La moda de Lussel es elegante. Y Glorian y Lindy son un poco extravagantes —le susurré al oído.

—No es broma...

—¡Es vuestro turno! —exclamó Lindy.

La joven agarró el lado de un gran baúl de madera y su hermano la ayudó a cargarlo hacia el centro de la sala. Verlo me llenó de una energía inquieta.

—¡El cambiador! Creo que es una de las cosas que más eché de menos —confesé.

—¿Qué hace? —preguntó Harry.

—Está encantado. Si te sientas dentro y cierras la tapa, hay un sastre invisible que te viste con lo que le pidas.

Cuando volví a Bristol mi armario me había resultado tan aburrido en comparación con el baúl mágico... Harry lo miró con desconfianza, como si fuera a tragárselo.

—Me gusta lo que llevo puesto —dijo, alisando el frente de su chaqueta.

Glorian dejó escapar un chistido.

—Lo que llevas puesto hace que te parezcas a Buu, y no puedo presentarte como un espantapájaros porque no estás hecho de paja.

—Ningún espantapájaros que haya visto lleva una chaqueta de Levi —afirmó Harry con seguridad.

Tenía que admitir que le quedaba muy bien. Y me gustaba que no se viera intimidado por el impactante vestuario de Glorian.

—Alex, ve tú primero para mostrarle cómo funciona —me alentó Lindy mientras abría la puerta de madera—. Cuando crucemos a Lussel de Arriba hará más frío, pide algo abrigado.

Ver el interior vacío me recordó al baúl de los disfraces que solía imaginar antes de interpretar a un personaje. Solo que este era real. Pasé una pierna, luego otra, y me senté dentro. Harry me estaba mirando como si algo terrible fuera a suceder. Me pregunté si tendría miedo a los espacios cerrados.

—Sorpréndenos, pastelito —me susurró Lindy en tono afectuoso.

Al cerrar la tapa todo quedó sumergido en la oscuridad; como cuando cruzamos por el portal en el árbol. Era un tipo de oscuridad profunda y repleta de una sensación chispeante. Magia. Pensé en el diseño del vestido que había usado la última vez; había adorado la capa corta sobre los hombros, pero necesitaba que fuera más abrigado y festivo, el tipo de vestimenta que me pondría para visitar a una princesa.

Un pequeño remolino de aire me envolvió los pies y me subió por las piernas. El par de manos invisibles tomó mis medidas, haciéndome cosquillas, antes de envolverme en tela mullida al igual que algodón.

—¡¿Estáis seguros de que puede respirar?! —oí la voz de Harry desde afuera.

—No, planeamos asfixiarla —las palabras de Glorian derramaban sarcasmo.

—Por supuesto, solo lleva unos momentos —le aseguró Lindy.

La corriente de aire me recorrió de forma juguetona desde la cabeza a los pies y luego se desvaneció. Iba a avisar a Lindy, pero las palabras se atascaron en mis labios. Saber que Harry Bentley me vería salir hizo que me diera un poco de vergüenza. ¿Y si parecía un malvavisco? ¿O un muñeco de nieve?

Una risa de aire me hizo cosquillas en el estómago. Como si el baúl supiera lo que estaba pensando y lo encontrara gracioso.

—¿Alex? —preguntó Lindy.

Sentí una mano invisible dándome palmaditas para alentarme.

—Estoy...

Lindy levantó la tapa al instante. La luz de la habitación me cegó. Me ofreció la mano para ayudarme a levantarme. Mantuve la mirada en sus grandes ojos azul violáceo, aferrándome a ella.

—¡Alex! ¡Estás preciosa! —dijo dando un saltito—. Glo, trae un espejo.

Me quedé frente a ella al igual que una estatua. Lindy notó que me rehusaba a girarme y presionó los labios para atrapar una risita. Nos quedamos así hasta que Glorian volvió cargando un alto espejo de marco dorado.

—Tienes el aspecto de nuestra querida Alex de Bristol —aseguró el Conjurador, mirándome con aprobación.

Inhalé lento, calmando los nervios, y me enfrenté a mi reflejo. La Alex tras el cristal parecía sacada de un festivo cuento de hadas. El cambiador me había dado una chaqueta similar a la de Lindy, solo que de un pálido tono rosa. La abrigada capa que me cubría los hombros hasta la altura del codo tenía bordes de terciopelo blanco, al igual que los puños de las mangas. Un lindo lazo burdeos cerraba la apertura de la capa sobre mi pecho. La caída de la chaqueta era acampanada, como la falda de un vestido. Y largas botas blancas abrigaban mis piernas.

—¡Me encanta! —admití.

—Solo falta un detalle —observó Glorian.

Sopló un pálido humo gris que llovió sobre mi cabeza, adornando un mechón de mi pelo castaño con un muérdago hecho de cristal.

La Alex del espejo me devolvió una sonrisa alegre. Y luego noté el reflejo de Harry detrás del mío. Me estaba mirando con los ojos bien redondos. Como si hubiera visto algo sorprendente. Por un momento sentí el impulso de volver a meterme dentro del baúl.

—Estás guapa —dijo con una expresión casual.

Tu-tuc, tu-tuc, tu-tuc.

Fui valiente y me giré para poder mirarlo a los ojos.

—Gracias, Bentley.

Su rostro mostró una expresión de sorpresa antes de cambiar a una sonrisa traviesa.

—De nada, Belle.

Mariposas de todos los colores revolotearon dentro de mi estómago. Parecía que hubiéramos compartido un momento importante.

—Tu turno, sanguijuela —dijo Glorian sosteniendo el baúl abierto.

—No soy una sanguijuela y definitivamente no voy a meterme ahí adentro si tú eres quien va a encerrarme —respondió Harry cruzándose de brazos.

—¡Yo lo haré! —se ofreció Lindy, desplazando a su alto hermano.

Harry ojeó el baúl, lleno de desconfianza.

—¿Es necesario? No me gustan los espacios tan pequeños y cerrados —admitió.

—La magia de dentro es amistosa. Y se pasa muy rápido —le aseguré.

—No puedes venir con nosotros si no aparentas ser alguien de Lussel —agregó Lindy.

—De acuerdo —Harry exhaló derrotado.

Levantó una de las piernas sobre el borde de madera moviéndose despacio, como si el cuerpo le pesara. Tenía las cejas hundidas y su boca era una línea rígida. El pobre debía sufrir claustrofobia. Una vez dentro, se reclinó poco a poco hasta sentarse en el fondo.

—Descuida, pastelito. Tienes suficiente aire —dijo Lindy de manera animada.

Harry se sonrojó un poco. Espió a la joven de pelo rosa, atónito porque lo hubiera llamado «pastelito». Contuve la risa ante lo adorable de la situación.

—¿Listo?

—Hazlo —respondió Harry—. Alex, no dejes que ese rubio malhumorado me encierre…

Lindy bajó la tapa, atrapando el resto de sus palabras.

—Bien hecho, Lind —comentó su hermano.

Los tres miramos el baúl y aguardamos en silencio. Me pregunté qué tipo de ropa pediría. Sabía que el color favorito de Harry era el verde, pero la chaqueta que llevaba era de ese color y tal vez preferiría algo diferente para cambiar. Me paseé sin poder quedarme quieta. ¿Y si estaba asustado? ¿O no podía respirar?

—Está bien —me tranquilizó Lindy.

—Nunca había conocido a nadie que le tuviera miedo a un baúl —comentó Glorian, dejándose caer en el sillón.

—No es al baúl, es al espacio confinado y la falta de aire —le expliqué.

Glorian arqueó las cejas y descartó el comentario con un movimiento de la mano. No debí escribir esas cartas diciendo que estaba triste porque Harry hubiera besado a Nadia Castel. Habían hecho que Glorian pensara mal de él sin siquiera conocerlo.

—¡Abran! —gritó Harry.

Lindy dio un saltito de emoción y levantó la tapa. Harry Bentley se puso de pie sin perder un momento. Llevaba una chaqueta corta de un profundo tono burdeos adornada con botones dorados. Era similar a la chaqueta de un soldado, aunque menos rígida, de un estilo más casual, al igual que una cazadora. Estaba abierta, revelando una sencilla camisa blanca debajo; los pantalones eran de un azul gastado al igual que vaqueros, y llevaba botas de montar negras.

Se veía... tan, tan, *taaaaan* lindo.

Me hizo pensar en primeros besos y en canciones de amor.

—Mmm. Me gusta —dijo Harry mirándose al espejo.

—Es un soldado descuidado —comentó Glorian hundiendo las cejas en desaprobación.

—Glo... —lo reprendió su hermana.

—Pareces una versión más genial de mi cascanueces... —las palabras se me escaparon.

—¡Exacto!

Harry se giró hacia mí tan rápido que me sorprendió. Sus ojos marrones destellaron llenos de aventuras.

—Estaba pensando en la historia que me contaste, la de la niña llamada Clara que cae en una tierra mágica y su cascanueces se convierte en un príncipe. ¡Nosotros también cruzamos a una tierra mágica! Los príncipes son aburridos y tienen demasiadas responsabilidades, seré tu soldado.

La enorme sonrisa en mis labios creció contra mis mejillas hasta ocupar mi rostro entero. Quería bailar. Dar cientos de *pirouettes* hasta que las emociones de mi pecho dejaran de parecer un conejito saltarín.

—¡Suena estupendo! —aplaudió Lindy—. Tenemos que ir a buscar a Tamelina. Estará muy contenta de verte.

Glorian se levantó del sillón y dio largas zancadas hacia la puerta. Debía estar ansioso por ver a su hermana pequeña. Al salir, la noche se había ido y el sol iluminaba el fantasioso castillo que se elevaba en torrecillas blancas.

—¡No puedo esperar a ver a Sirien! —admití.

El príncipe de Lussel de Abajo era bondadoso y alegre. Me había enseñado a jugar un juego parecido al fútbol que se llamaba Destruye el Fuerte. Estábamos pasando por los jardines cuando un chico de pelo rojizo vino hacia nosotros, agitando la mano en el aire en forma de saludo. Lo reconocí. Su nombre era Kay. Era uno de los amigos de Sirien y había estado en nuestro equipo durante el juego.

—Maestro Conjurador Glorian, Maestra Conjuradora Lindy —dijo ofreciéndoles una reverencia.

—No hace falta que nos llames así —respondió Lindy.

—Pero ¡nuestra reina quedó tan complacida con vuestro espectáculo que os declaró Maestros Conjuradores! —insistió Kay. No sabía eso. Lindy negó con la cabeza un poquito avergonzada. Glorian torció los labios en una sonrisita que prometía trucos. Era la sonrisa que usaba cuando estaba en el escenario.

—¡Alex de Bristol! —dijo ofreciéndome una reverencia a mí también—. ¡Bienvenida! Sirien nos habló de los lobos en el bosque y de lo valiente que fuiste al enfrentarte a Christabella.

Agaché la mirada, un poco tímida.

—Gracias. Sirien también fue muy valiente.

—No tengo duda. —Hizo una pausa e inclinó la cabeza hacia Harry—. Mi nombre es Kay, no recuerdo haberte conocido…

Harry desvió sus ojos hacia los míos, inseguro de cómo presentarse.

—Yo soy H…

—Hansel —lo interrumpió Glorian—. Nuestro chico de los establos. Cuida de Nimbi y Daisy.

Harry le lanzó una mirada indignada. Abrió la boca como si fuera a protestar, pero luego la cerró, y exhaló en derrota. Nimbi y

Daisy eran una adorable pareja de burritos. Cargaba zanahorias para ellos en mi mochila.

—Un gusto, Hansel. Sirien me ha pedido que os diera un mensaje: el rey de Lussel de Arriba quiere asegurarse de que todo salga bien para la fiesta de la princesa Celestia y pidió que Tamelina vaya antes. Partieron ayer. Sirien se ofreció a escoltarla para que no viajara sola. Dijo que intentará esperaros en la Aldea de Azúcar.

¿La Aldea de Azúcar? No había oído hablar de ese lugar. Sonaba delicioso. Imaginé casitas hechas de azúcar y bastones de caramelo.

—Partiremos de inmediato. El príncipe fue muy cortés al escoltar a Tam —dijo Glorian.

—Que tengáis buen viaje —nos deseó Kay—. Alex, espero verte de nuevo y poder jugar a Destruye el Fuerte.

—¡Yo también! —lo saludé.

Glorian nos guio por otro camino que cruzaba hacia donde estaban los establos. Lamentaba haber perdido la oportunidad de viajar junto a Sirien y a Tamelina, esperaba que pudiéramos alcanzarlos.

—¿Hansel? —preguntó Harry una vez que nos alejamos lo suficiente—. ¿Qué hay de malo con mi nombre?

—Es raro y suena extranjero —respondió Glorian dándole la espalda.

La larga chaqueta que llevaba flameó sobre sus botas en un susurro de azul noche y destellos plateados. Con su alta figura, Glorian parecía hecho de trucos de magia y estrellas fugaces.

—Pero ¿por qué Hansel? Estoy seguro de que no parezco un huérfano que sigue migas de pan en el bosque. —Harry movió la nariz en un gesto que me recordó a un conejo.

—No tengo idea de lo que estás hablando —respondió el Conjurador.

Se estaba refiriendo al cuento de Hansel y Gretel. Mi mamá me lo había leído cuando era pequeña. Era sobre dos hermanos que se perdían en el bosque y encontraban una casa hecha de jengibre y golosinas que pertenecía a una malvada bruja.

—Hansel y Gretel no eran huérfanos. Su padre era un leñador pobre que los abandonó en el bosque —le susurré.

Recordaba ese detalle porque era horripilante.

—Sabes a lo que me refiero —dijo Harry mirándome de reojo—. No tengo pinta de Hansel.

—Es un nombre bonito. Tenemos un primo que se llama Hansel. —Lindy se giró hacia nosotros y sus coletitas de pelo rosa rebotaron sobre sus hombros.

—¡¿Y Gretel?! —pregunté.

Lindy y Glorian intercambiaron miradas de confusión.

—¿Quién es Gretel? —preguntaron al unísono.

—Es el personaje de un cuento. Creía que, si la historia de la princesa cisne Odette sucedió de verdad en Lussel, sería lo mismo con Hansel y Gretel.

—Alex conservó su nombre. Todos la llaman Alex —añadió Harry.

—Alex de Bristol —lo corrigió Glorian—. Alex es una heroína. La bailarina que ayudó a salvar a la princesa.

El Conjurador de pelo dorado me miró por encima del hombro y me guiñó un ojo. El gesto me llenó de una incontenible alegría. Di un saltito sin poder evitarlo.

Glorian me había llamado «heroína».

9

HISTORIAS DE COLORES

La pareja de burritos pastaba suelta bajo la sombra de un gran árbol. Parecían listos para el invierno: Nimbi llevaba una bufanda roja con rayas verdes, mientras que Daisy tenía un gorro de lana lila con agujeros por los cuales salían sus largas orejas.

Busqué las zanahorias en mi mochila y corrí hacia ellos.

—¡Nimbi! ¡Daisy! ¡Estoy tan contenta de veros!

Los burritos dejaron escapar un rebuzno. Nimbi me alcanzó primero, su suave hocico gris encontró mi mano y cosquilleó sobre mis dedos. Acaricié su frente y le di una zanahoria. La tomó con tal entusiasmo que su cola azotó el aire alegre.

—Iré a buscar un caballo para nuestro chico de los establos; de estar aquí, seguro que Sirien nos prestaría uno —dijo Glorian.

Harry vino a mi lado y extendió la mano hacia Daisy de manera amistosa.

—No me subo a un caballo desde niño. Espero no caerme.

—Sé gentil, aunque determinado, y no sueltes las riendas —respondí—. Eso es lo que siempre nos dice mi abuelo a Olivia y a mí cuando montamos el poni de su granja.

—Palabras sabias —murmuró para sí mismo.

Verlo en aquel paisaje junto al gran castillo blanco que brillaba bajo el sol, los banderines violetas y dorados agitándose en el viento, parecía irreal. De no haber sido porque Daisy estaba masticando la manga de su chaqueta hubiera creído que me lo estaba imaginando. Me pregunté qué habría pasado con Nadia Castel. Si había sido un beso de una sola vez o si era su novia.

—¡Arlen!

La voz de Lindy me sobresaltó. Me volví a tiempo para verla saltar hacia los brazos de un joven que nunca había visto. Este reposó el mentón sobre el hombro de Lindy de manera afectuosa y su rostro se relajó con una expresión risueña.

—¡Sigues aquí! —dijo la Conjuradora—. Ven, quiero presentarte a alguien, la amiga de la que te hablé.

Lo tomó de la mano y vino hacia nosotros dando grandes pasos que delataban entusiasmo.

—Arlen, ella es la famosa Alex de Bristol, y él es su amigo Ha… Hansel. —La mano de Lindy hizo una reverencia en el aire como si nos estuviera presentando en uno de sus espectáculos—. Él es Arlen.

Su apariencia era tan llamativa que era imposible no mirarlo. Arlen tenía el pelo muy revuelto, que empezaba rubio y se volvía tan celeste como el cielo. La chaqueta que llevaba puesta estaba dividida en dos colores; el lado izquierdo era completamente negro, y el derecho era puramente blanco. Y luego tenía un pañuelo rojo atado sobre el cuello al igual que un vaquero, pantalones negros y zapatos blancos que parecían alpargatas.

—Arlen es un Conjurador de Colores. El rey de Lussel de Arriba lo invitó al igual que a nosotros para entretener en las celebraciones de la princesa —continuó Lindy.

—¡¿De verdad?!

Arlen conjuró una pequeña nube rosa que se volvió violeta, luego burdeos, roja, naranja, amarilla, verde, azul…, y continuó cambiando a tal velocidad que fusionó todos los colores hasta que me fue imposible distinguirlos.

—Genial, buen truco —dijo Harry.

Agachó la cabeza en una pequeña reverencia.

—Los Conjuradores de Colores ven el mundo distinto, más intenso, abrumador, por eso a veces pierden las palabras por un tiempo —nos explicó Lindy.

Arlen me señaló, luego movió la muñeca en espiral, creando un torbellino de colores que se dispersó en diversas imágenes, enseñándome que había oído historias sobre mí.

—Es un gusto conocerte, Arlen. A mí también me gustaría oír historias sobre ti —dije.

Harry le ofreció el puño de la mano; Arlen lo observó sin saber qué hacer.

—De donde vengo… ehmm…. Una granja, lejos, lejos… es una manera de decir «hola» o «nos vemos luego» —dijo Harry—. Así.

Chocó el puño contra el suyo de manera amistosa. Arlen movió los labios en una risa silenciosa que me recordó a un mimo y repitió el gesto.

—¡Exacto! —lo alentó Harry.

—Creí que ya habías partido hacia Lussel de Arriba con el resto —dijo Lindy enroscando el dedo en un mechón de pelo—. ¿Qué te ha demorado?

Arlen señaló el reloj de su muñeca, luego a Lindy, y su dedo trazó una nube rosa en forma de corazón que flotó hacia el cielo.

—¡Estaba esperándote a ti! —dije sin poder contenerme.

Mis ojos siguieron la nubecita que volaba alto con la ligereza de un globo.

—Gracias por esperarme. Me encantaría que vinieras con nosotros —dijo Lindy tomando la mano de Arlen—. ¿Sí?

El Conjurador de Colores asintió sonriente y le dio un beso rápido en la mano. ¡Lindy tenía novio! Eran muy monos, sin mencionar que los dos tenían pelo del color de algodón de azúcar.

—Veo que tendremos más compañía inesperada —comentó Glorian.

Había regresado con un caballo y sus ojos azules estudiaban a Arlen de manera silenciosa. El joven inclinó la cabeza a modo de saludo y le ofreció una nube dorada que se deshizo en una explosión de confeti. Estaba contento de verlo.

—Glo… sé cortés —dijo su hermana en advertencia

Glorian torció los labios en una sonrisa enigmática.

—«Cortés» es mi tercer nombre, después de «fantástico» —le aseguró—. Además, me cae bien Arlen. Es bienvenido.

—Presumido —murmuró Harry a mi lado.

Tal vez un poquito, aunque nadie podía negar que había algo fantástico en Glorian. No era solo la magia. Era él. Su forma de ser, tan seguro de sí mismo.

—Aquí tienes, chico de los establos, cuida de él —dijo entregándole las riendas.

El caballo era blanco con manchas negras. Me recordó a un dálmata. Harry le acarició el hocico antes de mirar la montura, preocupado.

—¿Cómo se llama? —preguntó.

—Pintitas.

—Estás bromeando. ¿Tan poco original?

Glorian se encogió de hombros.

—Descuida, amigo. Pensaré algo mejor —dijo Harry palmeando su cuello.

El caballo levantó las orejas atento a sus palabras. Sonreí. Me encantaba que fuera gentil con los animales. La primera vez que lo había visto jugar con Toby se me había derretido el corazón.

—Hora de partir. —Glorian movió la cola del abrigo de manera dramática—. Rumbo al Bosque de los Sueños Olvidados.

10

EL BOSQUE DE LOS SUEÑOS

OLVIDADOS

Ir sentada en la carreta blanca me resultó familiar; el aire fresco del camino, el sonido de las ruedas, el *clank, clank, clank* de las pisadas de Nimbi y Daisy. Recordaba que la carreta tenía un hechizo para aligerar su peso y que los burritos pudieran estar cómodos.

Lindy iba sentada a mi lado, con las piernas extendidas junto a las mías, mientras que la alta figura de Glorian estaba ubicada delante, en el lugar del conductor.

Unos pasos por detrás nos seguía Harry en su caballo a manchas. Durante la primera hora de viaje su postura era rígida, con mirada nerviosa, las piernas ajustadas a los costados de la montura, pero ahora se lo veía un poco más relajado. Pintitas era bastante dócil. De vez en cuando estiraba el hocico hacia el suelo para robar una bocanada de pasto que masticaba de manera perezosa.

Arlen le había dado algunas instrucciones de cómo sujetar las riendas y le había enseñado a poner las puntas de las botas en los estribos con el talón posicionado hacia abajo. El Conjurador de Colores era muy amistoso. Iba a su lado montado en un caballo de pelaje claro como el trigo que tenía una estrella blanca en la frente.

Llevábamos horas en el camino, habíamos pasado por un sendero de vibrante pasto esmeralda que rodaba entre pequeñas colinas. El camino se adentró hacia un bosque de pinos tan altos que no se podían ver las puntas. Eran inmensos. Vigilantes. Resplandecientes en interminables tonos de azul marino, índigo, cobalto, turquesa, celeste, ártico.

—Nunca había visto tanto azul... es como estar en el fondo de un océano —dije asombrada.

Lindy asintió con el mentón mirando hacia arriba. Las ramas tapaban el cielo por completo. Había diminutos brillos atrapados entre las agujas de los pinos que imitaban constelaciones.

—El Bosque de los Sueños Olvidados —Glorian arrastró la voz como si estuviera contando una historia de terror—. Tened cuidado, los árboles hablan, y hay diablillos espiando entre las ramas.

Sus ojos entrecerrados estudiaron los alrededores con sospecha. Oírlo decir esas palabras me hizo sentir observada. Sujeté la mochila contra mi pecho para evitar que mis manos juguetearan de manera nerviosa.

—¿Diablillos? ¿Qué tipo de diablillos? ¿Son pequeños y rojos? ¿O más como monstruos? —preguntó Harry.

—Peor —respondió Glorian asomando el rostro sobre su hombro—. Son engañosos. Tienen vocecitas cantarinas y alas que salpican infinitos destellos de polvo.

Lindy y yo intercambiamos miradas y nos deshicimos en risitas.

—Suena a hadas —dijo Harry juntando las cejas en confusión.

—Exacto. Este lugar está infestado de ellas —replicó Glorian levantando la mirada con un gesto de horror.

La primera vez que caí en Lussel había conocido a Primsella, el hada de un bosque cubierto de nieve que no era fría. Nos había ayudado a cambio de un trato. Allí descubrí que Glorian odiaba hacer tratos con las hadas.

—¿Son peligrosas? —preguntó Harry.

—Solo para mi hermano... —bromeó Lindy.

Glorian negó con la cabeza en un gesto drástico.

—¿Sabéis por qué llaman a este lugar el Bosque de los Sueños Olvidados? Os lo contaré...

Detuvo la carreta y se puso de pie para que todos pudiéramos verlo. El Conjurador de Cristales agachó el mentón, regando pelo dorado sobre su frente. Su alargada figura se mantuvo estoica, desplegando misterio, antes de que levantara los brazos como si fuera a hacer un truco.

—En el corazón del bosque se encuentra la corte de la reina Merea, la Reina de las Hadas; dicen que su corona posee la luz de mil estrellas, que sus súbditos rondan por el bosque robando los sueños de los pobres ilusos que se quedan dormidos, sumergidos bajo los somnolientos tonos de azul. —Las yemas de sus dedos arrastraron humo gris por el aire—. Todos los sueños esconden pequeños puñados de magia. Cuando hallan a alguien durmiendo, las hadas se posan cerca de sus oídos y extraen la magia de sus sueños, al igual que abejas hurtando el polen de una flor...

Glorian tomó el humo gris y le dio forma entre sus manos, estirando y redondeando, hasta que fue cobrando la forma de niños que tenían las manos juntas a un lado de su rostro, usándolas de almohada, y los ojos cerrados. Las estatuillas de cristal centellearon transparentes sobre la palma de su mano.

—Los sueños infantiles están repletos de magia que se vuelve polvo de hadas.

Ver a Glorian conjurar sus cristales me llenaba de asombro. No era solo la magia. Era la manera en que la usaba, en que le agregaba misterio y la transformaba en algo artístico que atrapaba la atención de quienes lo miraban.

Era la sensación que yo deseaba poder generar en quienes me vieran bailar.

—Si os quedáis dormidos bajo estos enormes pinos, inocentes como niños, las hadas no tardarán en visitaros y susurraros melodías, dulces melodías que os robarán los sueños, reemplazándolos por tonterías irreales, como ovejas sonrientes a las que les crecen flores entre la lana o banquetes de deliciosos dulces más tentadores que joyas. Y cuando os despertéis...

Glorian quebró las estatuillas, las hizo crujir entre sus dedos hasta que los fragmentos de cristal se convirtieron en luminoso polvo que arrojó al viento.

—Vuestros sueños os habrán abandonado y no tendréis recuerdo de ellos. Solo un hueco negro en la memoria —concluyó.

Un escalofrío cosquilleó en la base de mi cuello y siguió por mi espalda. No quería hadas robando mis sueños. Al despertarme todas las mañanas, no siempre recordaba lo que había soñado, a veces solo veía sombras de imágenes que se desvanecían cuando salía de la cama. Aun así, seguro que seguían en algún rinconcito de mi cabeza; era distinto a que alguien los robara.

—¿Es verdad? ¿O nos está asustando? —le pregunté a Lindy.

La joven se giró hacia mí con sus grandes ojos violáceos que parecían llenos de atardeceres. Sus labios no esbozaron la sonrisa entretenida que esperaba ver.

—Esta vez es cierto —admitió.

—Acamparemos aquí.

Glorian bajó de un salto, la cola de su abrigo flameó en una ola de estrellas plateadas. Mis pies se endurecieron dentro de las botitas.

—¿Quieres acampar aquí? ¿Después de aquella historia de hadas que roban sueños? —preguntó Harry, incrédulo.

—No tardará en anochecer y los animales necesitan descansar —respondió Glorian—. Descuida, Hansel, haré guardia. No planeo dormir.

Harry se mordió el labio. No le agradaba que lo llamara Hansel. Me asomé al borde de la carreta y me deslicé hacia abajo. El bosque se me antojó aún más inmenso. Los alrededores estaban sumergidos bajo un melancólico manto azul. Incluso el césped estaba sombreado en tonos turquesa. Hacía que notara los párpados pesados.

—Arlen y yo juntaremos ramas para la fogata —anunció Lindy en tono alegre—. Empaqué malvaviscos. Podemos sentarnos a contar historias.

Glorian levantó una ceja de manera escéptica.

—No os perdáis.

—Relájate, Glo —respondió su hermana dándole un beso en la mejilla.

Arlen la esperó con la mano extendida y se alejaron juntos. Glorian soltó a Nimbi y a Daisy para que pudieran pastar, dándole instrucciones a Harry de que hiciera lo mismo con los caballos. Me acerqué a él y me ofrecí a destrabar la cincha de la montura.

—¿Tu abuelo también te enseñó?

—No, ayudé a Sirien cuando estuve aquí la última vez. Un lobo lo mordió y le lastimó el pie. Lo ayudé a ensillar su caballo —respondí.

Harry asintió, pensativo.

—Este lugar es asombroso. —Alzó la mirada—. Me recuerda a un acuario, solo que sin peces y lleno de árboles.

Arrugó la frente ante sus propias palabras y dejó escapar una risa avergonzada, como si hubiera dicho algo ridículo.

—Sé a lo que te refieres, me da la misma sensación de calma que contemplar el océano.

Movió la mano sobre la mía para ayudarme a bajar la montura del lomo de Pintitas. Mi respiración se entrecortó. Estaba tan cerca. Mechones de su pelo castaño rozaron el mío. Su perfil era tan bonito que me dejó sin habla: la nariz un poquito curvada, las mejillas redondas y la piel sonrojada a causa del frío. Tenía pequeñas pecas al lado de la nariz que nunca había notado.

—¿Has pensado otro nombre para Pintitas?

—Sí, uno es Dominó, y el otro es… Panda. —Rio al decirlo—. Que no sea algo evidente es más difícil de lo que había pensado. Pintitas le va mejor. Es su verdadero nombre.

Asentí.

—Ven aquí, pececito, necesito tu ayuda —me llamó Glorian.

Harry exhaló un sonido pesado.

—¡Voy!

El Conjurador de Cristales estaba arrodillado sobre el suelo, armando una carpa bajo un gran pino azul. Me entregó una estaca y me pidió que la sostuviera en el lugar para que pudiera clavarla.

—Lindy y tú podéis dormir aquí. Arlen y la sanguijuela, en el suelo de la carreta.

Las palabras que quería decir revolotearon en mi garganta al igual que un pajarito.

—Harry no es una sanguijuela, es mi amigo. —Hice una pausa y murmuré—: Por favor, no digas nada de lo que escribí en esas cartas…

Sentí mis mejillas cálidas, avergonzada de que las hubiera leído. Los ojos de zafiro de Glorian volvieron su atención a mi rostro. El joven no dijo nada. Torció los labios en una sonrisa de complicidad que hablaba sin palabras. *Guardaré tu secreto.*

Gracias, le dije con mi propia sonrisa.

—¿Qué hay de ti? ¿Dónde vas a dormir? —pregunté.

—No planeo pegar ojo en toda la noche. Hadas… —dijo abriendo los ojos grandes en advertencia.

—¿Crees que Primsella está aquí?

Glorian arrugó el rostro al oír el nombre.

—Ese diablillo. Espero que no… —murmuró para sí mismo.

No se veía convencido. Recordé a la hermosa Hada del Bosque con su largo pelo rojizo y el par de alas color menta que parecían hechas de brillo y escarcha. Por más que lo negara, estaba segura de que Glorian estaría contento de verla.

—Es una de las sobrinas de la reina Merea. Al menos, eso fue lo que oí. Que decidió marcharse de aquí y reclamar su propio bosque.

—¿Primsella es la sobrina de una reina? ¿Eso la hace una princesa? —pregunté.

—No lo creo.

Lo ayudé a clavar el resto de las estacas hasta que la carpa quedó firme. Glorian me pidió que fuera a buscar a Lindy y que trajera las ramas que tuviera. Aventurarme entre las columnas de árboles me rodeó de infinitos tonos azules. No inspiraba miedo al igual que las sombras de otros bosques. Era nostálgico. Me hacía pensar en estrellas que dormían entre mantos de nubes y ovejitas perezosas que roncaban contentas en un prado.

Cerré los dedos sobre el borde de la corta capa que me cubría los hombros. Hacía fresco. Casi tanto frío como en el invierno de Bristol. Podía oír animales entre las ramas. Lechuzas ululando. Logré ver a una de ellas asomándose desde el hueco de un tronco.

Abrí la boca debido al asombro.

No era una simple lechuza. Plumas blancas salpicadas en polvo plateado le iluminaban las alas y formaban un brillante antifaz sobre sus sabios ojos negros. Tenía destellos rosas en el pecho y celestes entre el espacio que separaba sus oídos.

Una lechuza mágica cubierta de polvo de hadas, pensé.

Nos observamos durante un largo momento sin pestañear. De repente extendió las alas y alzó el vuelo hacia el cielo de ramas azules. El movimiento desprendió una suave llovizna de chispas rosas que flotaron en descenso.

—Guau…

Entonces sí era polvo de hadas. Di unos pasos más sin querer alejarme demasiado. Pensé en llamarla, pero tenía miedo de que gritar el nombre de Lindy despertara al bosque. Los árboles parecían sumergidos en un sueño profundo. Miré el telón azul que cubría el paisaje sin saber dónde buscar.

Una risita alegre alcanzó mis oídos.

Avancé entre dos troncos y espié a un par de siluetas cuyos colores las hacían visibles. Mis botas se detuvieron sobre el césped.

Las manos de Arlen estaban cerradas sobre los hombros del abrigo de Lindy. El bordado de flores aparecía entre sus dedos. Estaba inclinado hacia ella. La sostenía de manera afectuosa.

Lindy estaba de puntillas. Su pelo caía en ribetes rosados al lado de su rostro.

Se estaban besando.

La pila de ramas había quedado abandonada a un costado.

Una sensación cálida me llenó el pecho y subió hacia mi rostro. Era una escena muy romántica. La chica de las flores besando al chico de los colores en un bosque azulado. Me pregunté cómo se sentiría. ¿Dulce? ¿Raro? ¿Lleno de chispas?

Pensé en el oso de peluche que guardaba en mi armario. En el deseo que custodiaba dentro de su interior de algodón. *Deseo que mi primer beso sea con Harry Bentley.*

No tenía forma de saber si se cumpliría, con quién sería ese primer beso, pero esperaba que, cuando sucediera, me viera igual que Lindy. Que mis ojos estuvieran cerrados porque lo que estaba viviendo era tan mágico como un sueño.

11

MALVAVISCOS Y MALABARES

L as llamas de la fogata brillaban bajo el océano de grandes pinos. Acerqué una mano sobre el cálido aire que las rodeaba. Estábamos sentados en círculo, comiendo deliciosos sándwiches.

Glorian nos había contado otra historia sobre las hadas, describiendo que vivían en pequeños iglús encantados sobre las ramas más altas, y que su reino se extendía hacia el otro extremo del bosque donde bordeaba a la Aldea de Azúcar. Allí era donde Sirien y Tamelina pasarían la noche para esperarnos.

Mientras hablaba, Glorian había conjurado pequeños iglús de cristal que había dejado regados sobre el césped, construcciones semiesféricas sin nada más que una puerta.

Al terminar, Lindy nos ofreció malvaviscos para tostar en la fogata, mientras que Arlen nos entretuvo haciendo malabares con esferas que cambiaban de color cada vez que pasaban por sus manos.

No recordaba la última vez que me había divertido tanto. Los últimos meses había estado tan enfocada en el ballet, en practicar durante cada hora libre, que había olvidado lo importante que era disfrutar de pasar tiempo con amigos. Las risas fáciles que me llenaban el estómago hasta que me dolía. El estar rodeada de personas que querían compartir su tiempo conmigo. Los recuerdos que estábamos creando juntos. El tipo de recuerdos que aligeraba las cosas en los días tristes.

¿Cuándo empecé a descuidar tales cosas?

Harry se meció hacia atrás, soltando una gran carcajada. Estaba sentado a mi lado; la chaqueta de soldado salpicada en los tonos naranjas de las llamas, su pelo marrón arremolinado sobre sus oídos.

—¡Eso es tan genial! —le dijo a Arlen—. ¿Puedes enseñarme? ¿Por favor?

El Conjurador de Colores movió la boca en una risa sin sonido. A pesar de no poder oírlo, la alegría en su rostro se hizo sentir de todos modos.

—¿Puedes sujetar esto, por favor? —me pidió Harry entregándome la rama con su malvavisco.

—Claro.

—Gracias. —Me dedicó una de esas sonrisas que bordeaban lo travieso—. ¡No te lo comas!

—No lo sé... tiene tan buena pinta —bromeé.

Creí ver algo por el rabillo del ojo. La cola de un ratón. Una veloz sombra que se escabullía entre los árboles. Giré la cabeza hacia atrás. El bosque estaba quieto. Dormido. Al no poder ver el cielo, no sabía lo tarde que era. Si era una noche de luna llena, o creciente, o si había estrellas.

—Las estás arrojando demasiado rápido —remarcó Glorian—. Más despacio, Hansel.

Arrastró la última parte de su nombre con una mueca burlona. Harry emitió un sonido molesto y las esferas resbalaron de su mano.

Arlen le dio una palmadita en el hombro en un gesto de ánimo. Luego le enseñó de nuevo. Harry lo miró de manera concentrada, siguiendo el trayecto de cada una de las tres esferas. Cuando le tocó el turno de nuevo, las arrojó pausadamente: primero la amarilla, luego la roja y la violeta. Logró darles una vuelta completa, pero perdió una de ellas en la segunda.

—¡Lo has logrado!

—Bien hecho. Es un comienzo —lo alentó Lindy.

Me acerqué uno de los malvaviscos a la boca. El aroma que emanaba era tostado y meloso. Le di un mordisco cauto. Se deshizo dentro de mi boca al igual que denso azúcar derretido.

—Espero que ese no sea el mío.

Harry se giró hacia mí y presionó los labios hacia adentro para contener una risa. *Oh, no.* Podía sentir el malvavisco derretido alrededor de mis labios, incluso en la punta de la nariz. Agaché el rostro y me limpié contra el reverso de mi mano.

—Te quedaba bien —bromeó.

Eso hizo que mi rostro entero se volviera rosa. Le extendí la rama con su malvavisco sin decir nada. Glorian, Lindy y Arlen estaban hablando entre ellos; entretenidos con un concurso sobre quién podía hacer malabares durante más tiempo. Lindy me sorprendió, barajando las esferas con facilidad. Sus ojos brillaron confiados, e incluso presumió un poquito frente a Glorian, que murmuró algo por lo bajo.

—Son un grupo amistoso, entiendo por qué les tienes tanto cariño —comentó Harry.

Asentí.

—A excepción del rubio y malhumorado. —Agitó el malvavisco sobre las llamas—. Lo miras con adoración...

Arrugué la nariz ante la observación. Suponía que era cierto, Glorian me deslumbraba; cuando lo miraba sentía la misma sensación de asombro que cuando veía las estrellas en el cielo, pero me sorprendió que lo hubiera notado.

—Lo admiro —admití alzando la vista hacia los pinos azules—. Es talentoso, está repleto de magia y misterio, quiero ser el tipo de artista que es él.

—Mmm.

Otra veloz sombra robó mi atención de nuevo. Estaba segura de que había algo escabulléndose de tronco a tronco.

—¿Viste eso...?

—¿Qué hay del famoso príncipe Sirien? —me interrumpió Harry.

Llevé la mirada a su rostro y no pude hacer más que perderme en esos lindos ojos marrones. El fuego los salpicaba de dorado.

Harry comió un bocado de malvavisco y levantó las cejas en un gesto expectante.

¿Qué me había preguntado?

—¿Qué?

—El príncipe Sirien del que todos hablan. ¿Erais muy cercanos?

—Nos hicimos buenos amigos.

Harry continuó mirándome de manera curiosa.

—¿Nada más? —insistió.

Pensé en el príncipe de Lussel de Abajo, en la noche en que nos habíamos sentado frente al lago de su castillo y por poco nos habíamos dado un beso. Eso había sido antes de que supiera lo de Celestia, lo del hechizo que la transformó en cisne e hizo que todos en Lussel comenzaran a olvidarla.

Moví la rama con lo que quedaba del malvavisco; quería comérmelo, pero me daba miedo mancharme de nuevo.

—Cuando nos conocimos me dio una rosa y me invitó a un pícnic para ver el atardecer —recordé—. Luego nos dimos cuenta de lo que había sucedido con Celestia y decidimos que era mejor ser amigos.

Harry sonrió un poco. Las mariposas de mi estómago se habían vuelto luciérnagas que brillaban esperanzadas. La conversación que estábamos manteniendo era importante. Sentía un cosquilleo incontrolable en las palmas de las manos.

Yo también quería preguntarle algo. Quería saber si tenía novia o si el beso con Nadia había sido cosa de una vez. Pero hacerlo me daba demasiada vergüenza.

Abrí la boca, la cerré y la abrí de nuevo.

—Harry...

—¿Mmm?

Inclinó la cabeza, haciendo que la luz de las llamas delineara su perfil. La vocecita de mi cabeza estaba diciendo demasiadas cosas al mismo tiempo. *Pregúntale. No le preguntes. ¿Y si dice que sí? Ojalá diga que no. ¿Y si se da cuenta de que me gusta?*

Solté las palabras para poder acallar el alboroto en mi cabeza.

—¿Nadia Castel es tu novia?

Agaché el rostro hacia la fogata. Oh, Dios, iba a tener que cambiarme de escuela. El *tu-tuc, tu-tuc, tu-tuc* de mi corazón llenó cada segundo de silencio.

—¿Quién te ha dicho eso?

Le di un vistazo rápido y volví la atención a mi malvavisco, el cual se estaba quemando en el fuego.

—He oído que le diste un beso en el juego de la botella —murmuré.

—Ese fue Harry Daniels, no yo —respondió con una risa.

¿Harry Daniels? Recordaba al chico de pelo rojizo y anteojos, estaba en su mismo curso. ¿Harry Daniels fue quien besó a Nadia Castel? ¿No mi Harry? La festiva melodía del segundo acto de *El cascanueces* llenó mis oídos como si hubiera un piano detrás de mi espalda. Quería ponerme de pie y danzar alrededor de la fogata. Dar saltitos al igual que un hada celebrando una travesura.

—¿De verdad? —pregunté para estar segura.

—Nunca he besado a Nadia —dijo con certeza—. Escuchaste mal, Alex.

Sumi se había confundido. Todas esas lágrimas y cartas habían sido por algo que no había sucedido. Mi pobre oso abandonado en el armario.

—Eso pasa por prestar atención a rumores —dijo Harry Bentley chocando su hombro contra el mío.

.... **12** ....

ROEDORES DE SOMBRA

Glorian y Lindy estaban lanzando esferas de colores al mismo tiempo en una competencia de malabares. Los párpados me pesaban. Apenas podía mantener los ojos abiertos. Era todo aquel azul; me mecía en el sereno movimiento de olas, incitándome a dormir.

La cabeza de Harry se inclinó sobre su pecho como si ya hubiera caído en algún sueño. La fogata se estaba apagando. Llamas violáceas consumían una última rama.

Iba a ir a la carpa cuando la cola de un ratón pasó disparada entre los troncos, seguida por otra, y muchísimas más.

—¡Lindy! —la llamé—. ¡Allí! ¡Hay algo!

Todos se volvieron a ver. Harry levantó la cabeza y tapó un gran bostezo con la mano.

—¿Segura, pastelito?

El bosque respondió por mí. Las siluetas llenaron el espacio azul, escabulléndose en todas direcciones. Eran tan veloces que no lograba verlas con claridad. Solo orejas grandes y una larga cola de ratón.

—¡Quedaos cerca del fuego! —nos ordenó Glorian.

Me moví junto a los demás. Harry me imitó. Deseaba tener la espada de cristal que Glorian había conjurado la vez anterior. Las sombras no tenían un aspecto feroz como el de los lobos, sino acechante. Se movían con el sigilo de los roedores. Entre los árboles, sobre el césped, incluso trepaban sobre los troncos.

—¡¿Qué son esos?! —preguntó Harry.

—Tengo mis sospechas, pero necesito iluminarlos para ver mejor —dijo Glorian.

La alta silueta del Conjurador se posicionó de pie frente a nosotros, extendiendo los brazos de manera protectora. Lindy rozó la espalda contra la mía y se mantuvo atenta al otro lado.

Oí la fogata crepitar, escupiendo chispas de las últimas llamas que no tardarían en apagarse.

Los roedores de sombra se acercaban y se alejaban como si se tratara de un juego.

Arlen alzó las manos sobre su alborotado pelo celeste y conjuró una luminosa nube de colores que voló por el bosque, persiguiendo a las siluetas.

Parecían personas, aunque con ciertas cualidades de ratón: orejas grandes, nariz con largos bigotes, pelaje oscuro, cola larga.

—¡Hombres ratones! ¡Como los hombres lobo! —exclamó Harry.

—Absurdo. Son Pucas —lo corrigió Glorian—. Una especie de hadas más grandes que pueden adoptar la forma de animales.

—Deben haber bajado de la Montaña Esmeralda —dijo Lindy.

Una de las criaturas extendió una mano con largas uñas que rozaron mis botas. Di un salto hacia atrás.

—Vete —lo ahuyentó Glorian.

Ver a los Pucas me provocó el mismo miedo que uno sentía cuando estaba solo en la oscuridad. Era el no saber a qué le temía, la sensación de que iba a pasar algo malo.

La nube de colores que conjuró Arlen relampagueó de rojo a rosa, y de rosa a violeta, persiguiendo a una de las siluetas. Esta corrió a cuatro patas y saltó hacia un tronco. Su larga cola no era de ratón, sino de mapache, y sacudió el aire buscando alejarla.

—¿Qué quieren? —pregunté.

—Molestar. Al igual que todas las hadas —refunfuñó Glorian.

Una de las siluetas saltó sobre él, haciendo que rodaran sobre el césped. Esa parecía tener alas de murciélago. Apenas tuve tiempo de reaccionar antes de que el resto de los roedores se escabulleran entre nosotros, separándonos.

Uno me agarró la pierna y me hizo tropezar.

—¡Alex! —llamó Harry.

No podía verlo. Solo a las numerosas siluetas moviéndose a mi alrededor. Remolinos de vestimenta: las flores plateadas del abrigo de Lindy, el negro y blanco de la ropa de Arlen, el burdeos de la chaqueta de Harry.

—¡Déjame ir! —dije pateando al Puca que intentaba arrastrarme.

No lograba verlo con claridad. Como si estuviera enmascarado por una sombra que resaltaba facciones grandes y malvados ojos amarillos.

Noté un destello lila hilarse entre los pinos. Magia que pertenecía a Lindy. La Conjuradora de Flores agitó las ramas, provocando que las agujas de los pinos volaran en una afilada llovizna que descendió sobre los intrusos.

Pateé al Puca que atrapaba mi pierna una vez más y logré que me soltara.

—¡Alex de Bristol!

La voz de Glorian hizo que lo buscara de inmediato. El joven estaba rodeado por varios Pucas, aunque eso no pareció preocuparlo. Sus ojos azules centellaron enfadados y la cola de su abrigo flameó sobre sus botas, cubriéndolas de estrellas.

—¡Atrápalo! —gritó.

Me lanzó un ribete de pálido humo gris que destelló en el aire y cobró la forma de una espada. Sujeté la empuñadura con cuidado de no cortarme. Mi espada de cristal. Su hoja transparente cargaba un reflejo azulado a causa del bosque.

Tenerla en mis manos me hizo sentir valiente.

El Conjurador agachó el mentón y asintió animándome antes de regresar su atención a los Pucas. Sus manos los cubrieron en luminoso humo plateado que descendió sobre ellos al igual que un telón de cristal.

Oí a Harry pedir ayuda. Estaba forcejeando contra una silueta que estaba parada frente a él, mientras otra sujetaba su pierna agazapada sobre el césped. El Puca era de su misma estatura. Una figura alargada, oscura al igual que un hueco.

—¡Harry!

Agité la espada hacia el roedor que tenía las garras clavadas en su bota, haciendo que retrocediera. Harry liberó el pie y embistió al Puca frente a él, golpeándolo con el hombro como si fuera una maniobra de rugby.

—Gracias, Alex —respiró, agitado, con la mirada alerta—. ¿Y esa espada?

—Glorian la ha conjurado para mí —respondí orgullosa.

Harry alargó la mano hacia mi mano libre, pero veloces siluetas impactaron contra nosotros antes de que pudiera tomarla. Rodeé sobre césped turquesa y los alrededores se volvieron una espiral. Cuando logré detenerme, la escena había cambiado. O tal vez era mi cabeza que había dado demasiadas vueltas.

Pequeñas figuras envueltas en luz surcaban el aire y dejaban un rastro de polvo de estrellas. Hadas. Se lanzaban desde las ramas volando entre la llovizna de agujas de pino que había conjurado Lindy.

Estaba tan distraída contemplando la escena que un Puca me tomó por sorpresa. Enroscó su cola de ratón sobre mi muñeca, provocando que soltara la espada.

—¡No!

Un segundo Puca me tomó de las piernas y lo ayudó a cargarme. Me sacudí con fuerza sin lograr que me soltaran. Estaba a punto de gritar cuando una capa violeta se agitó frente a mi rostro.

Mis captores me dejaron caer con un chillido.

Por un momento no pude hacer más que mirar arriba, hacia los interminables pinos azules. Luego seguí el movimiento de la capa violeta hacia un imponente joven que llevaba una armadura.

—¿Estás bien, Alex de Bristol?

Lo conocía. Era Finn. Uno de los caballeros de la guardia real del príncipe Sirien.

13

La Reina de las Hadas

Finn me ayudó a ponerme de pie. En los alrededores, decenas de siluetas batallaban a lo largo del bosque: Pucas contra Conjuradores, hadas y unos pocos caballeros de la guardia real de Lussel de Abajo.

La escena me recordó a uno de los actos de *El cascanueces*, cuando los soldados de plomo cobran vida y pelan contra el Rey de los Ratones y su ejército.

—¿Dónde está Sirien? —pregunté.

Busqué a un chico de pelo negro que seguro que llevaba una corona bordada en la capa. Pero no logré encontrarlo. Los roedores de sombra estaban huyendo hacia el interior azul del bosque. Largas colas zigzagueaban entre los troncos. Un grupo de lucecitas los perseguía volando en un trayecto que salpicaba polvo de hadas.

Finn avanzó hacia Glorian y Lindy sin responder. Era alto, de espalda ancha, que se veía aún más ancha a causa de la armadura, y piel bronceada. Parecía serio. Tenía el rostro tenso, como si tuviera malas noticias.

—¡Alex! ¿Estás bien? —me preguntó Harry tocándome el hombro—. ¡¿Has visto eso?! ¡Ha sido genial! ¡Una verdadera pelea!

—Fue bastante genial —admití.

Lo miré de arriba abajo, preocupada por que lo hubieran lastimado. Su pelo marrón era un lío que iba en distintas direcciones y tenía césped sobre la chaqueta.

—¿Te duele algo? —pregunté.

Negó con la cabeza.

—¿A ti?

Contesté con el mismo gesto. Harry levantó la espada de cristal que había quedado en el césped y me la ofreció.

—Aquí tienes, Alex de Bristol. —Sus labios formaron una sonrisita picarona.

—Gracias, chico de los establos —no pude evitar bromear.

Harry revoleó los ojos, aunque soltó un sonido gracioso. Lo tomé del brazo y me apresuré detrás de Finn. Necesitaba entender qué estaba sucediendo. ¿Por qué nos habían atacado? ¿Qué querían? ¿Y dónde estaba el príncipe?

—¡Alex!

Lindy me dio un gran abrazo. Su pelo rosa se había salido de las coletas y olía a algodón de azúcar. Hundí la cabeza en su abrigo, devolviéndole el abrazo con fuerza.

—¿Quién puede explicarme por qué nos han emboscado esos escurridizos Pucas? —preguntó Glorian—. ¿Y qué ha pasado con ellos? ¿Por qué son tan espeluznantes?

El Conjurador se apartó los mechones que caían sobre su rostro y alisó la parte delantera de su abrigo.

—¡Yo puedo, querido Glorian! —dijo una voz cantarina.

Una pequeña silueta descendió hacia él, salpicando copos de nieve color menta.

Primsella. El Hada del Bosque.

Era tan encantadora como la recordaba. Tenía brillantes alas, similares a las de una mariposa, y largo pelo rojo que pasaba su cintura. Su vestido era una delicada confección con un cuerpo rosa y una corta falda de pétalos plateados que parecían salpicados por nieve recién caída.

—Oh, no. No tú —respondió Glorian en tono dramático—. Cualquiera menos tú.

El hada cruzó los brazos ofendida.

—Maestros Conjuradores. Ayer, cuando pasábamos por aquí, también sufrimos una emboscada. Los Pucas descendieron sobre nosotros en gran número, silenciosos como sombras.

—Nos tomaron por sorpresa —intervino Finn—. Se llevaron a vuestra hermana Tamelina y a su alteza, el príncipe Sirien.

Glorian y Lindy se miraron, intercambiando expresiones preocupadas.

—¿Los Pucas tienen a Tamelina? —preguntó Glorian.

—¿Se la llevaron a la Montaña Esmeralda? —añadió Lindy.

Finn asintió lentamente.

—Ese lugar dejó de llamarse así hace mucho, los aldeanos la llaman la Montaña de los Tormentos porque su pico está oculto entre neblina y nubes de tormenta —dijo Primsella.

—Intentamos detenerlos, pero fue inútil —agregó Finn.

Los caballeros que habían venido con él se acercaron. Eran tres. Tenían resplandecientes armaduras y capas color violeta. Las hadas se mantuvieron a una distancia prudente, observándonos desde las ramas de los pinos.

Tamelina era solo una niña. Al menos, Sirien estaba con ella.

—Los Pucas tienen centinelas por el camino que sube desde el pie de la montaña —continuó Finn—. Decidimos esperaros y ver si podíais ayudar.

Glorian se paseó de un árbol al otro de manera inquieta. Su mirada se veía perdida en algún pensamiento y tenía la mano doblada sobre el mentón. Primsella voló cerca de él, siguiendo su trayecto.

—¿Qué hay de Mela? —preguntó.

—¿La osa? Fue detrás de ellos, la perdimos de vista —respondió Finn.

—Bien. Mela y Tamelina son inseparables, se debe haber puesto a rugir en la entrada de su guarida hasta que la dejaron entrar. —Glorian torció los labios en una sonrisa—. Tam puede ser bastante exigente, seguro que nos las devolverán dentro de poco.

Pensé en la gran osa marrón que había visto sentada frente a una mesa de té la primera vez que llegué a Lussel. Tenía un tamaño intimidante. Seguro que nadie querría enfadarla.

—¡Glo! ¡Tenemos que ir a por ella! —lo regañó Lindy.

—Lo sé —respondió su hermano.

Arlen llevó la mano al hombro de Lindy y conjuró una nube de colores que se estiró hasta adoptar la forma de una gran montaña. Cerró el puño contra el pecho indicando que él también iría. La Conjuradora de Flores le dedicó una mirada dulce.

—Gracias, Arlen.

Iba a decir que Harry y yo queríamos ayudar cuando un caballero se abrió paso hacia Finn.

—Uno de los Pucas cargaba este mensaje. Está dirigido a Merea, Reina de las Hadas —dijo entregándole un rollo de pergamino.

Glorian dejó escapar un suspiro tan pesado que me tentó una risita. Primsella revoloteó a su alrededor, salpicando diminutos copos de nieve sobre los hombros de su abrigo.

—Si el mensaje es para la reina, solo ella puede leerlo —dijo.

—Lo sé —refunfuñó el joven.

—Lo cierto es que no le gustan las hadas —me susurró Harry al oído.

Finn les ordenó al resto de los caballeros que se acomodaran en formación para escoltarnos hacia la corte de la reina. En lo alto de las ramas, las demás hadas susurraron entre ellas antes de dejar sus escondites y alzar el vuelvo en medio de un destello de lucecitas.

• • •

Nuestros escoltas nos guiaron hacia el corazón del Bosque de los Sueños Olvidados. Lindy y yo íbamos sentadas en la carreta, nuestras piernas estiradas juntas. En algunos momentos estaba demasiado atenta a los alrededores por miedo a otro ataque y, en otros, estaba tan cansada que se me cerraban los ojos.

Primsella iba con nosotras. Se había sentado sobre mi mochila.

—Esos aterradores Pucas... ¿Qué querrán de una niña y un príncipe? —preguntó el hada.

—Yo también me pregunto lo mismo —confesé.

—Tal vez quieran a Sirien porque es un príncipe y pueden pedir rescate. Pero ¿qué hay de Tamelina? —dijo Lindy—. Podría ser porque quieren que les conjure dulces...

Primsella asintió.

—He oído que los dulces de Tamelina son deliciosos. —Llevó la mirada a Glorian, quien iba sentado delante en el lugar del conductor—. La niña debe tener tanto talento como sus hermanos.

—¡Los dulces de Tamelina son una de las mayores delicias que he probado! —le aseguré.

El Hada del Bosque inclinó la cabeza hacia mí, volcando pelo rojo sobre su hombro.

—Es interesante verte de nuevo, Alex de Bristol. Y veo que tienes un nuevo amigo... —su voz cantarina se volvió traviesa—. Un nuevo amigo que te está mirando desde su caballo a pintas...

Sus palabras hicieron que buscara a Harry. Nuestras miradas se cruzaron y sentí un burbujeo en el estómago.

—Uhhhhh... alguien está sonrojada... —se burló Primsella.

—*Shhhhh* —le rogué.

Lindy me pasó una mano por el hombro de manera afectuosa.

—Debo decir que Harry Bentley es un muchacho muy interesante.

Eso me hizo sonreír.

—Lindy... —Tragué saliva, avergonzada—. ¿Cómo es darle un beso a alguien?

Verla besándose con Arlen en aquel rinconcito del bosque azul me había llenado de curiosidad. Los ojos de Lindy se abrieron con sorpresa y sus mejillas cobraron el mismo tono rosa de su pelo.

—Si es el chico correcto, es... sol, y miel, y un poquito de magia —respondió sonriente.

—¿Cómo sé si es el chico correcto?

—¡Eso es fácil! —intervino Primsella—. Cuando estás con él te sientes llena de chispitas. Y si le das un beso, esas chispitas se convierten en fuegos mágicos.

¿Fuegos mágicos? Me pregunté si eran lo mismo que los fuegos artificiales.

—Observa.

Primsella me dedicó una sonrisita cómplice y sus alas se agitaron en un destello de escarcha y tonos menta. Voló hacia el Conjurador de Cristales, hundiendo su pequeño puño contra el abrigo para llamar su atención.

—Querido Glorian...

El joven volvió el rostro.

—¿Qué quier...?

Las alas de Primsella impulsaron su luminosa figura hacia adelante. El hada se inclinó con la gracia de una bailarina y besó a Glorian en los labios.

¡Lo está besando! ¡Lo está besando!, gritó la vocecita de mi cabeza.

El Conjurador se quedó rígido, como si él mismo estuviera hecho de cristal, con los ojos tan redondos como monedas y llenos de sorpresa.

—¡Diablillo alado!

Intentó atraparla con una mano. Primsella fue más rápida y voló fuera de su alcance. Su trayecto dejó una brillante llovizna de tonos rosas. El hada danzó en el aire llena de felicidad.

—¿Lo ves? Fuegos mágicos —alardeó su melodiosa voz—. Glorian besa mejor que un príncipe encantado.

Lindy se deshizo en risitas ante la expresión indignada de su hermano. Incluso oí la risa de Harry y vi a Arlen llevarse la mano al estómago, agitándose entretenido.

—Si vuelves a hacer eso, te convertiré en un sapo de cristal —le advirtió Glorian haciendo que su voz sonara malvada.

El bosque comenzó a transformarse frente a nosotros, recordándome el cambio de escena en el teatro. Los enormes pinos azules, al igual que los pastizales turquesas, se sumergieron bajo un espeso manto blanco. Nieve. Solo que no era nieve. Era polvo de hadas. Brillante y diminuto al igual que granos de azúcar.

Copos de nieve descendieron en una delicada danza de invierno. Imaginé cautivantes bailarinas de blanco girando entre ellos. Mágicas y etéreas al igual que espíritus de hielo. Livianas como si el viento del norte hubiera puesto un hechizo en sus zapatillas de ballet. Tutús de un traslúcido material blanco batían el aire en un sinfín de *pirouettes*.

El «Vals de los copos de nieve» era una de mis escenas favoritas de *El cascanueces*.

—Arriba —señaló Harry.

Levanté la mirada hacia las ramas más altas, donde descubrí pequeñas construcciones. Los iglús que había mencionado Glorian. Había puentecitos hechos de soga y madera que conectaban unos con otros, creando una aldea entre los árboles.

Un aroma a pinos nevados y algodón de azúcar se mecía en el aire. Mejor que las velas aromáticas de mamá.

Y las hadas… había tantas, de tantos colores.

Nos señalaban desde lo alto y susurraban entre ellas. Sus voces eran una sinfonía de festivas campanitas.

—Esto es asombroso —dije sin poder creer lo que estaba viendo.

Una vez que la carreta se detuvo, salté de ella consumida por el impulso de hacer una *pirouette* entre todas las lucecitas que revoloteaban cerca.

Harry desmontó y acarició el hocico de su caballo. Parecía tan deslumbrado como yo.

—*Psst*, pajarito, Hansel —nos llamó Glorian indicándonos que nos acercáramos.

El Conjurador se mostraba lleno de sospecha, como si temiera que fueran a descender sobre nosotros en un ataque aéreo.

—Déjame adivinar: las hadas son monstruos aterradores, huid mientras podáis —dijo Harry en tono irónico.

—Son engañosas —lo corrigió—. Tened cuidado. La comida de las hadas es peligrosa para nosotros. Si coméis demasiado os dará la misma sensación que si estuvierais ebrios. Os llenará la cabeza de nubes y os incitará a hacer todo tipo de tonterías.

—Es cierto. Debéis tener mucho cuidado con lo que coméis y bebéis —dijo Lindy.

Asentí de manera enfática. Definitivamente no quería hacer tonterías frente a todos. Primsella nos guio hacia un gran iglú que se alzaba entre dos pinos. Las paredes centelleaban plateadas como si las hubieran construido con bloques de polvo de hadas. Debía estar hecho para recibir visitas, ya que la puerta era lo suficientemente grande como para que pasara una persona.

Glorian debió agacharse un poco, ya que era el más alto.

Cruzarla me llenó de anticipación. Como si fuera a pasar a otro mundo mágico dentro de Lussel.

El interior era redondo y espacioso. Pequeños faroles con llamas violetas y rosas colgaban de los muros. Había una plataforma escalonada de hielo ubicada en el centro que elevaba a varias figuras para que estuvieran a nuestra altura.

La Reina de las Hadas estaba envuelta en una reluciente esfera de luz que tragaba su silueta, haciendo imposible verla. Solo se distinguían la forma de sus alas, la corona de su cabeza y un largo báculo. Estaba sentada en un trono, custodiada por una fila de guardias.

¡Hados! Si es que los llamaban así... sus alas no tenían forma de mariposa, sino que eran largas y angulares como las de un colibrí. Llevaban armaduras que reflejaban la cegadora luz celestial que cubría a la reina.

Agaché la mirada para protegerme los ojos.

—Sed bienvenidos al hogar de la reina Merea, la estrella de los mil nombres —habló una voz cantarina—. Por favor, presentaos.

El hada que había hablado estaba tan cerca del trono que la luz la había ocultado. Espié hacia arriba, entrecerrando los ojos. Apenas logré ver una trenza de pelo castaño y alas doradas.

—Su agraciada majestad, mi nombre es Finn y soy el comandante de Lussel de Abajo; me presenté ayer cuando le informé sobre el ataque de los Pucas y pedí paso hacia la Aldea de Azúcar —dijo arrodillándose.

—Te recuerdo, comandante.

Tragué aire, sorprendida. La voz de la reina era el sonido más musical que había oído; fluía como un arroyo, soplaba suave al igual que una brisa.

—Has vuelto y has traído nuevos acompañantes —continuó la reina—. He oído hablar de otro ataque hace tan solo un rato. Mis hadas ahuyentaron a esos temibles roedores.

—Así es, su majestad. Agradecemos su asistencia y...

—¡Tía!

Primsella voló sobre la figura arrodillada de Finn e hizo una reverencia.

—¡Yo también ayudé! Déjame presentarte a mis acompañantes: los famosos hermanos Conjuradores Glorian y Lindy, la bailarina Alex de Bristol y... otros dos muchachos.

—Arlen, Conjurador de Colores, y Ha...nsel —ofreció Lindy.

—Claro, claro —Primsella habló rápido—. La niña a la que se llevaron ayer es la hermana menor de Glorian y de Lindy

La luz etérea que envolvía a la reina tiltó con interés.

—El viento del sur me trajo noticias acerca de vuestro exitoso espectáculo. Al igual que susurros acerca de la pequeña bailarina que viene de otras tierras —habló Merea—. Sed bienvenidos a mi bosque.

Glorian se arrodilló y nos indicó que hiciéramos lo mismo.

—Es un gusto, su agraciada majestad —habló en tono sorprendentemente encantador.

Harry me dedicó una mirada que decía: «Lo cierto es que debe estar asustado».

—Visitantes tan distinguidos seguro que traen obsequios maravillosos —comentó la reina, expectante.

A las hadas sí que les gustaba recibir regalos, aún más que a mi hermana Olivia. Respiré aliviada porque esta vez había venido preparada.

—Por supuesto —respondió Glorian tragándose cualquier indicio de desaprobación.

El Conjurador de Cristales estiró los dedos, arañando humo del aire. Se movió con elegancia. Estiró y estrechó, moldeándolo entre sus manos, hasta que comenzó a tomar forma. Los ojos de Glorian se mantuvieron fijos en su creación sin parpadear ni una sola vez.

Barrió el humo restante y reveló una figura de cristal.

Un cascanueces.

Mis pies dieron un saltito por sí solos.

—¿Qué es eso? —La voz de la reina era una melodía curiosa.

—Esto, su resplandeciente majestad, es un cascanueces —respondió Glorian, orgulloso—. Uno coloca una nuez entre sus dientes, levanta la palanca de su espalda, y *crack, crack, crack*, nuestro amigo rompe la nuez en trozos pequeños.

Murmullos de asombro recorrieron la fila de guardias. Harry arqueó las cejas en una expresión escéptica que me hizo presionar los labios para evitar una risita.

—Me confieso sorprendida ante esta ingeniosa invención, Maestro Conjurador —la reina respondió complacida.

—Mi querido Glorian es muy ingenioso —dijo Primsella salpicando diminutos copos de nieve que se apilaron sobre su hombro.

Glorian los sopló, dejando que cayeran en el suelo.

—¿Ingenioso? Le acaba de robar el crédito a… quien sea que inventó los cascanueces —me susurró Harry, indignado.

—Wilhelm Füchtner, en Alemania. Eso fue lo que dijo mi profesora de ballet —respondí.

—¿Qué más? —preguntó Merea, encantada.

Lindy conjuró una llovizna de hermosas flores que rodearon el trono en un círculo de pétalos y perfume. Arlen creó un anillo adornado con una perla transparente. Se señaló el rostro, sonriendo con una mueca exagerada, y la perla se iluminó amarilla al igual que un rayo de sol. Luego estiró los labios hacia abajo en una mueca triste y el tono soleado cambió a un melancólico azul grisáceo.

—Es un anillo mágico que imita los estados de ánimo —adivinó Lindy.

Arlen asintió y le ofreció el anillo a la reina. Moví los dedos de manera nerviosa; había pensado ofrecerle un colgante, pero parecería demasiado sencillo en comparación con el resto de los regalos. Hurgué en mi mochila hasta encontrar una linterna que tenía el dibujo de un unicornio.

—Esta es una… una… varita mágica que da luz. Solo tiene que deslizar esta pequeña palanca, su majestad —dije apuntando la linterna hacia un rincón oscuro para que pudieran ver el rayo de luz.

Oí a Harry tragarse un sonido cómico.

—Extraordinario —respondió Merea—. ¿Qué me dices de una danza, pequeña bailarina? ¿Vas a bailar para nosotros?

Mi estómago se torció de nervios.

—¿Ahora? —mi voz se oyó al borde del pánico.

El *tu-tuc, tu-tuc, tu-tuc* de mi corazón fue rápido, rápido, rápido.

No podía bailar allí, en medio de todas esas hadas. Frente a la reina. De solo pensar en hacer la danza del Hada de Azúcar sentía que mis piernas se aflojaban. Sería una farsante. Una niña ordinaria que jamás lograría su magia.

Me volví hacia Glorian y Lindy, abriendo los ojos en una mirada desesperada que imploraba ayuda.

—Estaríamos encantados de hacer un espectáculo, aunque necesitaremos más espacio. Tal vez en la aldea, donde todos puedan verlo —intervino Glorian.

—Esta noche —dijo la reina.

¿Esta noche? Sentí los brazos como si fueran de gelatina.

—Será un honor, su majestad —respondió Lindy.

Me puso una mano sobre el hombro como si supiera que temía desmayarme. ¿Qué iba a hacer? Podía bailar un acto distinto. Uno de Clara.

—¿Qué hay de ti, jovencito? ¿Cuál es tu obsequio?

La luz de la reina iluminó a Harry. Estaba a punto de ofrecerle uno de los colgantes que había traído cuando dio un paso hacia adelante. Parecía seguro. Al extender la mano reveló un refinado botón dorado. Bajé la mirada hacia su chaqueta burdeos, descubriendo que faltaba uno.

—Este botón de la suerte siempre me ha traído buena fortuna, su majestad. Sé que no es mucho, pero solo soy un chico de los establos.

La adorable expresión en su rostro hizo que se me aflojaran todavía más las piernas. ¿Quién podría resistirse a Harry Bentley poniendo ojos de cachorrito?

Noté que Glorian curvaba los labios en una mueca que no pude leer. Parecía impresionado porque Harry hubiera pensado en tal cosa.

—Mmm, un obsequio interesante —dijo la reina—. Guárdalo hasta que decida qué hacer con él, Wendelina.

El hada de alas doradas voló hacia la mano de Harry y tomó el botón. Era preciosa. Su largo pelo castaño caía en una trenza adornada con florecitas blancas.

Harry le hizo una reverencia y retrocedió.

—Nada mal, sanguijuela —le susurró Glorian.

—Eso ha sido ingenioso —agregué.

—Si Glorian puede llevarse el mérito de inventar un cascanueces y tú puedes decir que una linterna es una varita mágica, yo puedo darle un botón y decirle que trae suerte. —Me dedicó una de sus sonrisas traviesas y agregó—: Lo cual probablemente sea cierto. Estoy en este asombroso reino contigo, ¿no?

La enorme sonrisa que le mostré ocupó todo mi rostro.

—¡Queda el asunto del mensaje, tía! ¡Uno de los Pucas cargaba un mensaje para ti! —Primsella agitó las alas con urgencia.

—Léelo para mí, sobrina —indicó la reina.

Primsella trazó un brillante círculo en el aire y aterrizó en el hombro de Finn, quien desenrolló el pergamino y lo sostuvo frente a ella. Me puse de puntillas para poder ver mejor.

Reina Merea:

El príncipe Sirien de Lussel de Abajo y la Conjuradora Tamelina son mis prisioneros. El precio que pido a cambio de liberarlos es que permita a su alteza, mi hijo Luka, participar en la próxima Clair de Lune.

Valdemar, rey de los Pucas

14

LA ALDEA DE AZÚCAR

Primsella leyó el mensaje en voz alta. La luz que envolvía a la reina Merea cobró intensidad en respuesta. Susurros de desaprobación llenaron el espacio. La hilera de guardias a un lado del trono agitó el aire en un aleteo molesto.

Oír que Sirien y Tamelina eran prisioneros me dio un escalofrío. Imaginarlos en algún calabozo oscuro hizo que quisiera correr a rescatarlos. El rey Valdemar me recordó al Rey de los Ratones de *El cascanueces*. Alguien malvado que quería causar problemas.

—¿Qué es Clair de Lune? —le pregunté a Lindy.

—Es una gala de patinaje sobre hielo bajo la luz de la luna. —Le brillaron los ojos—. Es legendaria, una gran festividad que se celebra cuando hay una superluna.

Mi boca se abrió debido al asombro. Me encantaba el patinaje sobre hielo. Imaginé figuras deslizándose sobre un lago congelado, iluminadas por un halo dorado.

—Suena precioso y romántico.

Clair de Lune. Era francés. Significaba «claro de luna». En la escuela estaba en la clase de los principiantes.

—¿Quién le dio ese nombre? – pregunté.

—No estoy segura, fue hace mucho tiempo, pero creo haber oído que un talentoso músico que cruzó a Lussel desde su mundo escribió una composición que deleitó a la reina —dijo Lindy.

—¿Por qué lo hacen bajo la luna? ¿Pueden ver? —preguntó Harry.

—Porque esos diablillos alados pueden cobrar forma humana cuando hay luna llena —susurró.

Lindy me había contado que cuando Primsella había conocido a Glorian se había hecho pasar por una linda costurera y habían tenido una cita. Que se había molestado mucho cuando había descubierto que era un hada y que lo había engañado.

—¿Qué es una superluna? —preguntó de nuevo.

—Es cuando hay luna llena y coincide con que su órbita la pone en el mayor acercamiento a la Tierra. Se ve más grande —respondí.

Lo había visto en clases hacía unas semanas.

—¿El Rey de los Pucas ha secuestrado a una niña porque quiere que su hijo participe en un torneo de patinaje? Suena extraño. Muy extraño. —Harry se llevó la mano al mentón de manera pensativa.

—Seguro es por el premio. El ganador puede pedirle un deseo a la corona de mil estrellas —dijo Lindy—. La corona que lleva la reina.

Harry y yo giramos la cabeza al mismo tiempo. Podía ver la silueta de la corona contra el resplandor. La cegadora luz que cubría a Merea nacía de ella. Era la luz de mil estrellas. Guau. ¿Ese era el premio? ¿Uno podía pedirle un deseo?

—Por favor, su majestad. Le imploro que acepte esos términos y nos ayude a recuperar al príncipe Sirien y a la joven Conjuradora —le pidió Finn—. Estoy seguro de que el rey y la reina serán generosos al recompensar su asistencia.

La Reina de las Hadas se mantuvo en silencio durante un extenso momento. *Por favor, por favor, por favor*, rogué en mi cabeza. No estaba segura de lo que sucedería si no aceptaba.

—De acuerdo.

Su voz danzó junto a las llamas de los faroles, segura y melodiosa.

—Aceptaré que el Puca participe en Clair de Lune con la condición de que sus majestades de Lussel de Abajo me deban un favor —continuó la reina.

Glorian exhaló un sonido pesimista.

—Nunca es buena idea deberle un favor a un hada —me susurró Lindy.

Arlen negó con la cabeza y se llevó una mano al pecho fingiendo que enterraba un cuchillo en el centro. Debía ser realmente malo. Merea le indicó a Finn que se acercara al trono y hablaron sobre el resto de los detalles.

—¿Esa es la razón por la cual dejaste tu bosque para venir aquí? ¿Vas a participar en Clair de Lune? —preguntó Glorian.

Primsella mantuvo un vuelo lento frente al rostro del Conjurador.

—Así es. Sabes lo mucho que me gusta patinar. Y, ahora que me acuerdo, tú eres muy bueno. Solía espiarte cuando creabas una

superficie de cristal sobre el lago y patinabas junto a tus hermanas
—respondió el hada—. Deberíamos participar juntos.

—No.

Primsella se cruzó de brazos, sus salas salpicaron diminutos
destellos color menta sobre la ropa del joven.

—Mi reina os va a ayudar a recuperar a Tamelina, participar
junto a su adorada sobrina sería una forma de agradecérselo —dijo
con su voz cantarina.

Glorian dejó escapar un soplido que agitó mechones dorados
sobre su frente.

—¿Qué hay de ti, pastelito? ¿Sabes patinar? —preguntó Lindy.

Asentí con entusiasmo.

—Me encanta. Mis padres solían llevarnos a mi hermana Olivia y a mí durante los fines de semana —le conté.

Arlen tiró de la chaqueta de Harry y lo señaló. Le estaba pre-
guntando lo mismo.

—Ehmmm... puedo ponerme de pie y deslizarme un poco
—respondió, desviando la mirada algo avergonzado—. No se me
da bien ni nada.

—Puedo enseñarte —me ofrecí.

La reina Merea golpeó la base del largo báculo sobre el hielo
con un *clonc* que silenció el espacio. Se levantó del trono. Sus hermosas alas de mariposa se extendieron bajo la cegadora luz que
ocultaba su figura.

—Os concedo paso hacia la Aldea de Azúcar. También os ex-
tiendo una invitación para participar en Clair de Lune —su voz
llenó el ambiente con una dulce melodía—. ¡Refrescos y comida
para nuestros invitados! Ansío ver vuestro espectáculo esta noche.

Nuevas hadas volaron dentro del iglú, cargando bandejas re-
pletas de colorida comida y curiosos recipientes con zumos.

Tomé una fresa violeta y le di un pequeño mordisco. El sabor dulce que me llenó la boca me hizo suspirar de satisfacción. Era como comerse un pastel de fresas cubierto de miel.

Glorian se agachó y acercó el rostro a mi oído.

—Más de tres bocados y pronto comenzarás a corretear, aleteando con los brazos, fingiendo que eres un hada y confesando tus sentimientos por aquella sanguijuela —me advirtió.

Espié a Harry y mis ojos se detuvieron en la suave nube de su pelo castaño. Era tan guapo. Y seguro que su pelo olía tan dulce como la fresa de mi boca. Dejé escapar una risita, imaginando lo bonito que sería poder acariciarlo con mis dedos.

De repente me sentí valiente. ¿Qué me detenía?

Era Alex de Bristol, la niña que había caído en un lago y había descubierto otro mundo, la bailarina que había respondido al deseo de la princesa Celestia y había ayudado a liberarla del hechizo que la aprisionaba en forma de cisne.

El pelo de Harry era del mismo color que esos dulces de azúcar caramelizado y mantequilla que tanto me gustaban. Dulces de caramelo.

—Alex… —la voz de Glorian me detuvo—. Piensa muy bien en lo que vas a hacer.

Oh, no, no, no.

Alejé el resto de la fruta de mi boca, tomando conciencia de que había estado cerca de simplemente caminar hacia Harry Bentley y pasarle la mano por el pelo. El calor de mis mejillas hizo que todo mi rostro se sonrojara.

—No más comida de hadas para mí —declaré.

● ● ●

Finn nos escoltó fuera del bosque hacia un encantador paisaje nevado. Al verlo entendí por qué la llamaban la Aldea de Azúcar. Había acogedoras cabañas estilo chalet cuyos tejados en pendiente se encontraban ocultos bajo un resplandeciente manto blanco. Espirales de humo salían de sus chimeneas.

Lindy me explicó que era una combinación de nieve y polvo de hadas.

El bosque al que llegué en mi primera visita había tenido luminosos copos de nieve color menta, obra de Primsella. Pero esta nieve era real, fría, tan brillante como el azúcar.

Cubría la aldea entera como si se tratara de un enorme pastel glaseado de estrellas y crema batida.

Las personas iban vestidas con coloridos abrigos similares a los que nos había dado el cambiador. Los niños se deslizaban en trineos, hacían muñecos y se perseguían arrojándose bolas de nieve. Y había una manada de renos blancos que se paseaban libremente entre las cabañas. Algunos llevaban pequeñas campanitas alrededor del cuello.

—¡Esto es lo más adorable que he visto! —declaré.

—¡¿Verdad?! —respondió Lindy.

La Conjuradora de Flores liberó a la pareja de burritos para que pudieran unirse a ellos. Harry desmontó para que Pintitas los siguiera.

Finn nos guio hacia una posada que se alzaba más grande que el resto de las cabañas. El fuego del hogar nos recibió con un abrazo cálido en cuanto cruzamos la puerta.

—Bienvenidos. Mi nombre es Evi —dijo una muchacha con un abrigado vestido violeta—. Nos quedan dos habitaciones: una tiene dos camas individuales y la otra, cuatro camas en litera.

—¡Alex y yo tomaremos la primera! —se apresuró a decir Lindy.

—No me gustan las literas —se quejó Glorian.

—A mí tampoco —respondió su hermana sacándole la lengua.

—¡Quiero la de arriba! —declaró Harry.

Lo miré, sorprendida.

—¿La de arriba? ¿No tienes miedo de caerte mientras duermes? —le pregunté.

La muchacha de detrás del mostrador abrió y cerró cajones buscando algo. Llevaba unas grandes orejeras verdes que le daban un aspecto gracioso.

—¡Edgar! ¿Has visto las llaves de la habitación número cinco? —gritó en tono gentil.

Momentos después un pequeño animal entró en la sala cargando un juego de llaves. Un simpático puercoespín blanco salpicado con polvo dorado alrededor del rostro y en sus cuatro patitas. Me pregunté si estaría alucinando debido a la fruta de las hadas que había comido.

Lindy emitió un sonido de admiración que confirmó que era real.

—Él es Edgar —lo presentó Evi—. Construyó un hogar para su familia en nuestro altillo. Le gusta ayudar en la posada.

Edgar trepó hacia el mostrador, le entregó las llaves y luego se volvió a mirarnos, sacudiendo la cabeza de manera amistosa. Lindy, Arlen y yo lo saludamos con tanto entusiasmo que el pobre casi se cae.

—Enséñales sus habitaciones, Ed —le indicó Evi.

El puercoespín rodó campante hacia un pasillo alfombrado. Me encantaba ver a las personas y a los animales conviviendo de esa manera. Ayudándose mutuamente. En la escuela había estudiado que las personas muchas veces dañaban los ecosistemas por razones egoístas, que talaban bosques y contaminaban ríos sin pensar en las especies que habitaban allí, o en cómo eso perjudicaría a generaciones futuras. Pero en Lussel todos parecían coexistir en armonía. Teníamos mucho que aprender de ellos.

Edgar se detuvo frente a una puerta y levantó la pata para enseñarnos dos dedos. Esa debía ser la de dos camas.

—Descansaremos un rato y nos veremos al anochecer para el espectáculo —dijo Lindy.

La seguí dentro y encontramos una acogedora habitación de estilo alpino: superficies de madera, una mullida alfombra blanca, cortinas con motivos de ciervos, camas gemelas cubiertas por mantas a cuadros.

Me dejé caer en la más cercana y estiré los brazos como si fuera a hacer un ángel de nieve. Estaba tan cansada que los ojos se me cerraron por sí solos.

—Espero que las hadas no vengan a robarnos los sueños... —dije.

—No lo creo. Me he fijado en que los renos de afuera tenían un collar con campanitas hechas de hierro. Debe ser para ahuyentarlas, ya que las hadas detestan el hierro —respondió Lindy.

—¿El hierro? ¿Por qué?

—Tiene propiedades naturales que repelen la magia —me explicó—. Incluso la mía. Ningún Conjurador puede encantar objetos hechos de hierro.

Lindy cayó de espaldas sobre la otra cama y su pelo se desparramó en un abanico rosa. Quería dormir, pero no podía dejar de pensar en el espectáculo que había exigido la reina Merea. Jugué con las manos de manera nerviosa sin saber cómo ahuyentar la nube gris en mi pecho; la vocecita que me decía: *Harás el ridículo. No eres tan buena bailarina.*

—Lindy...

—¿Sí?

La joven giró la cabeza hacia mi lado.

—Últimamente me cuesta encontrar... alegría... cuando bailo. Está allí al principio, en esos primeros pasos, pero luego temo que no se vea perfecto, que no sea suficiente o que vaya a cometer un error, y esa alegría se convierte en miedo, frustración.

—Oh, pastelito, es natural tener días en los que sentimos que no podemos hacer las cosas bien.

—Pero esos días empezaron a repetirse mucho... —confesé.

Los ojos violáceos de Lindy me estudiaron con simpatía.

—Te contaré un secreto: cuando Glorian y yo comenzamos a practicar para nuestras primeras presentaciones, me sentía insegura de tener que compartir el escenario con él. Glo es ca- rismático y le gusta jugar con aquel aire de misterio, mientras que mi estilo es más sencillo. Me daba miedo que la audiencia me encontrara aburrida, sin ese «algo especial». —Lindy pasó los dedos por el aire despidiendo un hilo de luz lila que enredó en el dedo—. Pero Glo me dijo que le encantaba verme conjurar flores porque me veía tan a gusto conmigo misma, porque po- día sentir que me daba alegría y eso le daba alegría a él. Todos tenemos un brillo propio. Un brillo distinto. Único de quienes somos.

Sus palabras se quedaron conmigo. No creí posible que una persona tan mágica y encantadora como Lindy pudiera sentirse de esa manera. Suponía que todos lo hacíamos. Que nos comparába- mos con alguien que admirábamos o teníamos un objetivo que nos parecía inalcanzable.

—¿Por qué crees que ya no lo disfrutas como antes? —me pre- guntó Lindy.

Lo pensé.

—Porque me preocupo tanto por hacerlo bien que no queda espacio para nada más. —Pasé los dedos por la capa de mi abrigo—. Quiero ir a una escuela de danza que es muy prestigiosa, ser una bailarina profesional. Y desde que tomé la decisión, comencé a ser más exigente con mi entrenamiento. Cuando bailo estoy pendiente de todo: la técnica, la cadencia, la expresión en mi rostro.

—Y pensar en todo eso hace que te olvides de disfrutarlo —adivinó Lindy.

—Supongo...

—Suena a que te estás poniendo mucha presión.

—No puedo evitarlo. La vocecita de mi cabeza se preocupa todo el tiempo. ¿Y si me rechazan? ¿Si hay mejores bailarines? ¿Si me aceptan y no logro adaptarme? ¿O si echo de menos a mi familia? —repetí las preguntas que solía hacerme.

Lindy me miró como si se estuviera mareando de solo escucharme.

—Quieres ir a esta escuela de danza porque amas bailar y quieres convertirlo en tu profesión, ¿verdad?

Asentí.

—Entonces debes dar lo mejor, eso es suficiente —me aseguró—. Tienes que creer que es suficiente, Alex. ¿Qué sentido tiene que te acepten si el precio es dejar de encontrar alegría en la razón por la cual decidiste hacerlo?

Miré al techo de manera pensativa.

—Eso es cierto...

—Deja de preocuparte tanto —dijo Lindy con una sonrisa llena de calidez—. Tener sueños y seguirlos es importante, pero no olvides ser una niña. No olvides buscar tesoros escondidos, perseguir luciérnagas, jugar al escondite, comer dulces.

Pensé en Olivia y en cómo solíamos hacer todas esas cosas juntas. Echaba de menos todo lo que Lindy había dicho. Echaba de menos pasar más tiempo con Sumi.

—Eres muy sabia —dije.

La Conjuradora de Flores dejó escapar una risa que hizo eco en la habitación. De repente sentí el impulso de contarle algo que había estado atesorando dentro de mi pecho.

—Harry me dijo que no había besado a Nadia Castel. Mi amiga escuchó mal —dije sin contener la felicidad que acompañaba a cada palabra.

Lindy saltó a mi cama y me hizo tantas cosquillas que me reí hasta que me dolió el estómago.

—¡Hay que celebrarlo!

15

SUEÑOS INFANTILES

E l paisaje de la Aldea de Azúcar me recordó a imágenes que había visto de Finlandia. Todo era blanco y brillante. En especial, de noche. Pero lo que me dejó sin aire fue la luminosa ola que prendió el cielo en vibrantes tonos verdes.

Soñaba con ver la aurora boreal desde que había aprendido sobre ella en una clase de la escuela. Las fotos que nos había enseñado la profesora eran preciosas, pero contemplarla en persona era como ver magia.

—¡Es increíble! —exclamé.

Ríos de irradiante luz verde se ondulaban a lo largo del cielo nocturno y envolvían la aldea. Destellos violetas creaban su propia corriente, que iba paralela al verde.

—Es como estar en otro planeta —dijo Harry.

Apenas habíamos dado unos pasos fuera de la posada cuando la escena nos detuvo por completo. Glorian, Lindy y Arlen también estaban allí, todos con el mentón hacia el cielo.

—Fuego de estrella —dijo Glorian.

—En Inglaterra lo llamamos «luces del norte» o «aurora boreal» —dije—. Mi profesora me explicó que es un fenómeno atmosférico que se produce cuando algunas partículas emitidas por el sol llegan hasta nuestro planeta y quedan atrapadas en la magnetosfera de la Tierra.

Harry asintió. Los tres Conjuradores me observaron como si estuviera hablando en otro idioma.

—Las leyendas de aquí dicen que, tiempo atrás, un gran dragón llamado Glouster voló más alto que cualquier otro dragón y devoró varias estrellas. La luz era tan intensa que llenó el estómago de Glouster hasta que este abrió sus fauces y la escupió formando un río de fuego —nos contó Lindy con la mirada perdida en el cielo.

Arlen conjuró una nube de la cual emergieron dos grandes alas de murciélago que alzaron el vuelo y revelaron a un dragón violeta. La figura voló junto a la luminosa ola verde hasta perderse de vista.

—Esa explicación me gusta más. No es exactamente científica, pero es genial —concedió Harry.

Reí en acuerdo. Primsella se apareció para guiarnos hacia un festivo bazar que formaba un anillo de tiendas en el centro de la aldea. Una torre de hielo con un gran reloj se elevaba desde el centro. Tenía una campana igual que el Big Ben en Londres. Las construcciones eran sencillas, adornadas con guirnaldas hechas con ramas de pino y piñas. Había algo muy navideño en ellas. Vendían chocolate caliente, sidra de manzana y canela, avellanas tostadas, pan de jengibre, adornos, juguetes de cuerda.

Niños con gorros de lana corrían alegres. Y no eran solo personas quienes se paseaban de tienda en tienda, también había animales: zorros, puercoespines, ardillas, ciervos, osos, lechuzas. Todos salpicados con polvo de hadas.

—¿Sabes qué vas a bailar? —me preguntó Lindy.

Lo había pensado tanto que la cabeza por poco me hacía cortocircuito. No estaba lista para bailar la danza del Hada de Azúcar frente a hadas de verdad, por lo que me había decidido por la escena en la que Clara bailaba con el príncipe tras haber derrotado al Rey de los Ratones. Era un *pas de deux*, un baile de dos. Pero podía improvisar y convertirlo en una danza individual. Incorporar pasos de la escena en la que Clara es una niña y baila con su cascanueces alrededor del árbol de Navidad.

El cambiador me había dado un vestido blanco que llevaba debajo del abrigo rosa. Tenía mangas de estilo romántico, detalles de encaje y una falda con dos capas de tela que se movía liviana al igual que un camisón. Tenía el largo pelo castaño sujeto por una cinta blanco en forma de lazo que lo ataba en una media coleta.

—¡La reina ya está aquí! —anunció Primsella.

Ver a todo el público que se había reunido alrededor del bazar, dejando un escenario de nieve en el centro, hizo que me aferrara a Lindy. Que pensara en lo que me había dicho y lo repitiera en mi cabeza.

Hileras de antorchas iluminaban el espacio y calentaban el aire. La reina Merea se había acomodado sobre el techo del bazar junto al resto de las hadas. El brillo de la corona la vestía de luz y ocultaba su rostro.

Niños y animales se habían sentado delante de los adultos para poder ver bien. Incluso vi a un hermoso zorro anaranjado con una tiara hecha de diamantes y flores sobre su cabeza. Tenía densas pestañas curvadas y el mentón blanco.

—Esa es Foxina, la princesa del bosque —me dijo Lindy.

Guau. ¿Aquella zorrita de cola pomposa era una princesa? Me pregunté si tendría un castillo hecho de ramas o una madriguera decorada con almohadones.

—No puedo esperar a que comience. Nunca te he visto bailar —me dijo Harry.

Mi corazón tropezó ante esas palabras. Miré el bosque azul que se alzaba en el límite de la aldea, considerando si era demasiado tarde para salir corriendo y pasar la noche escondida entre los árboles. Incluso la oscura montaña con nubes de tormenta en el borde opuesto era una opción.

—Iré a sentarme junto a Arlen. ¡Suerte!

Apenas logré oírlo. El *tu-tuc, tu-tuc, tu-tuc* de mis latidos cubrió su voz. No podía bailar frente a la Reina de las Hadas, la princesa del bosque y Harry Bentley. Era demasiado.

—¿Lista, conejito? —me preguntó Glorian.

—No.

La palabra se escapó, honesta. El Conjurador de Cristales se arrodilló frente a mí para que estuviéramos a la misma altura.

—¿Nervios? —me preguntó.

—Tantos que me van a hacer temblar —admití.

—¿Sabes lo que pensé la primera vez que te vi bailar en el Valle Azulino? —preguntó.

—¿«Espero que esa niña no arruine nuestro espectáculo»?

Glorian dejó escapar una risa de sorpresa que me hizo reír a mí también.

—Pensé: «Esa niña tiene el corazón de una artista» —me dijo—. Demuéstrame que no me equivocaba, Alex de Bristol.

Glorian caminó hacia el centro del anillo de nieve. Un artista que entraba en escena. Su lenguaje corporal cambió por completo: pasos largos, rostro gacho, brazos levantados.

—Hola, hola, es un placer estar aquí —su voz se apoderó del espacio—. Venimos a ofreceros un espectáculo para los sentidos. Una noche de magia y misterio. De trucos y obsequios.

Agitó la cola del abrigo, dándole movimiento a la cascada de estrellas plateadas bordadas sobre la tela azul.

—Os presento a una señorita llena de flores, mi encantadora hermana Lindy.

La recibió con un aplauso antes de moverse a un lado y tomar una lira. Uno de sus familiares era un Conjurador de Música y había encantado los instrumentos que utilizaban para que memorizaran melodías por sí solos. Antes de venir le había tarareado la melodía que iba a usar para mi baile.

Lindy se había cambiado, y llevaba un vestido hecho de cientos de florecillas verdes que resplandecían iluminadas por la aurora boreal. La Conjuradora esperó a que las primeras notas de la lira se infiltraran en el espacio y estiró las manos hacia arriba, meciéndolas hacia un lado, y luego al otro. Las yemas de sus dedos liberaron hilos de luz de color lila que se plegaron sobre sí mismos en la forma de pétalos.

Una llovizna de coloridas flores de verano llenó el cielo, imitando el vuelo de las mariposas. Lindy las condujo con hipnóticos movimientos de sus manos de la misma manera que el director de una orquesta dirigía los instrumentos. Estas se pasearon por el cielo antes de que una nueva cinta de color lila las reemplazara por flores de un crispado tono naranja que descendieron en una ráfaga de otoño.

Tan bonito.

Lindy compartía la misma frescura de las flores que conjuraba. Se movía libre, sin preocuparse por su aspecto. Era como si su cuerpo no solo siguiera la melodía de la lira, sino también una música interna que solo ella podía escuchar.

La joven conjuró cientos de rosas blancas que la rodearon en una danza de invierno. Les dio suficiente tiempo para que encantaran a la audiencia antes de cerrar su acto con un estallido de flores primaverales.

Se despidió con una reverencia y cambió de lugar con su hermano. Solo que, en lugar de tocar la lira, buscó una flauta hecha de cristal.

La alta figura de Glorian aguardó, inmóvil y con la frente agachada, derramando pelo dorado sobre su nariz.

Verlo allí, iluminado por la ola verde en el cielo, hizo que contuviera la respiración.

Aguardó hasta que las notas de la flauta se suspendieron en el aire tejiendo una atmósfera de misterio, antes de alzar sus centelleantes ojos azules y fijarlos en el público. Se movió rápido. Conjuró un pálido humo gris que barajó en sus manos hasta convertirlo en naipes de cristal. Glorian los acomodó en un abanico para luego arrojarlos a lo alto, hacia el cielo. Una tras otra, las cartas destellaron contra la noche, volando en un arco, antes de volver a su mano.

Los labios del Conjurador se torcieron en una sonrisa que anticipaba otro truco. Arrojó los naipes una vez más, haciendo que formaran una construcción sobre la nieve. Glorian rodeó su creación y la cubrió bajo un telón de humo. Sus manos danzaron ágiles, agregando detalles.

Podía oír a Primsella alentándolo desde la multitud.

Y no solo a ella, un grupo de chicas con abrigos color pastel compartían risitas y le lanzaban besos.

Glorian las ignoró sin cambiar la expresión en su rostro. Se paseó por delante de la gran construcción que había crecido, tan alta como una torre; cerró los dedos sobre el humo como si pudiera atraparlo dentro de los puños y le dio un tirón, revelando un impactante castillo de cristal. Tenía torrecillas, distintas entradas y una puerta principal que caía en un tobogán.

Muchos niños aplaudieron con tal entusiasmo que temí que correrían hacia él en una estampida.

—Gracias, gracias. —Glorian hizo una reverencia rápida—. Y para el gran final, la princesa bailarina de este castillo, Alex de Bristol.

Me dio un vuelco el estómago que revolvió todo lo que tenía dentro. *Sé valiente*, me dije. Tenía que dejar a Alex en el baúl de los disfraces dentro de mi cabeza y buscar a Clara, la niña que había caído en un mundo de ensueño.

Pensar en eso me hizo sonreír. Conocía a esa niña. Yo también tenía mucho de ella en mí.

—Ve y diviértete, pastelito —me alentó Lindy—. No pienses; baila, baila y baila.

Baila, baila, baila, me repetí.

Me deslicé el abrigo por los hombros. Esperaba no helarme. Al acercarme al escenario mi zapatilla de ballet se enterró en el brillante colchón de nieve. Eso iba a ser un problema, no podía danzar sobre una superficie tan irregular.

—He conjurado una plataforma de cristal —me dijo Glorian guiñándome un ojo.

—¡Gracias!

Caminé hacia el centro y me alegré de comprobar que el fuego de las antorchas había calentado el aire. Busqué dentro del baúl imaginario en mi cabeza, el baúl de los disfraces. Ya no era Alex, sino Clara. Una niña de gran imaginación que ansiaba vivir aventuras y conocer tierras mágicas.

Llevé una mano hacia arriba, con dedos en cuchara, y la otra hacia el centro de mi estómago en cuarta posición. Aguardé a oír la melodía, *uno*, *dos*, y me dejé ir. Me desplacé en horizontal, dando pasitos que movieron el vestido blanco, enseñando a una niña llena de ilusión.

Era Clara Stahlbaum, estaba en el festivo salón que mis padres habían decorado; imaginé un gran árbol de Navidad cubierto de adornos y rodeado de regalos. Adultos charlando, niños jugando.

Estiré los brazos, subiéndolos y bajándolos en un *adagio*.

Me desplacé en un círculo como si estuviera dando una vuelta alrededor del árbol con los ojos grandes y la sonrisa risueña de un niño en Navidad.

Dirigí una mirada rápida a Glorian y este conjuró un pequeño cascanueces de cristal, como habíamos acordado.

Tomé al traslúcido soldado en mis manos y lo levanté. Un pie me sostuvo *en pointe*, estiré el otro hacia arriba a la altura de la cintura en un *arabesque*.

Mi rostro se iluminó por el asombro. Era más que un juguete; los detalles de su vestimenta, de su rostro, hacían que pareciera como si fuera a cobrar vida.

Dancé con él, retrocediendo en una sucesión de pasitos, encantada ante el regalo del misterioso Drosselmeyer. Mi soldado. Mi cascanueces.

Levanté una pierna, sosteniéndome *en pointe*, y la dejé caer; luego lo repetí, fingiendo estar inquieta.

Di una serie de saltitos, ligera, llena de entusiasmo. Abracé la figura contra mi pecho y nos giré en *pirouettes* lentas que hicieron flotar el vestido blanco.

Era Clara, una niña de gran imaginación que se encontraba en el medio de una batalla entre soldaditos de plomo y un ejército de ratones.

Escuché la variación en las notas que impulsó el dramático cambio de escena. Dejé la figura de cristal y continué bailando. Mis pasos se volvieron más rápidos. Urgentes. Asustados.

Podía oír el *clank* de espadas chocando. Valientes soldados y temibles ratones. No sabía hacia dónde ir o qué hacer. Solo que quería ayudar al cascanueces.

Era una niña valiente, llena de sueños.

Una llovizna de florecillas blancas cayó frágil al igual que copos de nieve. Vi a Lindy conjurarlas por el rabillo de mi ojo.

Giré en veloces *pirouettes*, envolviéndome en un torbellino de tela blanca.

Allí era cuando Clara se transformaba de niña a jovencita y viajaba junto al cascanueces, que ahora era un príncipe, hacia un brillante bosque nevado.

Estiré la mano hacia los altos pinos, sorprendida ante el nuevo paisaje que me rodeaba. Todo era mágico y distinto. Un lugar hecho de noches estrelladas y copos de nieve que danzaban en el frío. Me desplacé con pasos que no solo mostraban la ilusión de una niña, sino la gracia de una jovencita.

16

UN MOMENTO CÓSMICO

Lindy y Glorian se acercaron a darme un abrazo. Había logrado perderme en el baile sin que la vocecita de mi cabeza me hiciera dudar. De repente podía respirar más fácil, como si hubiera dejado un pedacito de mis miedos en el escenario.

Los niños y algunos de los animales estaban jugando en el castillo que había conjurado Glorian, mientras que los adultos dejaban monedas en el pequeño cofre que los hermanos habían exhibido junto a figurillas de cristal.

—Has estado increíble —dijo Harry al acercarse.

Oírlo decir esas palabras me llenó el estomago de luciérnagas. Arlen estaba a su lado y me ofreció una de las flores de Lindy, felicitándome.

—Gracias. —Agaché la mirada sin saber qué más decir.

—¿Quieres ir a pasear? —me preguntó Harry—. Ver ese espectáculo me ha dejado tan despierto que no lograré dormir durante horas.

—Yo me siento igual —confesé.

Me giré para preguntarle a Lindy si quería venir con nosotros y noté que la joven estaba mirando hacia la Montaña de los Tormentos con expresión preocupada. Era tan alta que el pico estaba oculto tras neblina y nubes negras.

—¿Lindy?

—No puedo dejar de pensar en Tamelina. Espero que esté bien…

Glorian la rodeó con su brazo en un gesto afectuoso.

—Yo también estoy pensando en ella —le dijo—. Tam es ingeniosa. Y Clair de Lune es pasado mañana. La veremos pronto.

Asentí.

—Estoy segura de que Sirien y Mela la están cuidando —dije.

—Tienes razón —asintió Lindy limpiándose los ojos.

—Harry y yo vamos a ir a pasear. ¿Queréis venir?

Los hermanos intercambiaron miradas que hablaron entre sí. Lindy dejó escapar una risita risueña, mientras que Glorian exhaló un sonido dramático.

—Le prometí a Arlen que iríamos a tomar una taza de chocolate caliente —se excusó Lindy.

—¿A qué hora planeas volver? —me preguntó Glorian.

—No lo sé. ¿En un rato?

Cuando salíamos con Sumi mis padres siempre me decían que regresara antes de las diez de la noche. Busqué con la mirada hasta ver un reloj que se elevaba sobre el bazar. Eran las ocho y media.

—Una hora —el Conjurador hizo una pausa y agregó—: Y no permitas que esa sanguijuela intente nada romántico.

—Glorian. Deja que se diviertan —lo regañó su hermana, arrastrándolo detrás de ella en dirección a los bazares.

Harry ni siquiera tenía que intentarlo, no podía pensar en nada más romántico que pasear lado a lado bajo la aurora boreal. Cuando me volví hacia él, estaba esperando con las manos guardadas en los bolsillos de la chaqueta.

—¿A dónde quieres ir? —preguntó.

—He oído a unas chicas hablando de un lago congelado en dirección al bosque. ¡Lo usan como pista de patinaje! —dije sin poder contener la emoción.

• • •

Una visita rápida al cambiador nos dio un par de patines que sostuvimos con las manos. Encontramos una senda de antorchas que se alejaba de la aldea hacia los pinos nevados. Además del abrigo rosa llevaba largos calcetines por encima de las rodillas. Y Harry había pedido un gorro de lana.

Lo miré de reojo, espiándolo. Mechones castaños se ondulaban sobre su frente, escapando del gorro, y sus ojos admiraban el cielo.

—Siempre he querido ver la aurora boreal. Llevo pidiéndoles a mis padres que viajemos a Islandia desde que vi un documental en National Geographic —dijo, contento.

—A mí también me gusta ese canal. Muchas veces veo documentales de animales antes de ir a la cama. Mi mamá los mira conmigo —le conté—. En especial, de ballenas o delfines. Ver el océano antes de quedarme dormida me da una sensación de calma.

Harry asintió.

—A mí me gustan los que son sobre jaurías de lobos. Todos tienen sus roles y son como una familia —respondió.

Un grupo de hadas voló sobre nosotros en dirección al bosque y seguí el descenso del polvo que caía de sus alas. Eso era lo que hacía que el manto de nieve por el que caminábamos pareciera azúcar. Miré hacia atrás y sonreí al ver nuestras huellas brillando en la noche.

—Espera. —Busqué dentro de mi bolsillo y saqué la cámara de fotos que había traído—. Quiero tomarles una foto a las huellas.

—¿Solo a eso? —me preguntó Harry incrédulo—. Yo apenas he logrado hacerle una foto al cielo antes de que se me acabara la batería del móvil.

—Por eso he traído una cámara. La batería dura más —dije enseñándosela—. Debemos ser cuidadosos para proteger al reino de Lussel. Se lo prometí a Sirien cuando me ayudó a volver a Bristol la primera vez. No podemos sacar fotos que revelen sus secretos.

—Supongo que es lo responsable —asintió en acuerdo—. ¿Qué me dices de un *selfie*?

¿Un *selfie* con Harry Bentley? Esbocé una sonrisa tan grande que fue respuesta suficiente. Harry se acercó hasta que nuestros hombros se tocaron. Estiré el brazo todo lo que pude, apuntando con la cámara hacia nosotros, y saqué la foto.

Mantuve los dedos alrededor de la cámara durante el resto del camino. Era un como tener un tesoro. Algo único e invaluable que no podría reemplazar.

—Allí está.

Harry señaló el lago congelado que se extendía frente a la hilera de pinos donde comenzaba el bosque. El paisaje estaba pintado de satinados tonos azules. Glaseado de escarcha. Me cambié las botas por patines, ansiosa por deslizarme sobre el hielo. Patinar y danzar eran similares; ambos requerían equilibrio.

Recorrí el lago, dejando que mi cuerpo recordara por sí solo. Había olvidado lo libre que se sentía. Como volar. Tomé impulso, adaptándome al filo de los patines sobre el hielo, y luego me animé a patinar hacia atrás.

—Haces que parezca tan fácil —dijo Harry.

Su figura se deslizó con los brazos abiertos en busca de equilibrio. Por un momento, olvidé que estaba allí.

—Práctica, práctica, práctica.

Perdí impulso, trazando un círculo lento a su alrededor.

—No todos podemos ser tan dedicados —dijo con una sonrisa tensa mirando hacia abajo—. ¿Un poco de ayuda?

—No mires abajo —lo corregí.

Me acerqué a él y le extendí la mano. Sentir su palma sobre la mía, me llenó de una sensación cálida. Quería darle rienda suelta a mi alegría. Ir tan rápido que mis patines se despegaran del hielo. Contuve el impulso e hice que nos moviéramos despacio.

—No te inclines hacia atrás. Y dobla un poco las rodillas, te ayudará a mantener el equilibrio.

Tiré de su mano, guiándolo detrás de mí. Patinamos en paralelo al borde y dimos una vuelta completa a todo el lago. Muy poco a poco, su figura dejó de estar tan tensa, lo que me ayudó a darnos un poquito de velocidad en la segunda vuelta.

—¡Lo estoy haciendo!

Harry dejó escapar un grito de euforia. Intentó tomar impulso por su cuenta, pero eso lo hizo perder el equilibrio haciendo que se tambaleara hacia adelante y tropezara contra mí. Caí sentada sobre el hielo, lo cual fue frío y doloroso. Harry aterrizó sobre su pecho, resbalando al igual que una foca.

Dejé escapar una risa sin poder evitarlo. Harry me miró con los ojos grandes, sorprendido ante la caída, y luego su pecho se agitó con una carcajada.

—¿Estás bien? —pregunté.

Asintió.

—¿Tú?

—Nada serio —dije.

Podía sentir un eco de dolor subiendo por mis muslos, pero con suerte se iría dentro de poco. Harry gateó hacia mí. Su mano me apartó un mechón de pelo que me caía sobre la frente y luego bajó para reposarla en mi hombro.

—Me encanta pasar tiempo contigo, Alex. Eres divertida, talentosa y no te da miedo mostrarte como eres —dijo.

Sus hermosos ojos marrones estaban tan cerca que eran lo único que podía ver.

—Sí que me da miedo, a veces mucho, pero no quiero sacrificar las cosas que me gustan por temor a que me hagan diferente —respondí.

—Eso te hace valiente.

Estaba tan cerca que podía seguir el arco de sus pestañas. Contar las pequeñas pecas al lado de su nariz.

—Tú eres valiente —susurré, encandilada—. Como un Gryffindor.

Harry exhaló una risa. El sonido tocó mi boca. Estaba tan, tan, tan cerca. En un momento nos estábamos mirando y, al siguiente, nos inclinamos al mismo tiempo.

Nuestros labios se tocaron.

Al principio fue suave, igual que un respiro, y luego sus labios se amoldaron a los míos, presionando calor.

La sensación fue nueva y un poquito extraña. Pero especial. Cálida al igual que un rayo de sol.

Cuando volví a abrir los ojos, Harry estaba haciendo lo mismo. Nos miramos sonrojados en completo silencio.

Tu-tuc, tu-tuc, tu-tuc.

He besado a Harry Bentley, he besado a Harry Bentley, he besado a Harry Bentley.

—Hola —dijo en un susurro.

—Hola.

Oír mi propia voz por poco me hace sobresaltar. Por un momento creí que había olvidado cómo hablar.

—¿Está bien que nos hayamos dado un beso? —me preguntó.

Me dedicó una de esas sonrisas que lo hacían verse como si estuviera a punto de hacer una travesura.

—Está genial —respondí.

Oh, no. ¿Lo he dicho en voz alta? Harry sonrió aún más y nos ayudamos mutuamente a ponernos de pie para no resbalar. En lo único que podía pensar era en que el deseo de dentro de mi oso de peluche se había hecho realidad.

Mi primer beso había sido con Harry Bentley, el chico que me gustaba desde la primera vez que lo había visto, cuando su familia se había mudado al vecindario.

—Deberíamos volver, no quiero que alguien alto y malhumorado me convierta en una figura de cristal —bromeó.

Me pregunté si Glorian tendría la habilidad de hacer algo así. Esperaba que no. Aunque había amenazado a Primsella con transformarla en un sapo.

—Sí, volvamos.

Levanté la mirada hacia la luna creciente que se alzaba sobre la punta nevada de los pinos y le di las gracias por haber cumplido mi deseo. No sabía si había sido la luna, el polvo de hadas, el bosque azul o suerte, pero estaba tan feliz que quería gritar «¡gracias!».

Todo parecía mágico. Un momento cósmico. Como ver a un cometa arrastrar un sendero de luz por el cielo.

Ayudé a Harry a patinar hacia el final del lago y nos cambiamos los patines. Estaba tan distraída que no les presté atención a las sombras que creí ver entre los árboles hasta que fue demasiado tarde. Sigilosas siluetas se abalanzaron hacia nosotros y nos derribaron sobre la nieve. Estaba oscuro. Un par de manos me tomaron de los brazos y vi a un Puca mirándome desde arriba.

—¡Ey! ¡Déjala ir!

Harry estiró el brazo para dar un puñetazo. El Puca se corrió hacia atrás, esquivándolo sin soltarme.

—¡Nash! ¡Romy! —dijo su voz—. ¡Agárrenlo!

Dos rápidas sombras tomaron a Harry por los brazos, sosteniéndolo para que no pudiera moverse. Sacudí los pies con fuerza, intentando patear al Puca, pero otro de ellos brincó fuera de la nieve y me agarró por los pies.

—Bien, Flip.

Me cargaron tan rápido que no pude hacer más que ver el resplandeciente paisaje blanco moverse por el rabillo del ojo, como si fuera una sábana agitándose a mi alrededor. Uno de los Pucas tenía mis manos, el otro mis pies, y se movían tan rápido que no lograba soltarme.

—¡ALEX! ¡ALEEEX! —gritó Harry.

A cada segundo, su voz se oía más distante.

—¡HARRY!

Estaba de cara al cielo. La aurora boreal había desaparecido y solo veía las siluetas de mis secuestradores. Uno tenía el salvaje pelo atado hacia atrás y nariz de roedor; el otro, grandes orejas de murciélago.

Grité y pateé.

No los detuvo.

Me estaban llevando en dirección a la Montaña de los Tormentos.

PARTE **II**

LA SOMBRA
DEL PRÍNCIPE

17

EL CLUB DE LOS MALOS

—¡AYUDA! ¡AYUDAAAAA!

Mi voz se perdió en la noche sin que nadie respondiera. Me estaban llevando al igual que habían hecho con Tamelina y Sirien. Pero ¿por qué? Creía que la reina Merea había aceptado que participaran de Clair de Lune.

Ya no eran dos figuras las que me cargaban, sino cuatro. Se movían con el sigilo de los animales del bosque.

—Cállate. Me estás aturdiendo —se quejó el que sujetaba uno de mis brazos.

Grandes orejas de murciélago sobresalían de su capucha negra.

—¡HAAAAAARRY! —grité más alto.

—No va a venir. Lo hemos atado a un árbol —dijo la voz de una chica.

Levanté la cabeza para ver mejor. Era la Puca que sostenía mi pierna izquierda. La única chica del grupo. Tenía el largo pelo negro con una franja blanca en el medio y la pomposa cola de una mofeta.

—Romy es experta haciendo nudos —dijo otro—. No va a ir a ningún lado hasta que alguien lo encuentre.

¿Lo habían dejado atado a un árbol? ¿Y si lo encontraba un oso? ¿Uno menos amistoso que Mela?

Noté que los alrededores se veían distintos. Una planicie de roca había reemplazado a la nieve azucarada. La tenebrosa sombra de una gran montaña me miraba desde arriba. El pico alto e inalcanzable. Podía oír relámpagos en las nubes que lo coronaban.

Presioné los labios conteniendo el pánico que me subía por el estómago.

Tenía que ser ingeniosa. Tal vez pudiera descubrir más sobre ellos. Averiguar qué querían.

—¿Quiénes sois? Si van a secuestrarme, al menos podríais presentaros.

—Por supuesto. Olvidamos nuestros modales...

Miró al resto y me soltaron a un tiempo. Por segunda vez en la misma noche, caí sentada al suelo.

—*Auuuch...* —me quejé.

Las cuatro figuras se agacharon sobre mí, dándome un susto. No me gustaba estar rodeada. Parecían tan... intimidantes. No era solo su apariencia, sino las sonrisas malvadas y los ojos oscuros.

—Yo soy Luka, hijo del rey Valdemar —dijo el más alto—. Antes era un respetado príncipe, ahora soy esto.

Seguí su silueta alargada hacia el salvaje pelo marrón que llevaba atado sobre la base del cuello. Su rostro mezclaba las facciones de un chico con la nariz y los bigotes de un ratón. Llevaba una camiseta campestre que estaba rasgada en varios lados, igual que los pantalones, brazaletes de cuero en las muñecas y borceguíes con cordones desatados. Me recordó a fotos de estrellas de rock que había visto en revistas. Fotos que los *paparazzi* sacaban por la calle cuando tenían un aspecto descuidado, la ropa arrugada, como si acabaran de despertar y hubieran salido apresurados a hacer algún recado.

Glorian seguro que tendría algo que decir al respecto.

¿A qué se refería con «Antes era un respetado príncipe»?

—¿Antes eras distinto? ¿Qué pasó? —pregunté.

—Nada que sea asunto tuyo.

—Si eres hijo de un rey, entonces sigues siendo un príncipe —señalé.

—Hemos atrapado a una inteligente —rio la chica mofeta de modo irónico—. Yo soy Romy.

Llevaba un corto vestido negro con flecos en la falda. Una pomposa cola se asomaba por debajo cayendo sobre el talón de sus botitas. Su rostro estaba cubierto por pelo negro con una franja blanca sobre su nariz de mofeta.

—Ellos son Nash y Flip —señaló Luka.

El primer Puca, Nash, tenía la apariencia de un mapache de pelo erizado. Mi boca formó una *O* al ver el denso pelaje negro que le rodeaba los ojos como si fuera un antifaz. El segundo era el de las grandes orejas triangulares. Espeluznantes alas de murciélago se asomaban tras su espalda.

Ambos estaban vestidos con ropa similar a la de Luka. Con ese look de «campesino pandillero».

Algo en ellos me asustaba. No lo podía explicar. Era como si estuvieran cubiertos por su propia sombra, la cual les daba un aspecto tenebroso.

—Mi nombre es Alexina Belle, pero me llaman Alex —me presenté.

—No nos importa tu nombre —respondió Luka.

—Te llamaremos «prisionera número tres» —agregó Nash.

Su cola de mapache, marrón con anillos negros, barrió el aire detrás de él. Romy y Flip me empujaron hacia el pasaje que subía por la montaña. El grupo caminó al mismo tiempo que yo, manteniéndome en el centro de los cuatro.

El aire estaba helado y lo notaba húmedo a causa de la neblina. Seguí las antorchas que iban marcando el angosto camino. De no haber sido por las llamas, no habría visto nada. Di pasos cautos, temiendo tropezar y lesionarme. Solía tener pesadillas en las que me lastimaba un pie y no podía bailar.

—Es muy lenta —se quejó Flip.

La cola de ratón del príncipe se enroscó en mi muñeca. Me dio un tirón hacia adelante.

—Me cuesta ver. No quiero tropezarme —dije.

—Tu padre se va a enojar cuando vea lo que hemos hecho —la voz de Romy sonó preocupada—. ¿Qué haremos con ella, Luka?

—Esconderla en uno de los túneles —sugirió el príncipe encogiéndose de hombros.

—Podemos atarla y dejarle un recipiente con agua. Puede ser nuestra mascota —propuso Nash.

Lo miré ofendida. No era una mascota. Y de serlo, no me gustaría que me dejaran atada.

—¿Qué queréis de mí? Si el rey Valdemar no os ha enviado... ¿Por qué estoy aquí? —pregunté.

—Porque Merea es una mentirosa, cuantos más prisioneros tengamos para negociar, mejor —dijo Luka.

Llegamos a la boca de una cueva que se adentraba en la montaña. Planté los talones y me detuve. Las hileras de antorchas en las paredes marcaban un halo anaranjado que se perdía dentro.

—No quiero entrar allí.

Nash me tomó de un brazo, Flip del otro, y Romy apoyó las manos sobre mi espalda, obligándome a avanzar.

—Bienvenida a mi reino —dijo Luka extendiendo una mano hacia la entrada.

—La Montaña de los Tormentos... —susurré para mí.

—Ese es un nombre tonto que le dan los aldeanos —dijo Romy contra mi oído—. Este lugar se llama la Montaña Esmeralda.

—No, ese nombre ya no existe.

Luka se volvió, molesto, y acercó su rostro al mío hasta que nuestras narices por poco se tocaron. Sus facciones estaban cubiertas por la sombra. Podía ver la línea de sus bigotes. Ojos verdes del color de un bosque de espinas.

—Esta montaña se transformó en un lugar de pesadillas, igual que mi corazón —Luka habló en un tono siniestro que me causó escalofríos.

—*Uuuuuhhhhhh.* —Nash movió las manos en un gesto fantasmagórico.

Las risas malvadas de los Pucas hicieron eco en las paredes y se silenciaron de manera abrupta. Como si el pasaje fuera la garganta de un monstruo y este hubiera devorado el sonido.

El túnel seguía y seguía. Las sombras de los cuatro Pucas creaban monstruos sobre los muros de roca. Nos acompañaban paso por paso, *tap*, *tap*, pasando entre las antorchas. Perdí la noción del tiempo. Continuamos hasta desembocar en una gran caverna.

—Este es nuestro lugar secreto —dijo Romy.

—Nuestro club de los malos —agregó Nash.

Su cola de mapache acarició la cola de mofeta de la chica Puca. En una de las esquinas había un refugio hecho de ramas y troncos que me recordó a las casitas de plástico que algunos niños tenían en los jardines de mi vecindario. Solo que más grande, con suficiente espacio para cuatro.

—¿La construisteis vosotros? —pregunté.

Flip asintió. Desparramados en el suelo había todo tipo de objetos: espadas, libros, un tirachinas, canicas, piñas, monedas. Una parte de mí quería explorar, mientras que la otra parte estaba desesperada por huir.

—Mi hermana Olivia y yo siempre hemos querido construir una casa en el árbol de nuestro jardín, pero nunca lo hemos hecho —dije.

No sabía por qué les había contado eso. Tal vez porque era algo que teníamos en común. Que los hacía parecidos a mí en vez de convertirlos en algo que me daba miedo.

—¿Por qué no? —preguntó Flip.

—A nadie le importa —interrumpió Luka—. Buscad un lugar en donde atarla. Romy, hazle un buen nudo.

El príncipe fue hacia una red sujeta por dos ganchos en los muros al igual que una hamaca hawaiana y se estiró con los brazos tras la cabeza. Su larga cola de ratón colgó sobre el suelo.

—Tienes los peores modales que he visto —dije.

Era cierto. Nunca había conocido a alguien tan grosero.

—Y tú tienes piernas de garza, largas como ramitas, y no sabes cuándo callarte —me desestimó con un gesto de su mano.

—¡Es verdad! Tiene piernas de garza —rio Romy.

—*Cachaaaa, cachaaaa, cachaaaaa...*

Nash retrajo los brazos y agitó los codos simulando que eran alas. Sus orejas triangulares de mapache se sacudieron entretenidas. Siempre me hacía sentir mal que se burlaran de mis piernas. En el mundo de la danza clásica era usual, el resultado de tanto entrenamiento. Pero fuera, era una causa de burla.

Intenté correr hacia la apertura por la que habíamos entrado, pero Nash no tardó en atraparme por los hombros. Romy me pasó una mano por las muñecas y las ató juntas, haciendo un nudo.

Me obligaron a sentarme contra una roca y pasaron la soga por delante de mi pecho en una doble vuelta.

Nunca me habían atado. Pensé que era algo que solo pasaba en las películas o en cuentos. Estaba inmovilizada. La roca fría contra mi espalda, obligándome a quedarme en una postura recta. Solo podía mover las piernas.

—Listo. No irá a ningún lado —dijo Romy.

—Tenemos a una garza por mascota. —Nash se rio a carcajadas doblándose hacia adelante.

—Deberíamos hacerle un pequeño estanque, verla atrapar pececitos —agregó Flip.

Pestañeé rápidamente para contener las lágrimas.

—Al menos no tengo feas alas de murciélago, o una cola larga y peluda —respondí.

Eso detuvo las risas. Flip plegó sus alas negras de manera avergonzada. Y la forma en que Romy presionó los labios, como si estuviera conteniendo lágrimas al igual que yo, me hizo sentir mal.

—No he debido decir eso —me disculpé.

Ser el blanco de burlas era doloroso. Pero burlarme de ellos no solucionaría nada, solo me haría sentir peor.

—A nadie le importa lo que digas. Eres una niñita tonta atada a una roca —dijo Luka—. Te vas a quedar aquí. Sola. En la oscuridad.

El príncipe saltó de la hamaca y vino hacia mí. Su sombra creció contra los muros de la caverna, alta y siniestra.

—Este lugar está lleno de animales hambrientos, tal vez vengan a comerte.

Sentí que el corazón se me aceleraba de miedo. La soga estaba tan ajustada que empujaba contra mi ropa, haciendo presión sobre mi pecho.

—Por favor, no me dejéis —les pedí—. No me gusta estar sola en lugares oscuros.

—Todos estamos solos. Todos lo sentimos alguna vez... ese sentimiento que nos acecha sobre los hombros y nos hace sentirnos pequeños.

Luka me miró con ojos vacíos. Llamó al resto con un gesto de su mano, y la punta de su cola se onduló replicando el ademán.

—Vamos, es tarde —dijo.

No. No. No. No. No podía dejarme allí. Flip fue hacia el refugio hecho de ramas y volvió con un recipiente con agua y un pequeño farol.

—Aquí tienes —dijo, dejándolo a un lado de mi pie.

—¿Cómo va a bebérsela si está atada? —preguntó Nash.

Sus orejas de mapache se movieron pensativas.

—No puede, eso es obvio —respondió Romy.

La Puca mofeta lo acercó a mi boca. Bebí todo lo que pude por miedo a que no regresaran en un largo periodo. Otro pensamiento hizo que me detuviera de manera abrupta. *Oh, no...*

—¿Qué hago si tengo que ir al baño? —le susurré.

—No lo sé. Aguántate.

Romy habló en tono de burla, aunque pude ver un poquito de simpatía en sus ojos.

—Dulces sueños, garza —me saludó Nash.

—Es más probable que tengas pesadillas. Deliciosas pesadillas que serán un banquete para la reina —dijo el príncipe.

18

LAS AGUJAS DEL RELOJ

D e no haber sido por las antorchas en los muros y el pequeño farol a mis pies, me hubiera quedado en completa oscuridad. No podía moverme. Intenté de todo: empujar contra la soga, deslizarme hacia un lado, morderla, frotar las muñecas.

La Puca mofeta era una experta haciendo nudos.

Nadie sabía dónde estaba. Harry sabía que los Pucas me habían llevado, pero el rey Valdemar no había ordenado que lo hicieran. Luka y sus amigos podían mentir sobre lo que habían hecho.

Ver el vacío de la caverna, oír los relámpagos de la cima, el silbido del viento que se filtraba desde la red de túneles, hizo que un recorrido de lágrimas humedeciera mis mejillas.

¿Y si era verdad que había animales salvajes? ¿O monstruos? Tenía que haber una razón por la cual la llamaban la Montaña de los Tormentos. Aunque Romy había dicho que ese era un nombre que le habían dado los aldeanos, que antes se llamaba la Montaña Esmeralda. Ese nombre no daba miedo.

Pensé en el príncipe Luka y en la manera en que me había mirado cuando había dicho que todos estábamos solos. Que era algo que nos hacía sentir más pequeños. Sus ojos parecían tristes. Su verde, el color de un bosque abandonado. Como si conociera ese sentimiento demasiado bien.

Parte de mí sintió pena, pero la otra lo odiaba por las cosas crueles que había dicho, por haberme llamado «garza» y haberme dejado atada.

«Piensa», me dije. «Puedes llorar hasta que alguien venga o seguir intentando soltarte».

Mi voz llenó el espacio, dándome ánimo. Miré los alrededores. El anillo de luz naranja del farol llegaba a iluminar algunos objetos: un par de canicas de superficie azul, tres lussines (la moneda que usaban aquí) y, casi al borde, la empuñadura de una espada.

¡Si! Podía intentar atraparla con los pies y cortar la soga con el filo de la hoja.

Tendría que estirarme, mucho...

Deslicé la espalda sobre la roca, moviéndome de un lado al otro para aflojar un poco la soga. Estiré los pies *en pointe*. La punta de mi botita blanca logró tocar la empuñadura. Era dorada y tenía una brillante piedra esmeralda en el centro.

Un poquito más.

Estiré la punta del pie hasta lograr pasarla sobre la *T* de la cual salía la hoja de la espada, acercándola, y me agaché hasta poder frotar la soga que ataba mis muñecas sobre el filo del acero.

Me llevó unos momentos, pero se cortó.

Ja, tener piernas de garza no es tan malo, me dije.

Tomé la espada y la usé para cortar la otra soga que me apretaba el torso contra la gran roca. Recuperar la libertad de movimiento me llenó de alivio.

Lo había hecho. Me había soltado. Hice un pequeño baile de celebración, lo cual me pareció una tontería, aunque no lo pude evitar.

Echaba de menos mi espada de cristal, la que había conjurado Glorian. La había dejado sobre la cama de la posada. Tenía el tamaño ideal para alguien de mi estatura y era más liviana que el arma que tenía en las manos. Pero al menos tenía con qué defenderme.

Levanté el farol y me acerqué hacia una gran boca de piedra que se dividía en dos túneles. *¿Por dónde habíamos venido?*

Mamá solía decir que había heredado el terrible sentido de la orientación de papá. Cuando viajábamos a ciudades nuevas, nos perdíamos con facilidad y nunca recordábamos el camino de regreso al hotel. Ella y Olivia eran mejores para memorizar calles.

Consideré mis opciones: ambos túneles se perdían en una espiral negra.

Tendría que elegir al azar. *Si la aguja chiquita de mi reloj apunta a la derecha, de 12 a 6, entonces a la derecha; si apunta de 6 a 12, entonces a la izquierda.*

Iluminé el reloj. Era rosa y tenía números romanos.

11:15.

A la izquierda.

• • •

Caminé a pasos lentos sin poder quitar la mirada de mi propia sombra sobre los muros de la caverna. Se veía alargada y sospechosa. Pensé en la Alex falsa cuando la Encantadora Christabella había hechizado a mi propia sombra para que tuviera mi mismo aspecto.

Sentí la horrible sensación de que cobraría vida de nuevo y se volvería en mi contra. Seguro que sabría qué hacer. La Alex falsa había sido burlona y me había dado la impresión de que no le tenía miedo a nada. Distinta a mí, la Alex real.

No era justo que mi sombra fuera más valiente que yo.

Podía oír el silbido incesante del viento, aunque no sentía su impulso. Cuando finalmente logré ver una curva, levanté la espada con una mano y sostuve el farol con la otra.

Crucé una apertura en forma de arco que desembocaba en un espacio enorme. Lo que vi me dejó atónita. Filas y filas de antorchas iluminaban cada rincón, haciendo que pareciera de día. Los muros estaban tallados con el diseño de enredaderas que trepaban en molduras.

Y podía ver cientos de gemas verdes titilando entre los pliegues. Esmeraldas, al igual que la empuñadura de la espada.

Hacían que el lugar pareciera un jardín subterráneo.

Di unos pasos, admirándolo todo. ¿Este era el hogar del rey Valdemar? No daba la sensación de ser un lugar de tormentos.

—¡TÚ! —gritó una voz—. ¿Quién eres? ¿Qué haces aquí?

Una silueta con cola de ratón me señaló desde la esquina. Tenía un sombrero de soldado y una lanza y estaba acompañado por tres más.

Había elegido el camino equivocado. En lugar de ir hacia afuera, me había adentrado más en la montaña. Eso me pasaba por haberme guiado por las agujas del reloj.

Dejé el farol y empuñé la espada con las dos manos.

—El príncipe Luka y sus amigos me han secuestrado. Me han dejado atada en un túnel —dije, rogando por que la voz no me temblara—. Por favor, dejadme volver a la aldea.

Noté las palabras ásperas cuando salieron de mi garganta. Tamelina y Sirien estaban allí. Prisioneros. ¿No debería intentar rescatarlos?

—¿Luka te ha traído hasta aquí? —preguntó unos de los guardias.

—Y Nash, Romy y Flip. Han dicho que lo han hecho sin permiso del rey.

No me gustaba delatar a la gente. En la escuela me llamarían varias cosas por ello. *Por supuesto que deberías delatarlos. Han atacado a Harry, te han secuestrado y te han dejado atada a una piedra*, me respondió una vocecita en la cabeza.

—Ese muchacho es una pesadilla —murmuró uno.

—Príncipe de los problemas —dijo otro al mismo tiempo.

Los cuatro Pucas tenían la mirada fija en mí. Parecían tenebrosos. Orejas grandes, rostros enmascarados en sombra, uniformes negros, largas colas que serpenteaban acechantes.

—Baja la espada —me ordenó el más próximo.

Sonaba enfadado. Mis manos se aferraron a la empuñadura con fuerza.

—No.

Apenas los vi moverse. Se dispersaron, agazapándose sobre el suelo a tal velocidad que por poco los pierdo de vista. Agité la espada en el aire. Moví los pies en un pequeño círculo sin saber por qué lado vendrían.

—¿Dónde están Tamelina y Sirien? —pregunté—. La niña y el príncipe. ¿Dónde están?

Una cola felina me hizo cosquillas en la nariz. Grité ante la silueta que aterrizó sobre mis hombros como si hubiera caído del techo. Un quinto Puca. Tenía el rostro peludo de un gato y una sonrisa burlona que mostraba dientes. Me derribó y me golpeé la cabeza con un *pum*.

········· **19** ·········

PESADILLAS

—¿**A**lex? ¿Estás bien? ¿Alex?

Abrí poco a poco los ojos, cambiando la oscuridad tras mis párpados por cálidos tonos dorados. Todo era luz. Momentos después empecé a distinguir la figura de un chico que me miraba desde arriba. Redondos ojos de un verde claro, pelo negro, el suave trazo de unas mejillas, labios que se movían diciendo algo.

Conocía a ese chico. Me había ofrecido una rosa tras verme bailar el papel de Odile con un tutú de brillantes plumas negras.

Veía borroso. Como si estuviera observando a través de una cámara fuera de foco.

—¿Sirien?

—Soy yo —habló despacio—. Te has dado un golpe y es posible que estés desorientada. Cierra los ojos, respira hondo y vuelve a abrirlos.

Hice lo que me dijo. Al abrirlos de nuevo lo vi con claridad. El príncipe de Lussel de Abajo estaba igual. Tal vez un poco más alto. Un chico de sonrisa alegre que me recordaba a caballos blancos y cuentos de hadas. A dragones que respiraban fuego y castillos encantados.

—¿Mejor?

Asentí con el mentón. Al hacerlo sentí un pinchazo al lado de la frente.

—¿Qué ha pasado? —pregunté tocando donde me dolía.

—Los guardias han entrado y te han acomodado sobre la cama. Han dicho que te has dado un golpe contra el suelo —me explicó.

—Había un Puca con una gran sonrisa, como el gato de Cheshire en *Alicia en el País de las Maravillas*...

—¿El gato de qué? —preguntó Sirien—. No entiendo lo que estás diciendo...

Si le hablaba sobre un gato que decía cosas extrañas y que podía desaparecer hasta no dejar más que su amplia sonrisa, seguro que pensaría que tenía una contusión.

—Nada... ¡Estás aquí! ¡Me alegro tanto de verte!

Sirien estiró los labios en una mueca afectuosa que le marcó los hoyuelos y me dio un abrazo. Había olvidado que tenía hoyuelos y lo encantador que era.

—Yo también me alegro de verte, Alex.

—Finn nos ha encontrado en el Bosque de los Sueños Olvidados. Los Pucas nos han atacado al igual que a vosotros. ¿Te hicieron daño?

Miré los alrededores. Estábamos en una habitación que tenía el techo en forma de cúpula. Decenas de velas lo iluminaban todo, ya que era un espacio oscuro sin ventanas. Además de la cama en la que estábamos sentados, la cual tenía una manta con un bordado de ratones y coronas, también había una mesita redonda con un par de banquetas de madera y un estante con libros.

—No, después de la emboscada nos trajeron aquí y me encerraron en esta habitación. Pregunté por Tamelina, no me dejan verla —dijo Sirien—. Luka y su banda de burlones solo pasan a dejar comida y a molestarme.

—¡Ellos fueron quienes me secuestraron!

—Bribones. —El príncipe respiró la palabra, molesto.

Parecía un poquito más alto que la última vez que lo había visto. Llevaba una camisola azul noche bajo una abrigada capa celeste; el emblema de una corona bordado en hilo plateado.

—¿Cómo está Celestia? Os he echado de menos a los dos.

Decirlo me avergonzó un poco. Celes y yo nos habíamos vuelto buenas amigas. Pensaba en ella cada vez que veía a los cisnes del parque. La solitaria princesa cisne que le había pedido un deseo a una estrella fugaz para no estar sola. Pero con Sirien había sido distinto. Cuando nos conocimos me invitó a un pícnic y fue el primer chico con el que tuve una cita. Entender lo que sentía por él y elegir que fuera una amistad había sido confuso.

—Nosotros también. Lamento que tengamos que reencontrarnos en estas circunstancias —respondió—. Celestia está muy bien. Cuando volvió a su hogar le pidió al rey, su padre, si podía organizar una brigada de búsqueda por si había más personas atrapadas en forma de animales por un hechizo de Christabella. Encontró a una Conjuradora que tiene la habilidad de hablar con los animales.

—¡Qué gran idea!

Celes era la niña con el corazón más bondadoso. Algún día sería una gran reina. Sirien se paró del borde de la cama y fue a la mesita de madera.

—¿Tienes hambre?

Me ofreció un plato lleno de frutas que parecían tan perfectas como joyas. Manzanas del rojo brillante de un rubí, arándanos, fresas silvestres y una fruta que nunca había visto. Su forma era similar a la de una fresa, aunque de color turquesa.

—¿Qué son esas? —las señalé.

—Arantillas. Son mis favoritas. —Al decirlo se le iluminaron los ojos.

Tomé una y le di un mordisco. El gusto empezó un poquito agrio, pero terminó muy dulce.

—Me gustan —dije tomando otra.

Sirien me dejó la bandeja y se paseó inquieto. Se llevó la mano a su pelo, el cual tenía un aspecto ligeramente revuelto, los mechones cruzados como si los hubiera peinado en distintas direcciones.

—Me gustaría saber que Tamelina está bien. Solo tiene nueve años. Soy responsable de escoltarla hacia el castillo de Lussel de Arriba.

—Oí a Finn decir que Mela os había seguido por la montaña y no la han visto desde entonces. Seguro que está con ella.

El príncipe levantó la mirada.

—¿De verdad? —hizo una pausa, pensativo—. Eso me dejaría más tranquilo, la gran osa la adora. Cuando nos atacaron se plantó en dos patas frente a uno de los Pucas y lo embistió con la cabeza. ¡Fue asombroso!

No debió serlo para el Puca al que atacó. Había visto documentales sobre osos en el National Geographic, y eran animales muy protectores y feroces.

—¿Cómo fue tu viaje de vuelta? Cuando Glorian y Lindy se ofrecieron a ir a buscarte a Briston temí que no pudieran encontrarte.

Sirien se sentó en un banquito de madera con un aspecto más animado.

—Bristol —lo corregí con una risita.

Le conté todo lo sucedido desde que había oído la voz de Glorian en el minimercado. También le conté que Harry nos había seguido. Glorian me había dicho que lo mantuviera en secreto, pero Sirien era mi amigo y no quería mentirle.

—No puedes contárselo a nadie. En especial a tus padres —le pedí—. Harry nunca haría nada que pusiera a Lussel en peligro.

—No diré nada. Lo prometo.

Nos quedamos hablando hasta que el dolor de cabeza se combinó con el cansancio del día y perdí la noción de lo que estaba diciendo. Sirien murmuró algo y me tapó con la manta. Luego me perdí en sombras y en un bosque negro.

• • •

Me desperté agitada. Tenía los ojos húmedos por las lágrimas. Había tenido pesadillas horribles. Esas en las que el corazón late rápido, rápido, rápido, de tan reales que parecen. Todavía sentía la urgencia de correr. El terror de que me alcanzaran. Los Pucas me habían perseguido por un bosque tan alto que tapaba el cielo, igual al Bosque de los Sueños Olvidados, solo que los pinos crecían torcidos y tenían forma de monstruos. Y los Pucas... sus ojos eran igual de rojos que la manzana que comí, sus dientes afilados. Se habían movido tan acechantes. Peor que arañas.

Cada vez me escondía detrás de un tronco. Aguardando. Sin saber qué hacer. Rogando que no me vieran. El corazón por poco se me había salido del pecho, anticipando que me encontrarían. Había sido un laberinto sin salida. Una persecución sin final.

Hasta que uno cerró las garras sobre mi tobillo. Me tiró al suelo, me arrastró sobre la tierra, haciéndome llorar, y luego desperté.

Tenía el pelo tan sudado que se me pegaba sobre la frente. Moví un mechón y respiré con calma.

Y pensar que horas antes me había dado un beso con Harry Bentley. Mi primer beso. Había sentido que era un momento mágico. Único en el tiempo. Y los Pucas lo habían arruinado.

La habitación estaba iluminada por menos velas. Podía ver pilas de cera derretida que se habían tragado la mecha.

Sirien dormía en el suelo, recostado sobre su capa. Tenía el rostro contraído y los párpados le temblaban un poquito. Me dio la impresión de que él también estaba teniendo pesadillas.

—¿Sirien?

Estiré la mano hacia su hombro y lo sacudí suavemente. Abrió los ojos grandes con una expresión de susto. Sirien se levantó de manera abrupta temiendo ser atacado.

—Estás bien. Estás despierto —le aseguré en tono suave—. ¿Has tenido pesadillas?

—Sí, desde que vi a los Pucas y me trajeron a esta montaña —respondió dejando escapar un resoplido que le voló el pelo de la cara.

—Yo también, he soñado que me perseguían. Parecían tan... peligrosos.

La puerta de la habitación se abrió de manera ruidosa. Un grupo de guardias que cargaban lanzas entró, al igual que un ejército de sombras. ¿Qué hora era? Mi reloj marcaba la hora de Bristol y no sabía cómo calcular la diferencia con Lussel. Solo que el tiempo allí se movía más rápido. ¿Era por la mañana? Sin ventanas, era imposible de decir.

—Tú, niña —dijo el mismo guardia de la última vez—. Ven con nosotros. El rey Valdemar quiere verte.

Me peiné el pelo con las manos, lo cual fue difícil ya que estaba alborotado, con algunos mechones enredados.

—Si ella va, entonces yo también —dijo Sirien parándose a mi lado.

Lo miré agradecida. Aliviada de no estar sola.

—El rey Valdemar solo la ha pedido a ella —respondió el Puca.

—El rey Valdemar tendrá que recibirnos a ambos —dije cruzándome de brazos de manera testaruda.

Los guardias hablaron entre ellos, irritados. El que había saltado sobre mis hombros y había hecho que me golpeara estaba allí. Su rostro de gato y la sonrisa contagiosa definitivamente me recordaron al gato de Cheshire.

—Moveos. Ahora.

Sirien me ofreció la mano y la acepté. No me pareció romántico, sino un gesto de confianza y amistad. Similar a lo que sentía cuando bailaba con Wes o con alguno de mis compañeros de ballet.

Cuando salimos de la habitación noté a tres figuras espiando desde un rincón: Nash, Romy y Flip. Se veían enfadados. Sus miradas era tan frías que podrían haberme cortado.

Parte de mí sintió miedo, la otra parte estuvo tentada de sacarles la lengua con un gesto de burla. *Su plan falló. Logré escapar.*

20

El temible rey de los Pucas

l reino de piedra en el interior de la Montaña de los Tormentos era extenso y estaba lleno de pasajes. Podía oír el estruendo de los relámpagos agitando los muros. ¿La tormenta nunca se detendría?

Sirien y yo caminamos rodeados de guardias. Dos delante y tres detrás. El que parecía un gato iba unos pocos pasos por delante y mis ojos seguían los trazos de su cola. Se ondulaba hacia un lado, luego al otro, a un lado, al otro, siguiendo un ritmo juguetón.

Pasamos hacia un salón con demasiadas cosas que reclamaron mi atención: una enorme silueta con una capa roja, una niña, una osa y una larga mesa de banquete repleta de dulces.

Tras pestañear con sorpresa, me enfoqué en la figura que reclamaba más atención. El rey Valdemar era una gran… rata. No había otra manera de decirlo. Llevaba una majestuosa capa roja sobre un traje con hombreras redondas y una hilera de elegantes botones en el pecho. La corona de su cabeza era de oro y esmeraldas. Pero la refinada vestimenta no lograba ocultar sus enormes orejas, las cuales tenían agujeros en los bordes como si alguien les hubiera dado un mordisco, o la peluda nariz con largos bigotes, los dientes torcidos que sobresalían de su boca, ni el pelo erizado de sus manos o las garras en sus dedos.

Era horripilante.

—De esta manera. Con dos dedos de la mano derecha sosteniendo así —dijo una vocecita en tono firme.

Tamelina estaba sentada a un lado del rey, demostrándole el modo en que su pequeña mano sujetaba una taza de porcelana. Admiré el bonito vestido lila. El diseño tenía un cuello blanco con puntillas en los bordes, mangas largas y pequeños lazos en los bolsillos y en los puños. Su pelo castaño caía bajo una boina del mismo tono lila que el vestido. Se veía como una damita inglesa. Y definitivamente tenía los modales de una. Bastante mejores que los míos.

—Bebes con un sorbo silencioso, sin hacer ruido —le indicó, llevando la taza a sus labios.

¿Por qué le estaba dando clases de etiqueta? ¿Y cómo era que no estaba aterrorizada de estar tan cerca de la enorme rata?

El rey Valdemar replicó el movimiento. La pequeña taza se veía frágil en sus garras. A meros segundos de hacerse añicos.

Mis ojos siguieron hacia Mela. La osa estaba sentada en el suelo a la altura de la mesa. Llevaba una bufanda lila que combinaba con las prendas de Tamelina y su pelaje marrón estaba salpicado con un polvo plateado que destellaba sobre sus orejas y patas.

—¿Por qué pierdes el tiempo con tales tonterías, padre?

Luka estaba sentado del lado opuesto. Desparramado sobre una silla con las piernas estiradas y los talones de sus borceguíes trabados sobre el borde de la mesa. Tamelina volvió su rostro infantil hacia él, con el mentón en alto, y le dedicó una mirada de pura desaprobación.

—Que nos miren como si fuéramos bestias salvajes no significa que debamos actuar como tales —respondió el rey.

—Tener buenos modales no es tonto —dijo Tamelina.

—Es tan tonto como tu cara —respondió Luka.

Mela dejó escapar un feroz gruñido. Su pata delantera cayó pesada sobre la mesa. El impacto vibró contra la superficie, haciendo que la vajilla temblara, y la bota del príncipe resbalara fuera del borde. Luka cayó hacia atrás de manera ruidosa.

La niña tomó otro sorbo de té sin darse por aludida.

Sirien y yo compartimos una risita.

—Su majestad. —Uno de los guardias nos empujó hacia delante—. Lamento la interrupción. Esta es la intrusa que descubrimos en el jardín de piedra.

El rey de los Pucas dirigió su atención hacia mí, lo cual me petrificó. Nunca había visto ojos tan inquietantes. Amarillos con el iris rojo. Como si fuera un roedor rabioso. Quería hablar, explicar lo sucedido, pero las palabras se me atascaron en la garganta.

—No... no...

Desvié la mirada de esos inquietantes ojos, enfocándome en los alrededores. Los muros estaban cubiertos de tapizados que ilustraban bosques y había esferas brillantes que colgaban sobre la mesa, al igual que lámparas. Eran de cristal y contenían nieve que resplandecía iluminando el espacio. *Qué manera ingeniosa de usar el polvo de hadas*, pensé.

—¿Alex? ¿Alex de Bristol? —preguntó Tamelina.

—¡Sí! ¡Soy yo! —Dejé que su voz me calmara y recordé lo que tenía que decir—. No soy una intrusa. Estaba en la Aldea de Azúcar cuando el príncipe Luka y sus amigos me emboscaron y me trajeron aquí. Me dejaron atada a una roca y dijeron que sería su mascota. De no haber escapado, seguiría allí.

Tamelina vino hacia mí. Era más bajita que mi hermana Olivia.

—Eso es horrible. ¿Estás bien?

Asentí.

—¿Qué hay de ti? —le preguntó Sirien—. He estado preocupado. ¿Te han tratado de manera adecuada?

—El rey Valdemar ha sido muy cortés. Nos dio una habitación espaciosa con una mullida alfombra donde duerme Mela —respondió la niña.

Se veía conforme. Como si la hubieran recibido de invitada en un castillo en vez de ser la prisionera de salvajes Pucas dentro de una tormentosa montaña. Glorian y Lindy iban a estar encantados de saber que su hermana menor se las había ingeniado tan bien.

—¿Es cierto, Luka? ¿Eres responsable de lo que le sucedió a esta jovencita?

La voz del rey Valdemar llenó el espacio. Su hijo se encogió de hombros y curvó los labios en una expresión indiferente. Su larga cola se movió tras su espalda en un trazo perezoso.

—Necesitábamos más prisioneros —dijo finalmente.

—No. Nunca di tal orden.

—¡¿Dónde está la respuesta de la reina Merea?! —exigió el príncipe moviendo las manos con exasperación.

Tamelina negó con la cabeza como si se tratara de un niño caprichoso. La enorme rata entrecerró sus inquietantes ojos en una mirada severa. Di un paso hacia Sirien sin ser consciente de ello hasta que nuestros hombros se tocaron.

—Aquí. —Valdemar buscó dentro de su capa y extrajo un rollo de pergamino—. Llegó al amanecer. Una invitación para participar de Clair de Lune.

—¡JA!

Luka soltó una risa maníaca y dio un saltito de victoria.

—¿No lo ves? Merea es una embustera, seguro dijo que iba a aceptar nuestra oferta para salvar al querido principillo de Lussel, y luego, convenientemente, olvidó enviar su respuesta. —Cerró los dedos en un puño y los golpeó contra la mesa—. ¡Yo forcé su mano, padre! ¡Al tomar a esa niña les demostré que aún no teníamos un acuerdo!

Valdemar consideró las palabras de su hijo.

—Yo estaba allí cuando Finn le llevó su mensaje a la reina Merea. Oí cuando dijo que aceptaría —dije.

La mirada del temible rey de los Pucas me hizo tragar saliva. Era extraño. No era una mirada vacía ni carente de empatía, como la de su hijo. Lo que me asustaba era la intensidad de los colores. El inquietante contraste entre amarillo y rojo.

—¿Cuándo fue esto? —preguntó.

Busqué en mis recuerdos. Desde que había llegado a Lussel, estaba un poco desorientada con respecto a los horarios. Pensé en el reloj que había visto en la plaza antes de ir a caminar con Harry. Eso había sido tras el espectáculo. Y antes de eso habíamos tenido suficiente tiempo para acomodarnos en la posada y dormir una siesta.

—Entre la mañana y el mediodía de ayer.

—¿Oíste a la reina Merea decir que aceptaría nuestra propuesta?

Asentí.

—¿La viste escribir una respuesta? ¿Enviarla? —preguntó el rey.

—No.

—¡Te lo dije! ¡Merea es una embustera! —Luka se movió, agitado, y me señaló con un dedo—. ¡Enciérrala hasta que cumpla con su parte!

Retrocedí de manera instintiva.

—De hacer eso, vosotros seríais los embusteros —intervino Sirien—. Negociaron por dos prisioneros, no por tres.

—Yo no me considero una prisionera —dijo Tamelina.

—Lástima, eso es lo que eres —le espetó Luka.

Mela rugió tan feroz que su aliento agitó el pelo del malvado príncipe. Tamelina estiró la mano hacia el pelaje de la osa y la acarició.

—Tranquila. Ignóralo. No vamos a perder tiempo con alguien sin modales —dijo en tono calmado.

La osa expulsó aire de su hocico en señal de acuerdo.

—Padre, ¿por qué permites que este animal esté aquí? —exigió Luka, indignado.

—Tamelina y su osa son nuestras invitadas y vas a mostrarles respeto —dijo el rey de los Pucas.

Acomodó la corona de oro sobre sus grandes orejas en un gesto cansado. En ese momento, no me enfoqué en sus rabiosos ojos, ni en el pelaje erizado de sus manos, o en la enorme sombra que alcanzaba el techo tras su espalda, sino en lo exhausto que se lo veía. Como si no hubiera tenido una buena noche de sueño en días. O en años.

—Su majestad. —Sirien se acercó al intimidante rey rata y le ofreció una reverencia—. Puedo ver que hay un conflicto en juego que no entiendo. Si este trato con la reina Merea puede ayudar a su reino, entonces acepto quedarme aquí hasta que finalice Clair de Lune. Doy mi palabra de que no ofreceré resistencia. Pero no es necesario que Tamelina y Alex estén aquí. Soy el único heredero de los reyes de Lussel de Abajo y eso me hace valioso. Además, dejarlas ir demostraría buena fe.

Luka soltó una carcajada que me dio escalofríos. Avanzó hacia Sirien hasta que la punta de su nariz de ratón tocó la punta de su nariz de muchacho. Dos príncipes enfrentados. No eran sus apariencias lo que los hacía tan distintos, sino lo que había dentro de sus corazones. Uno era gentil y bienintencionado; el otro, cruel y egoísta.

—¿Te crees tan inteligente? ¿Tan heroico? —la voz de Luka derramaba sarcasmo—. No eres nada. Dime, príncipe de Lussel de Abajo, ¿eres tan valiente dentro de tus pesadillas? ¿Cuando sueñas con salvajes bestias que te persiguen en la noche? ¿Cuando sueñas conmigo?

Abrí la boca, con sorpresa. ¿Cómo sabía acerca de las pesadillas? No era la primera vez que lo mencionaba. Sirien empalideció. Parecía estar pensando lo mismo.

—No son más que sueños. Solo tienen poder cuando tenemos los ojos cerrados —dijo, recomponiéndose.

—Tal vez te persigan a la luz del día... —La cola del príncipe Puca se movió al igual que una serpiente a punto de atacar.

Sirien dio un paso hacia atrás y luego pasó a Luka por un lado. La capa celeste flameó sobre sus botas. Tan sereno. Me recordó a cuando veía a la realeza británica en la tele. La casa de Windsor. Siempre se mostraban calmados y elegantes, en control de sus acciones.

—Su majestad, Alex puede ser una emisaria. Un testigo que los vio recibir la respuesta de la reina y aceptarla. Y Tamelina puede contarles a sus hermanos, Maestros Conjuradores, sobre su hospitalidad. Regrésenlas a la Aldea de Azúcar y den el trato por concluido —dijo en tono seguro.

El rey Valdemar lo miró pensativo. Me asombró que Sirien pudiera sostener esa inquietante mirada sin demostrar miedo.

—Me gustaría oír la opinión de Tamelina —dijo el rey—. ¿Qué crees? ¿Quieres regresar?

Luka tomó un plato con galletitas y lo arrojó como si se tratara de un *frisbee*. Este voló hacia el muro y se hizo añicos.

—¡¿Estás pidiendo la opinión de esa niña en vez de la mía?! ¡Soy tu hijo!

—Y pediré tu opinión cuando vea al joven que solías ser, no a este bribón en el que te has convertido —gruñó Valdemar.

Su tono hizo que me acercara a Mela. La osa estaba sentada, comiéndose las galletas que habían caído al suelo cuando había arrojado el plato.

—Ya no somos Pucas, sino monstruos. ¿Por qué no actuar como tales? —dijo Luka señalándose a sí mismo.

Oírlo decir esas palabras me provocó un pinchazo en el pecho. No podía imaginar cómo debía ser mirarse al espejo y ver el reflejo de un monstruo. Algo que no representaba quienes éramos. Miré al rey Valdemar, intentando descifrarlo.

—Yo no veo a ningún monstruo —dijo Tamelina—. Solo a un rey y a un caprichoso príncipe de terribles modales. ¿Verdad, Mela?

La osa miró a Luka sin convencimiento. Se veía más inclinada a enterrar las garras en su rostro.

—Me gustaría volver con mis hermanos. Glorian es muy talentoso patinando y es importante que hable con él antes de Clair de Lune —continuó Tamelina.

El rey de los Pucas lo consideró en silencio durante un extenso momento hasta que finalmente agachó el mentón en acuerdo. Luka maldijo. Podía oír al grupo de guardias que nos había traído murmurando entre ellos.

—Así será, pequeña Tamelina, Conjuradora de Dulces. Lleva mis esperanzas contigo —dijo Valdemar.

Tamelina fue hacia el rey y le dio un abrazo sin titubear. Sirien y yo intercambiamos miradas incrédulas. Qué escena tan extraña. Una niña de nueve años con su boina y su vestido lila abrazando a una enorme rata de erizado pelaje negro y dientes torcidos y afilados que se asomaban por su boca. Y, aun así, no percibí miedo, sino un afecto genuino. Me pregunté si Tamelina vería algo distinto. Después de todo, su mejor amiga era una imponente osa que intimidaría a cualquiera.

—Eres una niña encantadora, gracias por haber tomado el té conmigo —dijo Valdemar.

—Lo haremos de nuevo —respondió Tamelina.

Luka dejó escapar un sonido gutural que indicó asco.

—Creo que voy a devolver —dijo mirando el suelo.

Sirien y yo nos alejamos unos pasos al unísono. Quería regresar con Harry, Lindy, Glorian. Pero me apenaba tener que dejarlo allí solo. Éramos amigos. Los amigos no se abandonaban.

—Sirien… puedo quedarme contigo.

—No es necesario. Estaré bien —me aseguró—. Es solo un día más, Claire de Lune es mañana por la noche.

El príncipe llevó la mano a mi hombro y me dio un apretón amistoso.

—Ve. ¿No hay un chico llamado Harry esperándote? —arqueó las cejas.

Se me ruborizaron las mejillas.

—Es un amigo…

—Mmm —asintió, entretenido.

—Luka. —La imponente voz del rey reclamó nuestra atención—. Tú y tu grupo de amigos vais a asumir la responsabilidad por lo que hicisteis y vais a escoltar a Alex y a Tamelina de vuelta a la aldea. Sin desvíos. Sin excusas. Y sin problemas.

La fría mirada que le lanzó a su hijo fue una advertencia clara. Contemplar el iris rojo en esos ojos amarillos hizo que jugara con las manos de manera nerviosa. Sabía que el rey no era una mala persona, un mal Puca, pero no podía controlar mi miedo.

—Estás cometiendo un error. —Luka escupió las palabras.

—No, estoy arreglando el tuyo —le respondió su padre.

21

UN DESCENSO TURBULENTO

El descenso por el camino de montaña fue igual de peligroso que cuando subimos. La luz del día apenas lograba filtrarse por el manto de neblina, lloviznando una extraña tonalidad grisácea. Y los relámpagos... su *bum, bum, bum* era como balas de cañón.

Miré por encima del hombro hacia la boca de la cueva. *Todo va a ir bien. Nos veremos mañana, Sirien.*

Despedirme de él había sido difícil, odiaba pensar que estaba dejando atrás a un amigo, pero el príncipe me había dado una mirada valiente y una sonrisa alentadora que marcó sus hoyuelos.

«Dile a Finn que estoy bien y que tras Clair de Lune continuaremos hacia la fiesta de Celestia», había dicho. Luego había bajado la voz y me había susurrado al oído: «Dile que tenga cuidado con la reina Merea».

¿Podía ser que todo lo que Glorian nos había dicho sobre las hadas fuera cierto? ¿Que eran diablillos alados que estaban haciendo alguna maldad?

Primsella era traviesa, me costaba creer eso de ella. Pero la reina… ni siquiera había visto su rostro. Lo mantenía oculto bajo todo el brillo de la corona.

—Tan lenta, lenta, lenta —dijo Nash.

Su cola de mapache se movió sobre mi espalda haciéndome cosquillas.

—Eso es por tener piernas de garza —dijo Romy.

El grupo de burlones Pucas había refunfuñado cuando Luka les había dicho que debían acompañarnos de vuelta. Tamelina iba sentada sobre el lomo de Mela. Sus pequeñas manos se sujetaban del denso pelaje marrón y las piernas le colgaban de ambos lados sin llegar al estómago de la gran osa. Podía ver la punta de sus zapatitos sobresaliendo de la falda del vestido. Mela se movía a paso seguro sobre el camino en pendiente.

La escena me hizo pensar en la voz de mamá, en los cuentos antes de dormir, almohadas mullidas y estrellas tras la ventana. Recordé un cuento noruego llamado *Al este del sol y al oeste de la luna*, en el que una niña iba en busca de un príncipe montada a lomos de un oso blanco. Había sido uno de mis favoritos, y la ilustración del libro de cuentos era muy parecida a lo que estaba viendo.

—Mué-ve-te. —El príncipe puso énfasis en cada *e*.

—Hay demasiadas piedras y es fácil tropezarse —respondí.

Luka dejó escapar un chasquido sin humor. Se adelantó a pasos largos, dejando que las plantas de los pies le resbalasen hacia abajo; luego se inclinó hacia adelante y se agazapó con las palmas de sus manos.

Corrió cuesta abajo en cuatro patas. Ágil y sigiloso. Su larga cola ayudándolo a balancearse.

—Presumido —murmuré.

Mis ojos fueron a la sombra que corría a su lado. Alargada y siniestra. Era al menos tres veces su tamaño, como si perteneciera a una criatura distinta. Se aferraba al príncipe, garras enterradas en sus omóplatos, mimetizándose en una apariencia espeluznante. ¿Podía ser… que estuviera bajo algún encantamiento? Similar a cuando Christabella hechizó mi sombra o a cuando Celestia quedó atrapada en la forma de un cisne.

—Todas vuestras sombras son extrañas. ¿Es magia? ¿Alguien os lo hizo? —pregunté.

Los tres Pucas agacharon la mirada, observando sus sombras con resentimiento. Romy presionó los labios en una línea rígida. Nash se rascó la oreja triangular al igual que un gato.

—El rey no nos permite hablar de ello —respondió Flip.

Sus ojos de murciélago se mostraban opacos. Nublados por una emoción triste.

—¿Hay algo que pueda hacer para ayudar? —pregunté.

—Damos miedo… causamos pesadillas —susurró Romy para sí misma.

—Puedes callarte y caminar más rápido —Nash habló en tono amenazante.

El Puca mapache me barrió el pelo con su cola.

—Lo único que da miedo de vosotros son vuestros modales —comentó Tamelina.

Su vocecita sonó segura. ¿De verdad no les tenía miedo? ¿A sus sombras? ¿A la manera cruel en la que se comportaban?

—He oído que eres una Conjuradora de Dulces —dijo Flip.

—Lo soy.

—¡Danos dulces! ¡Algo con cerezas! —exigió Nash.

Tamelina lo miró de reojo. Sus redondas mejillas infantiles me recordaron a Madelaine, la pequeña bailarina que interpretaría a Clara Stahlbaum en nuestra producción de *El cascanueces*.

—No has dicho la palabra mágica —respondió la niña.

Nash, Fritz y Romy intercambiaron miradas de confusión. Reprimí una sonrisa. Creí saber a lo que se estaba refiriendo, pero dejaría que lo descifraran por su cuenta.

—¿Hay que decir palabras mágicas? —preguntó Nash.

—Solo dos.

Mela levantó la cabeza, orgullosa de saber la respuesta. No había duda de que la osa tenía mejores modales que ellos.

Romy contrajo el rostro y movió su nariz negra de mofeta. Sus cejas no tardaron en arquearse en compresión.

—Dime que no es algo tan tonto como «por favor» —refunfuñó.

Tamelina sonrió en respuesta.

—No hay nada de mágico en esas palabras. —Nash pateó una piedrecita que voló en caída.

—¿Podrías conjurar tartaletas de mora, por favor? —le pidió Flip.

—Si os disculpáis con Alex por haber dicho que tiene piernas de garza. Eso fue grosero. ¿Verdad, Mela? —preguntó acariciando entre sus orejas.

Mela dejó escapar un sonido ronco y asintió en acuerdo. Quería abrazarlas a ambas. En mi primera visita a Lussel no había tenido la oportunidad de pasar mucho tiempo con ellas, pero el hecho de que les importaran mis sentimientos significó mucho.

—Gracias... —les susurré.

Los Pucas intercambiaron miradas. Luka iba varios metros por delante, saltando y haciendo piruetas. Estaba asombrada de que no se hubiera caído rodando.

—Lo siento, Alex. —Flip fue el primero en disculparse.

—Yo también, a mí tampoco me gusta cuando me dicen nombres —dijo Romy.

Ambos se volvieron a Nash, urgiéndolo con la mirada.

—Esto es ridículo. —Exhaló, resignado, y agregó rápidamente—: Lo siento.

Sabía que solo lo estaban diciendo porque querían dulces, pero oírlo me sentó bien. Como si hubieran reconocido que me habían causado pesar.

—Acepto vuestras disculpas. —Levanté el mentón, imitando la postura orgullosa de Tamelina.

Había muchas cosas que podía aprender de la niña.

—¡Dulces! ¡Dulces! ¡Dulces! —cantaron los tres Pucas al unísono.

Tamelina conjuró un resplandor rosa que se paseó por el aire, impregnándolo de un aroma dulzón que me hizo pensar en el algodón de azúcar. Se derramó en espiral como si se tratara de la mezcla de una tarta. En un abrir y cerrar de ojos, la esencia rosa se desvaneció, revelando una canasta de pícnic llena de delicias: tartaletas de frutos rojos, galletitas glaseadas, manzanas de caramelo, malvaviscos cubiertos con chocolate.

Los Pucas se abalanzaron sobre ella al igual que un grupo de animales salvajes. En ese momento no parecieron intimidantes, o crueles, sino familiares. Niños peleando por caramelos.

Iba a intentar agarrar una de las manzanas cuando Mela dejó escapar un gruñido alegre y aceleró el paso.

—¡Glorian y Lindy! —exclamó Tamelina señalando hacia la base de la montaña.

Seguí su dedo en dirección a tres siluetas paradas tras una barrera construida con troncos. La alta figura de Glorian fue fácil de distinguir, en especial por su pelo dorado y su abrigo azul con estrellas plateadas. El pelo rosa de Lindy era igual de llamativo. Y Arlen... con su chaqueta dividida en blanco y negro y el pelo celeste revuelto.

Parecían estar teniendo un altercado con la fila de centinelas que custodiaba la barrera.

—¡TAM! ¡ALEX! —gritó Lindy mientras agitaba las manos.

—Intrusos.

El príncipe Luka saltó alto sobre una roca suelta y el impulso de sus pies causó que rodara cuesta abajo. Más rocas le siguieron, impulsadas por el temblor de la tierra.

—¡CUIDADO! —grité.

Una tras otra, las piedras formaron una avalancha. Luka gritó órdenes a los guardias para que abrieran el portón de madera situado en el centro de la barrera. Iban a darles paso para que los aplastaran. Me giré hacia Tamelina, desesperada por encontrar una manera de ayudarlos. Su rostro no tenía una sola línea de preocupación. Miraba a su hermano mayor con los labios curvados en una mueca expectante. Como si estuviera esperando a que la entretuviera con un truco.

Glorian no decepcionó. Sus manos se movieron veloces, desprendiendo humo plateado que se dispersó frente a ellos.

La avalancha de rocas pasó por la apertura de la barrera. Podía sentir la vibración en la suela de mis botas. Oír el *tud, tud, tud* de los escombros deslizándose.

Me abracé a mí misma, temerosa de ver lo que iba a suceder.

—Los va a aplastar... —dijo Flip.

—Genial —exclamó Nash con la boca abierta en asombro.

—¡LINDY! ¡GLORIAN! —grité, desesperada.

El tumulto de rocas impactó contra la espiral de humo platea-do. Solo que ya no era gaseoso, sino sólido. Se había transformado en una rampa de cristal que había desviado la avalancha de piedras hacia el cielo, haciendo que llovieran sobre un área vacía.

—¡Sí! —exclamé con alivio.

—Genial —repitió Nash.

Una vez que la tierra dejó de vibrar, Mela se precipitó hacia la base en un trote. Tamelina se sostuvo con la misma agilidad que lo haría de haber montado a un poni. Me apresuré tras ellas, con cuidado de no tropezar. No vi a Luka hasta que sus garras se cerra-ron sobre mi hombro y su cola de ratón se enroscó en mi tobillo.

El príncipe de los Pucas me sostuvo, inmovilizándome.

—¡Guardias! ¡Detenedlas! —gritó.

Los guardias se apresuraron a formar una línea, pero fue en vano; cuando el último Puca ocupó su lugar en uno de los lados, Mela los embistió de lleno, derribándolos. La osa no se detuvo has-ta llegar a los Conjuradores.

—Genial —oí a Nash repetir por tercera vez.

—¡Deja de decir eso! —exclamó Luka irritado.

Lindy y Glorian se apresuraron a recibir a su hermana, abra-zándola de ambos lados. Verlos me dio ternura.

—Luka... ¿Por qué estás haciendo esto? —preguntó Romy—. Tu padre ha dicho que debíamos devolverlas sin causar más problemas.

—Se estaban infiltrando en nuestro territorio. La montaña es nuestra. Es lo único que nos queda. Vamos a devolverlas bajo nues-tros propios términos —escupió el príncipe.

Sonaba consumido por la ira. Por emociones que lo sumergían en un lugar oscuro. Aunque también parecía un poco asustado.

—¡Alex! —gritó Lindy—. ¡Alex! ¿Estás bien?

—¡Sí! —respondí.

La cola de Luka liberó mi tobillo.

—Haz lo que te digo —me dijo al oído antes de levantar la cabeza hacia sus amigos—. Flanqueadme.

Nash, Romy y Flip formaron un triángulo a nuestro alrededor. Estaba tan abatida que me dio la sensación de que todo pasaba a cámara lenta. Minutos atrás había sentido simpatía por los Pucas que querían comer dulces, pero la avalancha que había generado Luka me dejó la sangre helada. Podría haber lastimado a alguien.

Nos movimos juntos asomándonos a lo que quedaba de la barrera de troncos. Algunos guardias continuaban desparramados por el suelo, recuperándose del impacto de Mela.

Glorian se adelantó. Sus ojos azules centellearon tormentosos. Se veía igual de enojado que Luka. La cola de su abrigo flameó como si el viento se hubiera quedado enredado en su malhumor.

Crack, crack, crack.

Con cada uno de sus pasos, la rampa de cristal se quebró.

Tamelina esperó de pie junto a Lindy. Arlen estaba cerca con actitud protectora. ¿Dónde estaba Harry? ¿Le había pasado algo?

—Este es nuestro territorio —dijo Luka, deteniéndonos a unos pasos de Glorian—. Tendríais que haberlas esperado en la Aldea de Azúcar.

El malvado príncipe y el Conjurador de Cristales intercambiaron miradas cargadas de una energía eléctrica que me tensó los músculos.

—Secuestrasteis a mi hermana. Os escabullisteis por la noche como los roedores que sois y os llevasteis a Alex despúes de que la reina Merea hubiera aceptado vuestros términos. Dejasteis a Hansel atado a un árbol —enumeró Glorian—. Decidimos que eso justificaba una excursión.

Intenté avanzar hacia él, pero Romy me obstruyó el paso.

—Merea no envió su respuesta hasta llegada la madrugada. Después de que hubiéramos tomado a esta niña —dijo Luka presionando la mano sobre mi brazo—. Saca tus propias conclusiones, Conjurador.

Por un momento creí ver relámpagos centelleando dentro de los ojos de Glorian.

—Lo haré. Cuando quites tus garras de Alex —respondió en tono frío.

Luka entrecerró sus venenosos ojos verdes en una mirada de fastidio, pero luego me soltó. Resistí el impulso de correr hacia Glorian. El resto estaba demasiado cerca y sabía que me detendrían.

—Mi padre, el rey Valdemar, decidió liberar a esa pequeña molestia en un acto de buena fe. —Luka inclinó la cabeza en dirección a Tamelina—. Sirien de Lussel de Abajo seguirá siendo nuestro prisionero hasta la finalización de Clair de Lune, una vez que…

—Su nombre es Tamelina. Y es mi hermana pequeña.

La voz de Glorian sonó tajante, como un vidrio roto. Noté que tenía los puños de las manos cerrados a un lado de su cuerpo. Se le marcaban las venas como si se estuviera conteniendo de usar su poder.

—Ignóralos, Glo. Poseen peores modales que una jauría de lobos —dijo la voz de Tamelina.

—Claramente —respondió su hermano.

Luka le enseñó los dientes en un gesto animal. Su sombra se veía más oscura que antes. Incluso más grande. Me pregunté si era posible que su enfado alimentara al monstruo que parecía esconderse en ella.

Tenía que escapar del triángulo de Pucas antes de que las cosas empeoraran y esto se convirtiera en una pelea. Flip era el menos malvado, si daba un paso hacia atrás y me escabullía por su lado...

—¡ALEX! ¡CORRE!

Pasó tan rápido que no entendí lo que estaba sucediendo hasta que vi su pelo castaño y su chaqueta de soldado. Harry estaba allí. Se había escabullido por algún lado y había saltado sobre Nash, haciéndole un placaje como si estuviera jugando al rugby.

Mis pies se movieron por sí solos. Aproveché el hueco donde había estado el Puca mapache y me precipité hacia Glorian.

—¿Estás bien, pajarito? —dijo, agachándose.

—Sí, eso creo.

Me dedicó una sonrisa.

—Ve con Lindy.

—Pero Harry...

—Le dije a esa sanguijuela que se quedara en la aldea —se quejó.

Harry dejó ir a Nash y desenfundó mi espada de cristal. Apuntó el filo hacia Luka. El resto de los Pucas se quedaron quietos e intercambiaron miradas cautas.

—Baja eso.

Luka habló en tono aburrido, como si Harry no fuera una verdadera amenaza.

—¡No bajaré nada! Robar chicas está mal —respondió con firmeza.

Movió la espada en una estocada transversal que me recordó a las maniobras que había visto en los videojuegos. Le quedaba genial. Harry Bentley diciendo «robar chicas está mal» con una espada en la mano era una de las mejores cosas que había visto en mi vida.

Glorian dejó escapar un suspiro dramático.

—¿Qué está haciendo? —murmuró para sí.

Luka se movió tan rápido que apenas logré seguirlo. Su larga cola se estiró en un latigazo que impactó en las manos de Harry, provocando que soltara la espada. Un momento después estaban rodando. Brazos y piernas en un nudo; cada uno buscando inmovilizar al otro. Harry logró golpear la mandíbula de Luka al mismo tiempo que recibía una patada en el estómago.

—¿Cuál es tu problema? —gruñó el príncipe.

—No puedes robar chicas —insistió Harry—. Nunca. Pero en especial cuando están compartiendo un momento con alguien.

Rodaron sobre la roca, intercambiando golpes de manera testaruda. Luka tiró de un mechón de su pelo y, en respuesta, Harry tiró de una de sus orejas de ratón.

—¿Qué clase de momento? —preguntó Glorian con el ceño fruncido.

Agaché la mirada para que no pudiera ver que tenía el rostro rojo. *Un momento cósmico, el más cósmico de la historia*, pensé.

—¡Esto es tan emocionante! ¡Tú puedes, Harry! —lo alentó Lindy.

—Hansel —remarcó Glorian.

Nash, Romy y Flip gritaron en favor de su príncipe. ¿Por qué nadie intentaba separarlos? No pude hacer más que mirar, horrorizada, por miedo a que lo lastimara. Harry estaba decidido a dar pelea, pero Luka era demasiado rápido, sus afiladas garras habían dejado varios tajos en las mangas de su chaqueta.

En un abrir y cerrar de ojos, el Puca trepó sobre el pecho de Harry e intentó enredar la cola alrededor de su cuello.

—¡HARRY!

Apenas tuve tiempo de actuar antes de que una colorida nube zumbara sobre mi hombro. Voló directa hacia Luka y lo mojó en una llovizna de colores: violeta, morado, lila, rosa.

No entendí lo que estaba pasando hasta que Luka dejó escapar un alarido de horror.

—¡Mi cola!

Agitó la cola en el aire, desesperado por deshacerse de todo aquel color. Me llevé las manos a la boca. La larga cola del príncipe Luka era un arcoíris de tonos que decrecían de violeta a rosa. Arlen. Al girarme, vi al Conjurador de Colores sonriendo orgulloso. Lindy y Tamelina compartieron risitas.

—Eso le enseñará —dijo Glorian con una gran sonrisa que casi era malvada.

El resto de los Pucas se estaban revisando sus propias colas, temerosos de que estas también hubieran cambiado de color.

—¡Deshaz esto, Conjurador! ¡Ahora! —exigió Luka, furioso.

Harry levantó la espada que había quedado descartada en el suelo y vino a mi lado. Tenía mal aspecto; pelo revuelto, manchas de tierra en la cara, tajos en la ropa.

—¿Estás bien? ¿Te ha herido? —pregunté.

—Estoy perfecto. —Se enderezó y se sacudió la chaqueta.

—¿Seguro?

—Estaba a punto de ganarle…

Harry me guiñó el ojo con una expresión traviesa, consciente de su mentira.

—Ibas a tragar tierra —acotó Glorian.

Arlen se acercó a nosotros y Harry le ofreció la palma de la mano para chocar los cinco.

—Era parte de nuestra estrategia —nos aseguró.

El Conjurador de Colores dejó escapar una risa sin sonido antes de asentir en complicidad.

—¡Suficiente! ¡Quítame estos colores! ¡Ahora! —gritó Luka.

Se le veía tan furioso que pensé que le iba a salir humo por la cabeza. Tenía el pelaje erizado, los ojos le ardían como llamas. Hubiera sido completamente aterrador de no haber sido por la larga cola violeta que serpenteaba tras su espalda.

Arlen señaló la punta de la montaña, levantó el dedo hacia el cielo, y luego juntó las palmas de las manos a un lado de su rostro y cerró los ojos como si fuera a dormir.

—Volved a vuestro hogar en la montaña; si lo hacéis, el conjuro se deshará cuando llegue la noche —dijo Lindy.

Arlen asintió. Luka maldijo por lo bajo. El resto de los Pucas permanecieron detrás de él sin decir nada. Parecían asustados de intervenir y que Arlen decidiera pintarlos a ellos también.

—Esto les va a costar caro —dijo el príncipe enseñándonos los dientes en un gesto feroz.

Glorian revoleó los ojos.

—No olvidéis que tenemos al príncipe Sirien. Por su bien, aseguraos de que Merea cumpla con su parte del trato. —Luka retrocedió unos pasos y se marchó.

22

ANTES DEL ATARDECER

Al regresar a la Aldea de Azúcar nos detuvimos en una pequeña cafetería que pertenecía a la posada en la que nos estábamos hospedando. Estaba ubicada fuera, lo cual era conveniente ya
que Mela era demasiado grande para entrar. Las patas de las mesitas
redondas estaban enterradas en la nieve y las sillas tenían almohadones con bordados y acogedoras mantas. La familia de Conjuradores ocupaba una, con Tamelina sentada en el medio de sus hermanos,
mientras que Arlen, Harry y yo nos acomodamos en la mesita de al
lado. Lo suficientemente cerca como para poder hablar sin tener
que gritar.

—Sabía que esos Pucas te devolverían. —Glorian sacudió la boina de Tamelina en un gesto afectuoso—. Mela y tú sois un dúo singular.

—¿Qué quieres decir con eso? —Su hermana menor lo estudió con sospecha.

—Que estoy orgulloso —le aseguró Glorian.

Los miré a todos, apreciando el momento. Me sentía bien por estar de vuelta. Comparado con la oscuridad de la montaña, donde solo iluminaba la luz de las antorchas, el paisaje de brillante nieve me cegaba los ojos. Detuve mi atención en un grupo de renos blancos que avanzaban a paso perezoso. Lindy me había dicho que las campanitas de hierro de sus cuellos eran para ahuyentar a las hadas que robaban sueños por la noche. Pero los renos se iban moviendo por distintas partes de la aldea, lo que significaba que protegían cabañas diferentes cada noche. Las hadas podían infiltrarse para robar sueños en las que quedaban desprotegidas. *O pesadillas*, dijo la vocecita de mi cabeza.

—Aquí estamos, seis tazas de chocolate caliente.

La encargada de la posada se acercó con una bandeja llena de tazas. Recordé que su nombre era Evi. Usaba enormes orejeras verdes. Glorian le ofreció ayuda para repartir las tazas.

—¿Quién ha pedido con pequeños malvaviscos? —preguntó.

Lindy, Arlen y yo levantamos las manos.

—¿Y con bastón de caramelo y menta?

Tamelina y Harry levantaron las suyas. El aroma a chocolate caliente flotó en una deliciosa nube que me hizo querer lamer el aire. Y no era solo el chocolate… si las risas alegres y el sentimiento festivo de la Navidad tuvieran aroma, o sabor, era el que había dentro de esa taza.

—Espero que lo disfrutéis, aprendí de mi abuela y ella preparaba el mejor chocolate caliente —dijo Evi.

Un pequeño animal se asomó desde el bolsillo de su delantal. Edgar. El simpático puercoespín salpicado con polvo dorado. Saltó al suelo, cargando un bastón de caramelo, y se lo ofreció a Mela. Los ojos de la osa se abrieron con deleite. Estiró la lengua hacia Edgar y lo lamió de pies a cabeza, evitando el pelaje de púas en su lomo.

—Por una exitosa misión de rescate. —Lindy alzó la taza en un brindis.

Al levantar la mía pensé en Sirien. Deseaba que estuviera allí con nosotros, en vez de solo en esa habitación sin ventanas.

—Por haberle dado una cola violeta a ese mocoso arrogante —dijo Glorian.

—Y enseñarle una lección —agregó Tamelina.

Los hermanos chocaron sus tazas compartiendo la misma sonrisita retorcida.

—Avergonzar a alguien no es motivo de celebración —los reprendió Lindy.

Glorian y Tamelina pusieron los ojos en blanco en un gesto idéntico. Disfrutamos de tomar el chocolate caliente mientras la pequeña Conjuradora nos contó todo lo sucedido desde que los Pucas los habían embestido en el bosque y los habían llevado a la montaña. Apenas habían tenido tiempo de encerrarla en una habitación cuando los gruñidos de Mela hicieron eco por cada túnel. La osa había golpeado sus patas delanteras sobre una de las puertas de entrada, causando que todo temblara.

Estaba a punto de hablarnos sobre el rey Valdemar cuando una vocecita cantarina la interrumpió.

—¡Querido Glorian! ¡Traigo noticias!

Primsella descendió frente a él agitando las alas de mariposa. La manera en que uno de sus pies se estiró hasta tocar la mesa fue muy elegante, como una bailarina *en pointe*.

—¡Nos he apuntado en Claire de Lune para patinar juntos! —anunció.

—Te dije que iba a pensármelo… —se quejó Glorian.

—Es luna llena, voy a estar en forma humana. —Primsella peinó su largo pelo rojo en un gesto coqueto—. Va a ser tan romántico.

Glorian se tomó su tiempo para beber un largo sorbo de su taza. Ignoró a la pobre hada como si no le hubiera hablado. ¿Iban a patinar juntos bajo la luna llena? Definitivamente sonaba romántico. No podía esperar a verlos.

—Tú también deberías participar, por lo que vi eres muy buena —me alentó Harry.

—No lo sé…

—¡Por supuesto que Alex debe participar! Puedes practicar esa danza que me contaste del muñeco de nueces, le pediremos al cambiador que te haga un vestuario especial, algo con alas… ¡Como un hada! —Lindy juntó las manos llena de entusiasmo.

Sonaba maravilloso y aterrador al mismo tiempo. No podía pretender ser el Hada de Azúcar delante de verdaderas hadas. Pero patinar sonaba tan tentador, algo que haría por diversión.

—Tienes que darte prisa, la inscripción cierra hoy al atardecer. Puedes anotarte sola o con una pareja —dijo Primsella.

—Gloooo…

Tamelina llamó a su hermano con los ojos bien grandes en una expresión inocente.

—Si me apuntara… ¿patinarías conmigo?

—¡NO! ¡Glorian va a patinar conmigo! —El hada agitó las alas en un revuelo de diminutos copos de nieve.

Los hermanos intercambiaron una mirada cómplice.

—No lo sé. No puedo negarme a un pedido de mi hermana menor —dijo Glorian.

Cuando se juntaban sí que eran dos diablos. Primsella se apresuró hacia Tamelina en un vuelo frenético.

—Eres demasiado bajita, diminuta... la diferencia de altura os hará tropezar.

Tamelina revolvió el chocolate caliente con el bastón de caramelo antes de tomar un sorbo. La manera cuidadosa en la que sujetó la taza me recordó cuán perfectos eran sus modales. Bajé la mirada hacia mis manos. Todos mis dedos presionaban contra la porcelana, posesivos, como si tuviera miedo de que alguien me la robara.

Primsella pasó la mirada de la niña a su hermano mayor. Ninguno de los dos dijo una palabra.

—Si cambias de opinión te daré un regalo... ¡Dos! —Al volar sobre Mela le salpicó la cabeza de destellos color menta—. Uno para ti y otro para la osa.

—Tal vez...

Tamelina revolvió el chocolate con un gesto aburrido. Mela arrugó el hocico, el cual estaba cubierto con polvo de hadas, y soltó un gran estornudo.

—Solo Tam conseguiría que un hada le ofreciera regalos en vez de exigirlos de ella —me susurró Lindy.

• • •

Tras terminarme el chocolate fui hacia el bazar en el centro de la aldea. El pergamino de inscripción para participar de Clair de Lune colgaba de un alto farol que me recordó a lámparas de gas como las que solía haber en Londres. Estaba decorado con un gran lazo rojo cuyas cintas enmarcaban el pergamino. Faltaba poco para el atardecer. Tomé la pluma que colgaba junto a la hoja y la moví entre los dedos.

Estaba nerviosa.

Pero si quería tener la oportunidad de participar en algo tan mágico tenía que animarme y escribir mi nombre.

Hazlo, no es para ganar, sino para divertirte.

Patinar no me generaba la misma necesidad de aparente perfección que el ballet. Sería una buena manera de meterme en el personaje de Hada de Azúcar sin estar tan pendiente de cada movimiento.

—Vamos, tú puedes, Alex.

Por un momento, olvidé que Harry me había acompañado. Me dedicó una mirada alentadora y luego volvió su atención a un reno blanco que estaba comiendo de una pila de heno.

Pasé la pluma de una mano a la otra, ganando unos momentos, y finalmente me decidí a llevarla hacia el pergamino.

La lista tenía al menos diez nombres. Los últimos se extendían largos:

Primsella del Bosque Encantado y
Glorian Maestro Conjurador de Cristales.

Tragué saliva y dejé que la tinta se hundiera en el pergamino.

Alex de Bristol.

El *tu-tuc, tu-tuc, tu-tuc* de mi corazón acompañó cada letra. Apenas había dejado la pluma cuando un tintineo amarillo se agitó sobre mi hombro. Un hada. La recordaba de cuando habíamos visitado el iglú de la reina. Tenía una trenza de pelo castaño y alas doradas, su nombre era Wendelina.

—Señorita Bristol. Por favor, sígame hacia allí. —Señaló unos árboles distantes—. A su majestad, la estrella de los mil nombres, le gustaría intercambiar unas palabras con usted y aquí estamos demasiado cerca de los renos y de esas molestas campanitas.

Siempre me había gustado mi apellido, Belle, pero tenía que admitir que «señorita Bristol» sonaba muy bien.

—¿Por qué la llaman la estrella de los mil nombres?

—¿No es evidente? Su corona posee el brillo de mil estrellas y cada una de esas estrellas tiene su propio nombre —respondió Wendelina.

La seguí hacia una pequeña silueta oculta bajo un halo de cegadora luz blanca. ¿Podía ser que la corona tuviera realmente el brillo de mil estrellas?

Quien ganara Clair de Lune podría pedirles un deseo.

Esbocé una sonrisa grande sin poder contenerme. Días antes hubiera sido fácil adivinar qué pediría, pero el deseo que había cargado dentro de mi corazón, en el relleno de mi oso de peluche, se había hecho realidad. Mi primer beso había sido con Harry Bentley.

—¿Por qué sonríes tanto? —me preguntó Wendelina.

—He recordado algo bonito.

La reina Merea nos esperaba sobre una de las ramas. Su rostro estaba oculto bajo el resplandor de la corona, aunque podía ver la silueta de su vestido; pliegues y más pliegues de tela que creaban una hermosa falda, como nieve recién caída. El largo báculo de su mano se veía congelado. Hecho de diamantes y hielo azulado. Un delicado copo de nieve con la forma de la estrella del norte adornaba la punta.

También me fijé en el anillo que le había dado Arlen, el que cambiaba de color según sus estados de ánimo; la perla poseía un sereno tono celeste.

—Veo que los Conjuradores han encontrado la manera de traerte de vuelta.

Su voz sonaba muy musical. Estuve a punto de cerrar los ojos para perderme en la melodía.

—El rey Valdemar me dejó ir, a Tamelina también, dijo que es una muestra de buena fe y que liberará a Sirien cuando termine el torneo —respondí.

—Buena fe... qué truco tan evidente. No hay duda de que quiere mostrarse como algo que no es. Un monstruo es un monstruo, no lo olvides, pequeña —la música de su voz hizo que las palabras no sonaran tan crueles.

Pensé en la enorme rata de vestimenta majestuosa, en sus orejas mordidas, en su apariencia horripilante, pero también pensé en lo amable que había sido.

—No creo que sea una mala persona, ehm... un mal Puca; su apariencia no refleja su interior.

—¿Qué te hace decir eso? —exigió la reina.

La melodía de su voz se crispó. Noté que el pequeño anillo de perla se oscurecía de celeste a un azul tormentoso.

—Es solo una corazonada —me apresuré a decir—. Fue gentil conmigo, y en especial con Tamelina.

—¿La Conjuradora de Dulces? ¿Pasó mucho tiempo con ella?

Algo me decía que era mejor no responder. Luka había dicho que la reina era una embustera. ¿Y si decía algo que le causaba problemas a Tam? Y no me agradaba que hubiera acusado al rey Valdemar de ser un monstruo.

—¡Habla, pequeña bailarina! —me exigió de nuevo.

El resplandor blanco que la rodeaba se intensificó, cegándome. *¿Pequeña? Ella era mucho más pequeña que yo. Apenas más alta que una taza.*

—Ehmm...

—¡Su majestad!

Wendelina me salvó de tener que responder. Apuntó hacia una figura solitaria que se acercaba desde la dirección opuesta. Una figura con una espeluznante sombra negra que crecía sobre el manto de nieve azucarada.

● ● ●

El príncipe Luka se encaminó hacia el farol donde estaba la inscripción para Clair de Lune. Llevaba una gran capa de fino terciopelo negro que le abrazaba la espalda y le cubría la cola. Murmullos de alarma llenaron el paisaje. Los aldeanos retrocedieron con horror. Incluso los animales reaccionaron a su presencia. Los renos dejaron de masticar heno. Una familia de conejos que habían estado cargando una canasta de zanahorias la dejó caer con sorpresa.

Si lo pensaba, no era más que un joven con apariencia de ratón en una dramática capa negra. Pero lo que veía hacía que aparentara ser mucho peor. Su sombra creció con cada paso. Alta, hambrienta, monstruosa. Los ojos de Luka destellaban con el rencor de un bosque abandonado.

Continuó hacia el centro del bazar, ignorando la conmoción a su alrededor.

¿Había venido solo?

—Odio a ese tipo —dijo Harry a mi lado.

Su mirada se entrecerró y presionó los labios con expresión molesta. Siguió cada paso que dio Luka con tal concentración que me recordó a cuando Olivia jugaba videojuegos y se enfocaba en eliminar a un enemigo.

Ser el blanco de toda esa atención, de todo ese miedo, debía ser muy triste.

—Tal vez odia que todos los odien y por eso se comporta de esa manera... —dije.

Harry se volvió para verme. Sacó la espada de cristal que llevaba atada a la cintura y me la ofreció.

—Esto es tuyo. Será mejor que lo tengas a mano.

—Gracias.

Al aceptarla vi el reflejo de la reina Merea en la hoja de cristal. O, mejor dicho, vi una cegadora luz blanca y un diminuto destello de otro color. Un gris tan oscuro como la pólvora o una nube de tormenta. Provenía del anillo.

—¿Su majestad? ¿Busco a sus caballeros? —preguntó Wendelina.

—No. Tenemos un acuerdo —hizo una pausa y agregó—: Déjalo. Esa siniestra criatura jamás va a ganar...

La voz de la reina Merea sonó a una sonata de decepción y finales trágicos. Finales en los que la bruja reía con un malvado sonido triunfal y los héroes lo perdían todo. «Es más probable que tengas pesadillas. Deliciosas pesadillas que serán un banquete para la reina», dijo la voz de Luka en mi cabeza.

Pensé en Sirien agitándose y sudado en sueños, en la pesadilla que había tenido sobre aterradores Pucas persiguiéndome en un bosque.

¿Y si la reina quería que los viéramos de esa manera? Glorian había dicho que el polvo de hadas venía de sueños felices... ¿Y si también venía de pesadillas?

El príncipe Luka tomó la pluma y escribió su nombre sin titubear.

Los últimos rayos del sol cubrieron la aldea antes de desaparecer tras el horizonte, como si lo hubieran estado esperando antes de esconderse y dar paso a la noche.

¿Y si Luka no era el villano?

¿Y si la radiante Reina de las Hadas poseía un interior tan horripilante como el exterior del rey Valdemar?

23

TEORÍAS CONSPIRATIVAS

No podía dejar de pensar en Luka. Tras haber escrito su nombre en el pergamino de inscripción, el príncipe se había ido como había llegado: solo. Su sombra negra alargándose a la distancia.

Me había apresurado hacia el grupo de renos antes de que la reina Merea pudiera hacerme más preguntas.

Pintitas, el caballo blanco con manchitas negras de Harry, al igual que la pareja de burritos, también pastaban allí. Extendí la mano hacia el hocico de Nimbi. Este respiró sobre mis dedos y luego acercó la cabeza para que lo acariciara.

—Desearía ser un Conjurador de Viento y haber sacudido esa gran capa para que todos pudieran ver su cola violeta —dijo Harry.

—Eso sería cruel. Todos se habrían burlado de él —respondí.

—Se lo merece por ser tan malvado.

No podía negar que Luka había hecho cosas malvadas, en especial dejarme atada en una caverna oscura y haber ocasionado una avalancha. Pero... ¿y si hacía esas cosas para vengarse de la manera en que lo trataban? ¿Si estaba cansado de que todos le tuvieran miedo?

—No lo sé...

Harry sacó una brillante manzana roja del bolsillo de su chaqueta y se la ofreció a Pintitas. El caballo se le acercó tan rápido que por poco choca su cabeza contra él.

—¿De dónde has sacado esa manzana?

—Tamelina. Le pedí algo especial para mi amigo —respondió palmeando su cuello—. Eres un buen chico. Muy buen chico. ¿Verdad, Pini?

—Pini? —reí.

Sentí aquel cosquilleo que me hacía imaginar luciérnagas encendiendo lucecitas dentro de mi estómago. Me encantaba que Harry tuviera tan buena relación con los animales. Era una de las cualidades que encontraba más atractivas en un chico.

—Alex...

Harry acarició el flequillo de Pintitas antes de dar un paso hacia mí. La manera en que dijo mi nombre hizo que el corazón me diera un pequeño vuelco.

—¿Sí?

—Lamento no haber podido llegar hasta ti. La Puca con cola de mofeta me hizo un nudo experto que fue imposible de deshacer... Tuve que esperar hasta que alguien me encontrara. Por suerte fue uno de estos renos y masticó las sogas. Corrí en busca de Glorian y los otros, pero ya era tarde...

—Nos tomaron por sorpresa a los dos. Romy también me ató con uno de sus nudos, son tan expertos como los de un pirata —respondí.

Harry asintió.

—Ese grupo de tontos arruinó un buen momento —se lamentó.

—No lo arruinaron...

El instante en el que los labios de Harry tocaron los míos fue tan perfecto que nadie lograría arruinarlo. De solo pensar en ello sentía el frío del lago congelado bajo las piernas, oía los sonidos del bosque, veía estrellas en un cielo azul.

—Ni un poco —agregué.

Harry sonrió, contento. Se pasó la mano por el pelo, despeinándolo en un gesto inconsciente.

—Bien —dijo.

Empezamos a caminar de vuelta. Las personas de la Aldea de Azúcar no dejaban de susurrar sobre la aparición del príncipe Luka. Incluso los animales seguían conmocionados. Grupos de pájaros cubrían los techos de las cabañas intercambiando sonidos de lo más extraños.

—¿Qué pasó cuando estabas en la montaña? —Harry hizo una pausa y agregó—: ¿Viste al príncipe de Lussel?

—Sirien, sí. Nos encerraron en la misma habitación.

—Oh.

Me froté las manos contra la tela del abrigo. La temperatura había comenzado a bajar de manera notable desde que el sol se había escondido.

—Toda una montaña enorme y encierran a sus prisioneros en la misma habitación. Ridículo... —Harry bromeó con indignación.

¿Podría ser… que estuviera un poquito celoso? No. Tenía que ser mi imaginación.

—Sirien es mi amigo, fue agradable volver a verlo —dije—. Me siento culpable de haberlo dejado allí solo.

—Seguro que es valiente. ¿No es una regla? ¿Que los príncipes deben ser valientes?

—No sé si es una regla. Pero sí, es valiente.

Eso me hizo pensar en otro príncipe. Uno que se asemejaba a un ratón.

—Lo que hizo Luka también fue valiente… venir a la aldea él solo, enfrentarse a todas esas miradas de miedo y desaprobación.

—¿Por qué insistes en defenderlo? —me preguntó Harry—. Es un idiota. Peor que Conor Elliot.

Conor era un bravucón que estaba en la clase de Harry. Siempre molestaba a los chicos que no eran buenos en deporte y hacía maldades, como dibujar garabatos en sus casilleros.

—No lo estoy defendiendo, lo que hizo me enfadó mucho, pero… hay algo acerca de toda la situación con los Pucas que es raro —dije.

—¿Raro cómo?

Harry se detuvo en la última tienda del bazar, que vendía nueces tostadas bañadas en chocolate. Nos paramos detrás de una fila de al menos cinco ardillas. Todas llevaban gorritos de lana y sus colas brillaban con polvo de hadas.

Estaba en todos lados…

Giré la cabeza hacia el paisaje de resplandeciente nieve que se extendía hacia el Bosque de los Sueños Olvidados.

—Todo este polvo de hadas tiene que venir de algún lado… no puede ser solo de sueños —le susurré—. ¿Y si viene del miedo que todos sienten por los Pucas? ¿De pesadillas?

Harry miró la cola de la ardilla de enfrente con detenimiento. Luego sus lindos ojos marrones se abrieron grandes, como si hubiera tenido una revelación. Cerró la mano en un puño y lo golpeó contra la palma abierta de su otra mano.

—¡Una conspiración! —exclamó—. No hay nada mejor que una buena teoría conspirativa.

Desvié la mirada por miedo a que pudiera ver pura adoración brillando en mis ojos. Me encantaba aprender cosas nuevas acerca de él: le gustaban los documentales de National Geographic y las teorías conspirativas.

—Parece más un engaño, la reina Merea debe estar mintiendo...

—Una conspiración de engaños —me interrumpió Harry con entusiasmo—. Espera... leí en un libro que las hadas no pueden mentir. Una conspiración de omisiones...

Intercambiamos una mirada que nos hizo empezar a reír. Compartir ese momento con él me llenó de una sensación cálida. Sentaba tan bien como tomar un primer sorbo de té, cuando está caliente, sin estar hirviendo, y el gusto a miel viene a lo último.

—¡Siguiente! —llamó la señora de abrigo rojo tras el estand de madera.

—¿Compartimos una bolsa? —me preguntó Harry.

Asentí con una expresión tan risueña que debía tener nubes rosas flotando sobre la cabeza. Harry llevó las manos al bolsillo de su abrigo y sacó dos monedas doradas con el emblema de un castillo hacia arriba y otro hacia abajo, las puntas de las torres se encontraban en el medio. Lussines.

—La Conjuradora de pelo rosa me dio un pequeño saco de ellas. Dijo que no debería ir sin dinero, que podía cepillar a Nimbi y a Daisy para agradecérselo —dijo leyendo la pregunta de mi mente.

—Lindy tiene un corazón de oro.

—Debe de ser adoptada. Porque Glorian definitivamente no tiene un corazón de oro y su hermana pequeña me inquieta.

Me llevé las manos a los labios a tiempo para contener una carcajada.

—¿Tamelina?

—Comparte el mismo humor extraño que su hermano. ¿Y has visto sus modales? Más refinados que los de la realeza —dijo frunciendo las cejas.

—Lo sé, cada vez que comparto una mesa con ella me siento como un animal salvaje.

Harry asintió.

—La osa que la sigue tiene mejores modales que nosotros —notó.

Cuando volví a la habitación de la posada mis pies estaban tan fríos que me apresuré a quitarme las botitas blancas y a frotármelos con mis manos. Tamelina estaba leyendo un libro recostada sobre la cama de Lindy, mientras su hermana dibujaba algo en una libreta.

Harry me había acompañado hasta el pasillo y, tras una pausa en la que nos habíamos mirado sin saber qué hacer, me había dado un beso en la mejilla.

Estaba segura de que mi rostro entero estaba rojo. Incluso mis orejas.

—Mira, pastelito. ¡Estoy diseñando tu vestuario para Clair de Lune!

Lindy agitó la libreta en el aire y vino hacia mí para mostrármelo. El dibujo hizo que pestañeara, confundida. Mi figura estaba hecha con palitos y el vestido que llevaba estaba tapado por una serie de espirales superpuestas que sombreaban la hoja. Y tenía alas que me salían de la espalda. Una un poco más grande que la otra.

—No se me da muy bien dibujar —admitió Lindy.

—Eres terrible… —remarcó Tamelina desde la cama.

—Lo que importa es la idea, el cambiador hará el resto —desestimó el comentario de su hermana con un gesto de la mano—. ¿Qué crees? ¿Te gusta?

Asentí rápido. No sabía de qué manera decirle que no entendía el dibujo.

—Estas espirales… son ehmmm… ya sabes… —dije señalando los círculos en lápiz.

—¡Rosas!

—¡Claro! —me apresuré a decir.

—¿Por qué tienes la cara roja? —preguntó Tamelina.

Agaché el mentón sin responder. Lindy llevó las manos a mis hombros con una expresión que contagiaba entusiasmo. Tenía el pelo dividido en dos coletas atadas por lazos azules y se había puesto un camisón del mismo color.

—Vas a ser el hada más hermosa… imagina esto: vestido blanco, lazos dorados en los hombros, un tutú corto hecho de rosas blancas y dos alitas de seda en la espalda.

Sonaba bien, aunque no estaba segura de que todo el tutú estuviera hecho de rosas. Sería demasiado.

—Me imaginaré algo de ese estilo —sonreí y le di un abrazo—. Gracias, Lindy.

—Por supuesto.

—¿Qué hay de ti? ¿No vas a participar? —pregunté.

—No, veros a vosotros será emoción suficiente. Arlen ha dicho que va a buscar un buen lugar donde acomodar una manta. Un pícnic bajo la superluna —suspiró Lindy, alegre.

—Mela y yo nos sentaremos con vosotros —dijo Tamelina.

La niña cerró el libro en sus manos. Su largo pelo castaño con suaves bucles le cayó sobre el hombro. Llevaba un camisón azul igual al de Lindy, solo que con pequeños lazos en los puños. Tamelina estaba arreglada hasta cuando iba a irse a dormir.

—¿Dónde está Mela?

Era un alivio que la osa no estuviera estirada en el suelo u ocupando toda mi cama. La habitación se habría quedado sin espacio.

—Se quedó atascada al intentar entrar a la posada. Edgar le ha preparado una cama de heno en los establos —dijo Lindy entre risas.

—Deberían hacer las puertas más grandes —se quejó Tamelina.

Tam sí que la había malcriado si se había acostumbrado a dormir dentro, en lugar de fuera en el bosque.

—¿Vas a patinar con Glorian? —pregunté.

—No, no me gusta patinar, dije que quería para hacer un trato con Primsella.

Sus labios se torcieron en una sonrisa ladeada, un gesto idéntico al de su hermano mayor.

—¿Qué clase de trato? —pregunté.

—Le dije a Primsella que no le pediría a Glorian que patinara conmigo a cambio de que me dieran su deseo, si ganan Clair de Lune.

—Eso es… brillante.

Tamelina alisó la funda de la almohada para asegurarse de que no tuvieras arrugas. No solo había convencido a un hada de que hiciera un trato con ella, sino que era a su favor.

—La manera en la que funciona esa adorable cabecita a veces me asusta —susurró Lindy para sí.

Asentí en señal de acuerdo.

—¿Por qué quieres el deseo? ¿Qué vas a pedir? —pregunté.

—Es un secreto. —La niña me miró pensativa—. Todavía no has respondido a por qué tenías el rostro rojo cuando entraste en la habitación.

—Oh... ehmmm...

—Y ahora pareces un globo rojo —añadió.

—Harry me ha dado un beso en la mejilla...

Lindy juntó las manos en un aplauso. Ver la alegría en sus ojos violáceos me hizo querer compartir el secreto que había estado abrazando dentro de mi pecho desde la noche anterior. Jugué con los dedos de manera nerviosa.

—¡Hay más! —adivinó la Conjuradora de Flores.

—Ayer, antes de que Luka nos emboscara, fuimos a patinar al lago... y... pasó... Me dio un beso... mi primer beso.

La temperatura de mi cuerpo subía con cada palabra. Para cuando la última salió de mi boca me sentía febril de emoción.

—¡Alex! ¡Eso es mágico!

—*Ughhh...*

Tamelina me miró como si hubiera dicho que había besado a un tallo de brócoli. Lindy me tomó de las manos y empezamos a saltar celebrando, moviéndonos en círculos. Su camisón azul voló por el aire y las coletas de pelo rosa le rebotaron sobre los hombros.

—Has besado a Harry Bentley, has besado a Harry Bentley, has besado a Harry Bentley —cantó.

La mirada de sus ojos me decía que entendía lo mucho que significaba para mí. Lindy había leído la carta que había escrito contándole lo triste que estaba cuando había oído lo de Nadia. Había visto las lágrimas secas sobre el papel. Y seguro que había notado la forma en que mi rostro se iluminaba cuando estaba con él.

Poder compartirlo con ella hizo que pareciera más especial.

—He besado a Harry Bentley, he besado a Harry Bentley, he besado a Harry Bentley —canté al mismo tiempo.

Tamelina negó con la cabeza, como si estuviéramos haciendo algo ridículo. Luego sopló la vela sobre la mesita de noche para irse a dormir.

—Los chicos son tontos. Cuando sea mayor voy a mudarme a una cabaña en medio del bosque junto a Mela. Vamos a tomar el té, inventar nuevas recetas de dulces, leer libros y cuidar de los animales que lo necesiten —declaró.

24

CLAIR DE LUNE

El día siguiente pasó rápido, al igual que una estrella fugaz. Desde que se asomó el sol por la mañana hasta que se escondió al atardecer, los habitantes de la Aldea de Azúcar no dejaron de trabajar en los preparativos para Clair de Lune.

Hileras de antorchas guiaban un sendero que iba desde el bazar hasta el lago congelado en el límite del Bosque de los Sueños Olvidados. Vendedores con todo tipo de dulces y bebidas calientes habían montado pequeños puestos entre los troncos. Las hadas se habían encargado de colgar diminutas farolas en las ramas de los pinos.

Y la luna… nunca había visto una luna llena tan grande. Glorian me había contado que ellos también la llamaban una superluna, ya que en esa fecha era cuando la luna estaba más cerca. Halos de luz que oscilaban entre plata y oro se abrían paso entre las puntas nevadas de los pinos y llovían sobre la superficie helada del lago.

Era un paisaje de ensueño; la manera en que el melancólico bosque azul glaseado de escarcha y polvo de hadas envolvía al estanque congelado me recordó a un escenario de *El cascanueces*.

Sabía que el ballet estaba inspirado en el libro *El cascanueces y el rey de los ratones*, de E. T. A. Hoffmann, pero algo me decía que el autor, o quien hubiera adaptado su obra, había visitado Lussel. Que había llegado por accidente al igual que yo. ¿Cuántos artistas y soñadores habrán inspirado sus obras en este hermoso reino?

—¡Está a punto de empezar! —exclamó Lindy.

Nos encontrábamos sentados sobre una manta al pie de un tronco. Mela había custodiado el lugar desde la tarde, ya que muchos se habían acercado desde bien temprano. Familias de personas, de animales, parejas, espectadores solitarios. Todos con coloridos abrigos, gorros de lana con pompones, largas bufandas que llegaban al suelo, botitas cubiertas en polvo de hadas.

—Allí está el zorro con la tiara —señaló Harry.

—Foxina, la princesa del bosque —lo corrigió Tamelina.

Su soleado pelaje naranja le daba calidez al paisaje. La preciosa zorrita estaba sentada sobre un cojín de terciopelo, posicionado al lado de un gran trono hecho de ramas. Un lugar de honor.

—¿Dónde están Glorian y Primsella? —pregunté.

—Glo seguro que está esperando para hacer una entrada dramática, no quería que nadie viera su vestuario hasta que fuera su turno de patinar —dijo Lindy.

Tomé los bordes de la abrigada capa que me cubría y me la cerré sobre el pecho. El cambiador me había dado un atuendo de lo más maravilloso y también quería que fuera sorpresa. Noté que la manta sobre la que estábamos sentados cambiaba de naranja a amarillo.

El Conjurador de Colores estaba tamborileando sus dedos sobre ella. Parecía ansioso por que el torneo comenzara. Cada vez que sus dedos golpeaban la tela provocaban que cambiara de color.

—Arlen, me estás distrayendo, por favor decídete por uno —le dijo Tamelina.

Lindy rio y tomó la mano del joven en un gesto dulce. Una ola de murmullos anunció la llegada de los Pucas. Esta vez no era solo Luka, sino un gran número de ellos. Dos filas de guardias escoltaban al rey Valdemar y a su hijo. Sus monstruosas sombras marchaban bajo la luna. Se detuvieron en el único rincón vacío que bordeaba el lago. Tamelina levantó la mano en un saludo. Fue la única en hacerlo y, para sorpresa de todos, Valdemar le devolvió el gesto.

—¡Sirien! —grité.

Romy, Nash y Flip lo sostenían en el centro de su grupo. Aparentaba estar bien. Un poco más desaliñando de lo que estaba acostumbrada a verlo. Al oír mi grito Sirien levantó la cabeza, buscando.

—¡Aquí!

—¿Ese es el príncipe de Lussel? —preguntó Harry.

Estiró el cuello sin lograr ver demasiado. Entre la distancia que nos separaba y el grupo de Pucas que lo rodeaba, lo único que era visible era una cabeza despeinada de pelo oscuro.

—Parece un tanto descuidado... —murmuró.

El sonido de una trompeta robó la atención.

—Su majestad, la estrella de los mil nombres, la reina Merea —anunció la voz de Wendelina.

La Reina de las Hadas hizo su llegada sobre un majestuoso ciervo cuya cornamenta resplandecía en azul. Solo que ya no era un hada, sino una mujer. Por poco olvido que la luna llena les permitía adoptar forma humana. Se bajó frente al trono que le habían construido con suma gracia. Noté que, en el lado opuesto a donde estaba sentada Foxina, había un pilar hecho de piedra blanca que había pasado por alto.

—¿Qué es eso? —pregunté.

—Parece una columna —respondió Harry.

—Allí es donde va la corona.

Ambos nos volvimos hacia Lindy.

—La corona es quien elige al ganador del torneo. Se dice que las estrellas observan a los competidores desde el cielo, su brillo indica cuánto disfrutaron de verlos patinar —nos explicó—. Y la corona refleja toda esa luz.

—Entonces... ¿gana quien la hace brillar más? —pregunté.

—Así es, pastelito.

Me volví a tiempo para ver a Merea quitarse la corona de la cabeza. Alzó las manos para que todos la vieran, lo cual fue imposible dado que el resplandor que emanaba de ella era cegador; luego la dejó cuidadosamente sobre la superficie del pilar.

Al hacerlo, su rostro finalmente quedó libre del velo de luz que siempre lo ocultaba. Era distinta de como la había imaginado... corto pelo azul noche que le llegaba hasta el lóbulo de la oreja, elegante cuello largo, un vestido blanco y plata de un material que fluía líquido, creando la ilusión de que estaba confeccionado con luz de luna.

—Hoy es una noche de belleza y talento. ¡Demos comienzo a Clair de Lune! —anunció con su voz musical.

La reina se sentó entre la zorrita y la corona. El lugar cobró vida. Jovencitas que seguro eran hadas empezaron a circular entre la multitud, ofreciendo todo tipo de tartaletas frutales y bebidas coloridas. Pensé en la advertencia de Glorian de que su comida me haría actuar como si estuviera embriagada, y no pedí nada.

El primer participante en hacer su entrada fue un muchacho de pelo turquesa que me recordó a las alas de un colibrí. Me pregunté si se trataba de uno de los centinelas de la reina. El resto estaban de pie en una hilera inmóvil detrás del trono. Hados que la luna había transformado en hombres. Llevaban armaduras con placas de metal azulado que imitaban la textura de las plumas.

Disfruté viéndolo patinar, aunque apenas pude contener la emoción de mi estómago. Quería que fuera el turno de Glorian y Primsella. Incluso si después iba el mío.

El momento se hizo esperar. Le siguieron al menos cinco participantes; algunos patinaron solos, otros en pareja. Cada final seguido por la luz de la corona.

Y luego los vi…

Mi corazón se aceleró en un *tu-tuc, tu-tuc, tu-tuc* lleno de exaltación.

Primsella se deslizó sobre la superficie del lago, ágil y liviana, como si estuviera flotando. Su forma humana era tan hermosa que casi me deja sin aliento. Alta. Joven. Curvilínea. Su largo pelo rojizo caía sobre la pálida piel de sus hombros. Llevaba un vestido corto de color menta, los lazos de los hombros eran tan finitos que dejaban la línea de su clavícula al descubierto. La textura del material imitaba cientos de viñas entrelazadas de las cuales florecían diminutos retoños blancos. El Hada del Bosque. Parecía una chica de dieciocho años que hubiera despertado en un prado de flores.

Y luego Glorian hizo su entrada, patinando en la dirección opuesta. Lo primero que noté fue la manera en que su pelo dorado atrapaba la luz de la luna y creaba la ilusión de un halo. Vestía un imponente abrigo color esmeralda salpicado por hojas de árboles y pantalones color menta.

La figura de Primsella recorrió uno de los laterales del lago. Levantó una mano, acariciando el aire, probando su dirección, como si solo ella conociera su idioma. Apenas lo vi suceder. El cambio de cadencia. Sus pies se movieron veloces, certeros, impulsándola en un *twizzle*. Así se llama en patinaje artístico al giro de desplazamiento en un pie con una o más rotaciones.

Mi boca colgó abierta.

No era solo la gracia de cada uno de sus movimientos, o la manera en que eran fluidos, aéreos, como si no requirieran ningún tipo de esfuerzo… era lo mucho que lo estaba disfrutando. La expresión de alegría en su rostro. Primsella intercaló *twizzles* y piruetas como si se tratara de un hada jugando en el bosque. Su largo pelo, al igual que su vestido, volaron en espiral, tiñendo el espacio que la rodeaba en tonos de rojo y verde.

Glorian pasó a su lado con los ojos bien grandes, denotando sorpresa. Se rodearon en un círculo lento, intercambiando miradas, viéndose por primera vez.

Primsella se llevó las manos a los labios como si estuviera escondiendo una risita y se desplazó a su alrededor. Dio un corto giro en el aire. Luego un segundo giro más veloz. Al aterrizar, patinó hacia atrás con un solo pie, la otra pierna extendida hacia arriba similar a un *arabesque*, brazos abiertos y rostro hacia el cielo.

La sonrisa que le dedicó era de puro coqueteo.

Glorian respondió torciendo los labios en una mueca tan enigmática como encantadora. Y luego fue él quien cambió la cadencia.

Cobró velocidad y más velocidad, trazando figuras de lo más creativas. Su estilo no tenía la misma fluidez libre que el de Primsella, sino que era ingenioso y presumido. Movía las manos de manera continua, revelando pequeños destellos de humo, y la cola de su abrigo se desplegaba en abanico con cada uno de sus cambios de dirección.

Entendía la historia que querían contar. El primer encuentro de una pareja de amantes. La traviesa Hada del Bosque y el galante Conjurador decidido a conquistarla con sus trucos.

Miré fascinada mientras se encontraban en el medio y se tomaban de la mano. Sus figuras se desplazaron al unísono a lo largo del lago. Incluso hicieron un *twizzle* moviéndose en perfecta sincronía.

Glorian la estaba cortejando, guiando cada uno de sus movimientos de la manera más romántica.

Verlos llevó lágrimas de emoción a mis ojos. Eran dos figuras encantadas danzando a la sombra de un bosque azul, iluminadas por la superluna. La escena me recordó al *pas de deux* entre el Hada de Azúcar y su caballero.

Nunca había presenciado algo tan hermoso.

—No sabía que Glorian podía ser tan encantador...

La forma en la que levantó a Primsella con sus brazos, exhibiéndola con delicadeza, hizo que suspirara de asombro.

—Mi hermano es un artista muy versátil —dijo Lindy, orgullosa.

—Todas esas veces que la llamó «diablillo» seguro que estaba pensando lo contrario —comentó Harry—. Nadie es tan buen actor.

No sabía si estaba actuando o no, pero ese era exactamente el tipo de artista que quería ser. Alguien que pudiera entregarse a su obra por completo. Que no tuviera miedo de ser consumido por las emociones y la magia de bailar.

Quería disfrutarlo tanto como Primsella. Su sonrisa era la sonrisa del Hada de Azúcar. Una de pura alegría. No buscaba ser perfecta o ganar elogios, sino sentir lo que estaba haciendo, divertirse con ello.

Terminaron con una secuencia en la que Glorian se arrodilló para besar la mano de Primsella sin que dejaran de deslizarse sobre el hielo.

El estallido de aplausos fue tan fuerte que llenó el espacio como si fueran truenos. Los Pucas también aplaudieron, e incluso Luka parecía impresionado.

Pero no fue nada en comparación con la constelación de luz que emergió de la corona y cubrió el bosque entero, hasta que solo vi blanco.

—Guau...

—Sigues tú, pastelito —me recordó Lindy.

○○○○○○ **25** ○○○○○○

HADAS Y VILLANOS

—Nuestra próxima participante es Alex de Bristol —anunció la voz de Wendelina.

El hada se encontraba de pie a un costado de la entrada al lago. En forma humana, la trenza de pelo castaño le pasaba la cintura. Su vestido era del mismo tono de dorado que habían sido sus alas. Tras ponerme los patines, Lindy me acompañó de la mano ya que apenas lograba mover los pies.

Odiaba la parte de los nervios.

—La capa, pastelito.

Mis dedos se hundieron sobre la tela en lugar de dejarla ir. Los ojos de Lindy brillaron con anticipación. Parecía estar conteniéndose para dejar que lo hiciera yo misma en lugar de desenvolverme al igual que a un regalo.

—¡¿Es como el dibujo que hice?! —me preguntó por segunda vez en el día.

—Parecido... el cambiador se tomó algunas libertades.

Cuando me había sentado dentro de su interior de madera había guardado el dibujo de Lindy contra mi pecho. «Por favor, quiero un atuendo que me haga sentir como el Hada de Azúcar de mi imaginación, algo fantasioso que me ayude a expresar que todo es posible, magia, sueños infantiles, incluso volar...».

El sastre invisible se había puesto a trabajar de inmediato, el cosquilleo de sus manos midiendo y creando.

—¿Lista para impresionarlos, pajarito?

Glorian y Primsella se cruzaron con nosotras al salir de la pista. Verlos me llenó de la sensación liviana que había sentido al observarlos patinar, e hizo que mis dedos se aflojaran.

—¡Habéis estado increíbles! Ha sido tan especial. Eres una patinadora de lo más hermosa, Primsella.

—Gracias.

El rostro de la joven se mostraba radiante de alegría. Sus manos rodeaban el brazo de Glorian con adoración. Glorian mantuvo una expresión neutra, aunque la mirada de sus profundos ojos azules lo delató. Se veía... deslumbrado. Incapaz de sacudir la conexión que habían tenido en el hielo.

—Has estado estupendo, Glo. —Lindy le dio una palmadita en la cabeza a su hermano mayor en un gesto afectuoso.

—«Estupendo» es mi cuarto nombre —bromeó.

Recordé algo que había dicho antes. «"Cortés" es mi tercer nombre, después de "fantástico"».

—Alex de Bristol —repitió la voz de Wendelina.

—¡Voy!

—Démosles una entrada que no puedan olvidar.

Glorian me dio un empujoncito hacia la superficie del hielo. Al hacerlo, sus manos me impregnaron de luminoso humo gris que resbaló sobre mi capa, transformándola en cristal. No entendí lo que quería hacer hasta que el *crack, crack, crack* de vidrio roto llenó mis oídos.

El material se quebró en fragmentos transparentes, deshaciendo la capa y revelando mi atuendo. Los *ohhhh y ahhhh* de la multitud me llenaron de chispitas que se transformaron en adrenalina.

Miré mi atuendo para recordarme que ya no era Alex, sino el Hada de Azúcar.

El cambiador me había dado un vestido rosa pálido de mangas abultadas en los hombros, tenían un estilo romántico que me hacía pensar en Romeo y Julieta. La parte delantera era lisa y caía en una doble falda; la primera fluía suelta, cubierta de pétalos, y la segunda era blanca. Mi cabeza estaba adornada por una corona de perlas. Alas de seda, pequeñas y livianas, me abrazaban los omóplatos.

—¡Oh, es perfecto! ¡Tal y como lo dibujé! —oí que decía la voz de Lindy.

—Está delirando —le dijo Tamelina a Mela.

Cerré los ojos, inhalando lentamente para concentrarme. Me guardé a mí misma en el baúl de los disfraces que imaginaba dentro de mi cabeza.

Tu-tuc, tu-tuc, tu-tuc.

Esto no era ballet, sino patinaje sobre hielo; no tenía la técnica necesaria para hacer algo exigente, por lo que debía relajarme y disfrutarlo. Pensé en Primsella. En la sonrisa de libertad en su rostro.

Tu-tuc, tu-tuc, tu-tuc.

Me deslicé sobre el hielo; despacio, fácil, equilibrándome. Una brisa helada me acarició los hombros y agitó las alitas de seda. El cambiador me había dado largos calcetines blancos por encima de las rodillas. Me abrigarían hasta que entrara en calor.

—¡Tú puedes, Alex!

La voz de Harry me alentó, reavivando las chispas. Avancé poco a poco. Un pie, el otro, sintiendo el hielo bajo el filo de mis patines. El lago se convirtió en un gran escenario rodeado por melancólicos tonos azules.

La luna, un reflector de frágil luz plateada.

Me desplacé a lo largo del lateral e imaginé la música que acompañaba a ese acto; las campanillas, los tonos risueños. Mi cuerpo también debió recordarla, ya que tomó el control. Era el Hada de Azúcar. Mi presencia era mágica, luminosa, me deleitaba llevarles alegría a los niños y visitar sus dulces sueños infantiles.

Levanté los brazos, moviendo las manos como si estuviera agitando campanillas. Imaginé que el estanque era el Reino de los Dulces. Que la colorida audiencia de aldeanos, hadas y animales estaba allí para recibir al príncipe y a Clara Stahlbaum. Para unirse a la celebración y ver la exhibición de baile.

Hice un juego de pies, moviéndolos de puntillas, zigzagueando y dando giros abiertos de manera juguetona. Tenía un espíritu travieso que era imposible de contener.

Gané velocidad, enfocándome en sentir el equilibrio de una de mis piernas, y levanté la otra, elevando la punta del patín hasta la altura del hombro.

Aguanté la posición, desplazándome con una suave cadencia.

Era como planear entre nubes.

Al bajar el pie, decidí tomar impulso e intentar un *twizzle.*

Mi cuerpo rotó en un giro lento que desplegó la doble falda del vestido en una espiral de rosas y blancos.

Podía oír la melodía precipitándose, incitándome a perderme en una secuencia de *pirouettes*. Intenté otro *twizzle*, y otro, rotando y rotando, sonriendo rebosante de adrenalina, hasta que mis patines chocaron.

Me tambaleé hacia delante.

Por fortuna, logré inclinarme sobre las rodillas, lo que me ayudó a recuperar el equilibro.

El escenario que había estado visualizando se quebró.

Perdí la melodía, consciente del silencio del bosque, de la atención de las muchas miradas. Parte de mí quería esconderse de la vergüenza, pero la otra me sorprendió con una risita liberadora.

Cometer errores era humano. Levantarse también lo era.

Continué patinando. Dejé que la magia del vestido que me había dado el cambiador volviera a llenarme, que la falda de pétalos danzara sobre la blanca, y que las pequeñas alitas de seda me convencieran de que podía volar.

Recorrí el largo del lago, patinando primero hacia adelante y luego hacia atrás, creando la ilusión de que estaba volando.

Di un último giro, rotando en el sitio, y elevé una de las piernas a la altura de mi hombro, cuidadosa de no cortarme con el filo del patín.

Los aplausos que recibí fueron alentadores. Pero nada me sentó tan bien como escuchar las voces de mis amigos gritando mi nombre: Lindy, Glorian, Harry, Sirien, Tamelina.

Arlen conjuró una nube de colores que hizo llover confeti sobre mi cabeza. Y luego una saeta de luz blanca chispeó en el cielo, como si fueran fuegos artificiales. La corona. Sonreí tan ampliamente que la sonrisa me ocupó todo el rostro. Las estrellas me habían visto patinar. Esa era su luz. No había sido tan brillante como en otros competidores, pero era todo lo que necesitaba para inspirarme a seguir mejorando.

Algún día voy a ser una gran bailarina, una prima ballerina, *espero que ese día me estén mirando*, pensé contemplando el cielo.

—Luka, príncipe de los Pucas —llamó Wendelina.

Eso iba a ser interesante. Al salir, me encontré con el bosque de espinas de sus ojos verdes. El príncipe vestía una sencilla chaqueta y pantalones desgarrados. Ambas prendas en negro. Su cola de ratón había vuelto a ser gris y llevaba su salvaje pelo castaño atado con un lazo de cuero sobre la base del cuello.

—Eso ha sido muy sencillo. Esperaba más de la famosa bailarina de Bristol —comentó al verme.

¿Por qué siempre tenía que molestarme?

—Me estaba divirtiendo —respondí encogiéndome de hombros.

—Te enseñaré algo divertido…

El malvado príncipe tuvo el descaro de guiñarme un ojo y pasarme de largo. Me sentí tentada de quitarme un patín y lanzárselo a la cabeza. Tal vez lo habría hecho si Harry no me hubiera llamado.

—Nada mal para alguien que solía patinar de pequeña. Deberías estar orgullosa. ¿Cuántas personas pueden decir que participaron en Clair de Lune? El torneo de patinaje de la superluna —me dijo chocando su hombro contra el mío en un gesto suave.

—Es cierto —reí.

Superluna. Sonaba a otro momento cósmico.

Ver su rostro, el remolino de pelo que le caía sobre la frente, la mirada cálida de sus ojos, disipó las emociones negras que me habían causado las palabras de Luka.

Íbamos a darnos vuelta para volver junto a los demás cuando el detestable Puca se lanzó a patinar. El comienzo fue pulido. Incluso galante. Tan distinto a su personalidad. Contaba la historia de un príncipe sin nada que temer. Un príncipe que se paseaba trazando figuras bajo la sombra de los pinos.

Luka recorrió el lago. Primero con una cadencia relajada. Luego, de un instante al otro, se precipitó y cobró velocidad como si estuviera escapando de algo. De su sombra. Su larga y monstruosa sombra lo persiguió a través de la superficie congelada.

Luka huyó.

El filo de sus patines derrapó sobre el hielo en las curvas cerradas, salpicando fragmentos cristalinos como si fueran chispas. Luego tomó impulso y dio un sorprendente salto en el aire que lo arrojó en una espiral de tres vueltas. En patinaje artístico se lo conoce como «salto triple Axel».

Miré impresionada. Era un patinador talentoso.

Aterrizó sin esfuerzo, moviéndose con la agilidad escurridiza de un roedor.

Pensé que iba a lograr escapar, pero luego se arrodilló sobre el hielo, y la sombra se lo tragó. Luka se perdió en la oscuridad. Completamente inmóvil. Como si lo estuviera devorando.

La escena me causó escalofríos.

Al ponerse de pie, el cambio en su actitud fue drástico. El príncipe de los Pucas patinó furioso. El filo de sus patines salpicó hielo en trazos agresivos. Nunca había visto a nadie moverse de esa manera. Sus piruetas se volvieron peligrosas. Animalísticas. Como si la sombra hubiera robado su lado amable y lo hubiese convertido en una criatura salvaje.

«¿Eso fue lo que sucedió?», susurré para mí misma.

¿A él? ¿Al resto de los Pucas? Moví la cabeza en dirección a Merea. La expresión del rostro de la Reina de las Hadas era más despiadada que las profundidades de aquel lago. Tonalidades de un dorado complacido, el color de burbujas de champagne, sombrearon la perla de su anillo.

Mi mano voló hacia el brazo de Harry.

—Fue Merea. Ella les hizo esto…

26

BANDO GLORIAN

Luka salió de la pista con una mueca satisfecha. La corona emitió una llovizna de luz que cubrió a la multitud. Había obtenido más luz que yo, más que el resto de los participantes, a excepción de una pareja. Nadie había logrado la erupción de luz blanca que había envuelto al bosque tras la representación de Glorian y Primsella.

Los Pucas debieron notarlo, ya que intercambiaron susurros de lamento. Quedar en segundo puesto no les concedería un deseo. Solo el primero.

Luka fue el último participante. Los aldeanos ya no aparentaban preocupación por la presencia del rey Valdemar, sino que se mostraban alegres y relajados. Algunos de ellos actuaban de manera extraña; sonrisas risueñas, ojos perdidos, risitas que terminaban en hipo. Me recordaron a mi tío Berto cuando mi familia se reunía a celebrar Año Nuevo.

Debía de ser por los refrescos y la comida de las hadas. Las chicas de atuendos florales seguían ofreciéndolos en bandejas de plata.

La Reina de las Hadas se levantó del trono de ramas portando el báculo invernal. No podía sacudirme la sensación de que esa mujer había hecho algo terrible. De que la historia que Luka había contado en el hielo estaba conectada a ella.

—Las estrellas nos han dado su veredicto. Todos los participantes han sido bendecidos por su brillo; el brillo de las estrellas es elusivo y vanidoso, difícil de atraer. Pero ha habido una pareja de participantes que ha logrado deslumbrarnos a todos —Merea habló en un dulce tono musical—. Declaro ganadores de este Clair de Lune a Primsella del Bosque Encantado y a Glorian Maestro Conjurador de Cristales.

Mis aplausos se unieron a los del resto. Merecían ganar, nadie había patinado de un modo tan hermoso como ellos. Primsella se arrojó a los brazos de Glorian celebrando con efusividad. El joven refunfuñó, aunque no pudo evitar una sonrisa sobre el hombro de ella.

—«Alto y malhumorado» es la definición de esos chicos que fingen odiar a la chica que les gusta… —dijo Harry—. Qué inmaduro.

Escuchar que Harry llamaba «inmaduro» a Glorian me sacó una carcajada.

—¿Tú crees?

—Completamente.

Negó con la cabeza en desaprobación. Primsella tomó la mano de Glorian y tiró de ella en dirección a donde aguardaba Merea.

En el lado opuesto, camuflado bajo la sombra de los pinos, el rey Valdemar observaba la escena con aquellos inquietantes ojos amarillos de iris rojo. Se lo veía derrotado. Romy, Nash y Flip estaban a un costado, custodiando a Sirien. Sus orejas triangulares, gachas de pena.

—Acercaos —los invitó Merea—. ¿Quién de vosotros usará el deseo?

Tomó la corona del pilar de piedra y la asomó sobre la cabeza de Primsella, asumiendo que sería ella.

—Sobrina, ¿qué es lo que tu corazón desea? —le preguntó.

—Se lo cedo a mi querido Glorian. Mi deseo ya se cumplió —se apresuró a responder el hada.

La manera en que lo miró decía que su deseo había sido patinar con él. *Era tan romántico.* Lado a lado, parecían dos jóvenes de la misma edad. Primsella con su vestido color menta, Glorian con su abrigo esmeralda.

Merea arrugó los labios en una mueca de disgusto. El gesto apenas duró medio momento antes de que lo corrigiera con una sonrisa formal.

—Si eso es lo que quieres. —Elevó la corona sobre la cabeza dorada de Glorian—. ¿Cuál es tu deseo, Conjurador de Cristales?

—El deseo de esta corona pertenece a mi hermana Tamelina. Deseo que ella lo tenga.

Habló en tono certero. Su expresión no revelaba más que la promesa de asombrar de un mago. Sonidos de sorpresa escaparon de la multitud. La Reina de las Hadas respondió con una mirada que me heló la columna vertebral.

Un inquietante silencio se apoderó del bosque. Nadie se movió. Como si la luz de la luna nos hubiera vuelto esculturas de hielo. Contuve el aire sin animarme a exhalar.

Una pequeña silueta dio unos pasos, rompiendo el hechizo. Una niña con una boina y un vestido color lila. Tamelina se paró a un lado de su hermano mayor y alzó la cara hacia la corona. Sus ojos estaban llenos de inocencia infantil.

—No.

La voz de la reina sonó a cristal roto. Retrajo la corona como si la niña fuera una ladrona que iba a arrebatársela de las manos.

—Es mi deseo, y se lo concedo a ella —repitió Glorian.

—Pídelo o piérdelo —dijo Merea en tono definitivo.

Murmullos y más murmullos nos rodearon de todos lados. El rey Valdemar miraba con tal intensidad que los ojos por poco se le salían. Luka estaba a su lado; boquiabierto y con expresión incierta.

—Tía, no hay nada de malo con que su hermanita obtenga el deseo, ambos queremos que lo tenga...

—Es *su majestad*, muchacha ingenua. Y solo los ganadores tienen derecho a un deseo de esta corona —replicó.

La tensión era tan palpable que centelleaba en relámpagos invisibles. Los centinelas que custodiaban a la reina dieron unos pasos que los acercaron al trono. Foxina observaba desde su mullido cojín. Su cola rojiza la envolvió de manera cauta.

—No hay ninguna regla que le impida al ganador regalar su deseo —habló una voz ronca y profunda.

El Rey de los Pucas dio un paso hacia un claro en el que lo iluminó un rayo de luna. Su figura quedó visible, como si estuviera bajo un reflector. Una temible rata en una flameante capa roja. Un rey con la sombra de un monstruo.

—¿Qué sabe una criatura tan nefasta acerca de un torneo que celebra el encanto? —Las malvadas palabras de la reina fueron un viento gélido.

—Sé que la luz engaña a los ojos —respondió Valdemar en tono peligroso.

La mirada de odio que intercambiaron me hizo tragar saliva.

—Por favor, me gustaría mi deseo —dijo Tamelina.

Habló sin miedo; su mentón en alto. Alguien me apoyó la mano sobre el hombro y me dio un apretón. Lindy. Su mirada estaba fija en sus hermanos y se veía pálida.

—Espero que sepáis lo que estáis haciendo... —susurró para sí.

La Reina de las Hadas miró a Tamelina como si fuera una molestia de la que estaba ansiosa por deshacerse. En su figura humana era bastante más alta que la niña.

—El deseo es una recompensa para aquellos que han entretenido a las estrellas con su talento. Esta pequeña no ha participado de Clair de Lune, por lo que...

Un destello blanco zumbó a meros centímetros de la reina y dio contra una de las figuras inmóviles tras el trono. El *splat* que hizo al resbalar sobre la armadura reveló que era una bola de nieve. Alguien se la había arrojado a uno de sus caballeros.

Ese alguien era Luka.

—Entrégale la corona, Merea. ¿O le temes a una niña? —la desafió el príncipe.

Por un momento, el bosque pareció exhalar en suspense; al siguiente, todo giró fuera de control. Merea les ordenó a sus caballeros que contuvieran a los Pucas al mismo tiempo que estos se dispersaban dando saltos y piruetas.

La multitud de espectadores quedó atrapada en el medio. Algunos gritaron debido a la sorpresa, mientras que otros estallaron en risitas ebrias. Los animales fueron los más veloces en reaccionar, trepando troncos y enterrándose bajo la nieve azucarada.

—¡¿Lindy?! —pregunté sin saber qué hacer.

—¡Quedaos juntos!

Algo húmedo impactó contra mi hombro, tumbándome hacia un lado. La bola de nieve me había dado con tal fuerza que sentí ardor en la piel. Desde el suelo, el caos se volvió peor. Podía ver siluetas corriendo. Botas enterrándose en la nieve. Nuevos destellos volando en distintas direcciones.

—¿Alex? ¿Estás bien? —Harry se agachó a mi lado.

—Eso ha dolido... —dije frotándome el hombro.

Mi cuerpo titiritó de frío. No llevaba más que el vestido que había usado para patinar. Harry se quitó su chaqueta de soldado y me la ofreció.

—Pareces helada —dijo ayudándome a pasar el brazo por la manga.

—Gracias.

Oí nuevos zumbidos y cerré los ojos de manera instintiva. Una llovizna fría me salpicó las mejillas, como si alguien la hubiera interceptado antes de que me alcanzara. Abrí un solo ojo... espiando. Harry tenía la mano extendida. Aunque él no había sido quien la había parado. De pie, frente a los dos, un muchacho de pelo negro sostenía una espada. Restos de nieve resbalaron sobre su hoja.

—¿Sirien?

El príncipe de Lussel de Abajo se dio vuelta y me dedicó una sonrisa con hoyuelos.

—Estos Pucas sí que saben arrojar bolas de nieve, son como balas de cañón —dijo.

Asentí en señal de acuerdo. Sirien me ofreció la mano para ayudarme, pero la dejó caer de manera incierta al ver a Harry. Los dos chicos intercambiaron miradas curiosas. Nunca había pensado que vería a Sirien y a Harry Bentley lado a lado. El encantador príncipe y el vecino más lindo de la historia. Harry era un poquito más alto.

—Él es mi amigo, Harry —lo presenté—. Harry, él es Sirien, el prí...

—El famoso príncipe de Abajo de Lussel —terminó Harry por mí.

—Lussel de Abajo —lo corregí.

—¿Debo hacer una reverencia o algo? —habló mitad en broma y mitad en serio.

Sirien le extendió la mano a modo de saludo.

—No es necesario. Es un placer conocer a un amigo de Alex —dijo en tono sincero.

—Lo mismo digo. Gracias por evitarnos un golpe de nieve —respondió Harry.

Apenas terminó de decir las palabras antes de que otra esfera blanca volara hacia nosotros, pasando a meros centímetros de la punta de su nariz. Los caballeros de la reina estaban en plena batalla contra las elusivas siluetas de los Pucas. Vi a uno de ellos esquivar la estocada de una espada con un ágil salto en el aire. Los hombres con armaduras se valían de sus armas, mientras que los roedores saltaban de sombra en sombra y arremetían con veloces bolas de nieve.

—¡Alex! ¡Venid aquí! —gritó Glorian.

El joven estaba conjurando un fino manto de humo que se solidificó entre el espacio que separaba dos troncos. Un fuerte de cristal. Lindy, Arlen y Tamelina corrieron detrás y nos apresuramos a unirnos a ellos.

—¿Por qué está pasando esto? Mi tía solo tenía que concederle el deseo a Tamelina... —dijo Primsella.

El hada aún seguía en su forma humana y estaba cubriendo a Glorian, interceptando bolas de nieve con una rama, dándole tiempo a completar su hechizo.

—Estoy segura de que Merea les hizo algo a los Pucas para que tuvieran ese aspecto, hay algo malvado oculto en sus sombras... —dije, asomándome sobre el muro de cristal—. Cuando estábamos en la montaña tuvimos pesadillas y Luka dijo que la reina se haría un festín con ellas.

—Nuestra magia viene de sueños alegres, no de pesadillas —dijo el hada.

—Es posible que la reina haya descubierto una nueva fuente de poder —respondió Glorian.

Uno de los caballeros que antes había sido un hado con alas de colibrí se acercó con la espada en alto y los ojos fijos en Tamelina. Los demás lo vieron. Arlen sopló una brisa de colores que lo distrajo lo suficiente hasta que Lindy lo derribó, arrojándole una piña de las que crecían en los pinos.

—¿Cuál es el plan?

Lindy intercambió una mirada con Glorian.

—El plan es poner esa corona en las manos de Tam —respondió.

Los hermanos asintieron en acuerdo.

—Eso, y evitar que nos dejen inconscientes de un golpe —agregó Harry.

—Muy de acuerdo —dijo Sirien—. ¿Cuán rápido puedes hacer una bola de nieve?

—Rápido. —Los ojos de Harry brillaron con el desafío.

—¿Alex? —Pasó la mirada a mí.

Una silueta brincó dentro del fuerte antes de que tuviera la oportunidad de responder. Algo me hizo cosquillas en la nariz, nublándome la vista con el pelaje blanco y negro. Una pomposa cola de mofeta.

—Lindo fuerte —comentó Romy.

Todos nos abrimos en un círculo dejándola en el centro. Apenas tuve tiempo de ver la segunda silueta que aterrizó a su lado. Un Puca cuyos pequeños ojos negros destellaban camuflados en un antifaz de mapache. Nash.

—¿Qué hacéis aquí? —pregunté.

Sirien levantó la punta de su espada de manera defensiva. La expresión de su rostro me dijo que temía que hubieran regresado a por él.

—¿Para qué bando estáis peleando? —preguntó Romy.

—Para el nuestro. El bando Glorian. —El Conjurador lanzó una esfera de cristal que dio de lleno contra uno de los caballeros de la reina.

Se deshizo en un estallido de humo que tragó su cuerpo.

—Eso es mejor que las bolas de nieve —admiró Nash.

Glorian torció los labios en una sonrisa peligrosa. Sus dedos liberaron nuevo humo que se volcó hacia el suelo, cubriéndolo por un velo de magia, que luego destapó para revelar decenas de esas mismas esferas traslúcidas.

—¡Genial!

Nash y Harry se agacharon a recoger una al mismo tiempo. Luego se miraron extrañados. Inseguros de si eran aliados o enemigos.

27

SPLAT, SPLAT, SPLAT

L a escena era sumamente confusa. Fuera del fuerte se había desatado una batalla entre hadas y Pucas. El bosque azul ofrecía escondites entre los árboles, y los rayos de luna que se abrían paso entre las ramas delataban la posición de quienes pasaban a través de ellos.

Podía ver siluetas resbalándose sobre el lago congelado. Luka estaba allí. El príncipe con cola de ratón se desplazaba con tal agilidad que era imposible de alcanzar. Esquivaba a sus atacantes como si se tratara de meros obstáculos. Sus ojos estaban fijos en la Reina de las Hadas.

Merea había alzado el báculo frente a ella, conjurando una columna de fría magia que la protegía de los ataques. El brillo de la corona escapaba de su otra mano.

—Esto es un completo desorden —dijo Tamelina.

La niña se puso de puntillas para poder espiar fuera del fuerte. Una bola de nieve impactó contra su boina, haciéndola volar.

—¡Tam!

Lindy la atrajo hacia ella, sacudiéndole la nieve del pelo.

—¿Dónde está Mela? —pregunté.

—Tenemos un plan. Está esperando su oportunidad —la niña habló en el mismo tono enigmático que su hermano mayor.

Alguien se acercó al muro del fuerte. Llevaba una capa violeta con la insignia de Lussel de Abajo. Finn. El comandante de la guardia real que viajaba con Sirien.

—Su alteza, es un alivio ver que ha regresado con nosotros. —Lo estudió con la mirada asegurándose de que estuviera bien—. ¿Cuál es el plan?

Sirien miró a Romy y a Nash, inseguro de qué hacer. Por supuesto, no quería ayudar a sus captores, pero teníamos que hacerlo. El *tu-tuc, tu-tuc, tu-tuc* de mi corazón me dijo que era lo correcto.

—Actuaron mal porque no les quedaba otra opción. Fue la única manera de poder participar en Clair de Lune —dije—. Están viviendo una pesadilla. Una que nosotros solo debemos enfrentar en sueños. Si Tamelina puede ayudarlos, entonces necesitamos conseguirle esa corona.

Miré a Sirien de manera implorante. Tenía buen corazón. Sabía que podía contar con él. Pasó su mirada de mí a Romy.

—¿Queréis nuestra ayuda?

—Sí —respondió la chica Puca.

—Usemos estas para dejar vulnerable a esa bruja —propuso Nash levantando una de las esferas.

—¡Ey! ¡Mi tía no es una bruja! —protestó Primsella.

Sirien, Harry y Arlen intercambiaron miradas conspirativas. Parecían compartir el entusiasmo de tres niños a punto de liderar una batalla de nieve. Tomé una de las esferas y sentí su superficie fría en mis manos. Chispas de adrenalina cosquillearon sobre las yemas de mis dedos.

—Hagámoslo —dije.

—Ese es el espíritu, Alex. —Harry levantó la palma de la mano para chocarme los cinco.

Llevar su chaqueta con aquel estilo casual que imitaba el de un soldado me hizo sentir como uno. Un soldado con una misión. Era divertido, un poco aterrador y definitivamente emocionante. Tomé algunas de las esferas y me las guardé en el bolsillo del abrigo.

—Romy, Nash, vosotros encargaos del flanco izquierdo; Lindy y Arlen, del derecho; Harry, Alex y yo, del centro…

Sirien habló en un tono serio que me recordó a cuando jugábamos a Destruye el Fuerte y planeaba las estrategias.

—Alex y Tamelina se vienen conmigo —intervino Glorian—. Vosotros encargaos de distraer a quienes nos obstruyan el camino. Nosotros haremos el resto.

Una espada arremetió contra el muro de cristal intentando quebrarlo. Todos reaccionamos al instante. Varias esferas volaron al mismo tiempo, impactando al caballero en distintas partes del cuerpo.

Splat, splat, splat.

Liberaron estallidos de humo que crecieron alrededor del fuerte.

—Ahora. Salid por el lado —nos indicó Glorian.

Tamelina y yo seguimos la cola de su abrigo. Fuera de las paredes del fuerte, todo se volvió oscuro y confuso. La luna solo iluminaba lo suficiente para poder distinguir un camino entre los pinos. Distintas siluetas no tardaron en querer atacarnos, pero decenas de esferas nos fueron abriendo el paso. Las de Arlen incluso brillaban con colores.

—¿Cuál es el plan? —pregunté.

—Encontrar un punto de ventaja que me dé espacio para un tiro preciso —murmuró Glorian.

El horror y la exaltación me invadieron en igual medida. ¿Para quién era ese tiro? ¿Cuáles serían las consecuencias?

Oí movimiento sobre los árboles. Al levantar la mirada vi a un Puca con alas de murciélago que se sostenía sobre una rama. Flip. Estaba arrojando piñas sobre las hadas que pasaban cerca.

—¡Tú! —Glorian lo señaló—. Llévale un mensaje a ese molesto príncipe vuestro. Dile que, si distrae a la reina, les conseguiré ese deseo.

Flip lo miró inseguro.

—¡Hazlo! ¡Queremos ayudar! —lo apresuré.

Desapareció entre las ramas moviéndose en silencio. De una clase de Biología, recordé que los murciélagos usaban un sistema de radar para localizar objetos en la oscuridad. Me pregunté si podría seguir la trayectoria de todas las bolas de nieve. Eso sería genial.

—Alex, cúbreme. Tam, espera a Mela —nos indicó Glorian.

El alto joven reposó el hombro contra un tronco, espiando hacia donde la Reina de las Hadas se escondía tras lo que quedaba de su escolta.

Tomé una de las esferas del bolsillo del abrigo, rebosando de adrenalina. Glorian me había pedido que lo cubriera. Confiaba en mí. En que podía hacerlo. Miré en todas direcciones y al primer indicio de movimiento liberé la esfera de mi mano sin esperar a ver quién era.

Splat.

Una vez que el humo se disipó me alegré de ver al Puca con orejas de gato y sonrisa burlona. *Splat.* Le tiré otra esfera, por si acaso.

—Bien hecho, pececito.

Eso era demasiado divertido. Nunca había estado en una pelea de bolas de nieve. En especial, una con bandos enemigos.

—Allí esta Luka —señaló Tamelina.

El príncipe corrió por el bosque dando veloces saltos sobre manos y pies. Su larga cola azotó la nieve con la fuerza de un látigo. La Reina de las Hadas apenas tuvo tiempo de retroceder antes de que el feroz rugido de un oso la tomara desprevenida. Mela atrapó el báculo entre los dientes y se lo quitó de un tirón.

La escena robó mi atención y me distrajo de ver la espada que por poco lastima el brazo de Glorian. Lo hubiera hecho de no haber sido por el veloz destello color menta que impactó en la mano del atacante con una explosión de polvo de hadas.

Primsella.

Glorian la miró de reojo, atónito.

—Eso ha estado cerca —murmuró.

—Sí que se ha encariñado contigo ese diablillo si ha atacado a uno de los suyos —notó Tamelina.

—¡Lo siento! ¡Tendría que haber estado más alerta! —me disculpé.

El joven volvió su atención al objeto que había estado conjurando. El humo se desvaneció y dio forma a un arco y una flecha. Sus ojos se entrecerraron en un blanco. Apenas tuve tiempo de respirar antes de que la flecha de cristal saliera despedida. Cortó un trayecto por el aire, reflejando luz de luna, voló a la altura de la mano de la reina y se clavó en un gran pino azul.

Un brillante halo colgó atrapado en la punta de la flecha.

La corona de estrellas.

—Tam, ahora.

Tamelina se apresuró en dirección a Mela. La niña trepó sobre el lomo de la osa y las pesadas patas del animal salpicaron nieve en un trote.

—¡DETENEDLA!

La voz de la reina tocó una escalofriante melodía de horrores afilados y pesadillas sin final. A pesar de tener la apariencia de una mujer y la belleza romántica de un hada, también tenía el corazón negro de un cruento bosque de invierno que se había congelado en una noche sin luna.

—¡PROTEGED A ESA NIÑA!

El rey Valdemar dio su propia orden apuntando con una espada. Se mostraba imponente. Esperanzado. La corona en su cabeza y la capa roja a su espalda relucían gloriosas.

Los que quedaban de ambos bandos se precipitaron tras la osa, chocando entre ellos. El Bosque de los Sueños Olvidados ya no parecía un lugar melancólico. Los tonos azules se habían oscurecido hasta imitar un tempestuoso cielo nocturno.

—¡Vamos! —dijo Glorian.

Una de mis botas se atascó en la raíz de un árbol y tuve que hacer un esfuerzo por ir tras él.

Splat.

Fría nieve me golpeó en la nuca, haciendo que aterrizara sobre mi rostro. La escena frente a mí me hizo sentir desorientada. Veloces destellos blancos y remolinos de siluetas aparecían y desaparecían al lado de mis ojos. Y como si eso fuera poco, humo lila serpenteó entre los pinos, provocando una densa llovizna de flores.

Lindy. Reconocí su magia en las florecillas blancas que invadieron el aire al igual que un diluvio de copos de nieve.

—¡NOOOO!

La furia de la voz de la reina hizo que me cubriera los oídos. Tamelina alcanzó el árbol donde se había clavado la fecha. La niña se plantó sobre el lomo de Mela y sus pequeñas manos lograron asir la corona.

—¡Sí! —exclamé para mí misma.

Un segundo grito de la reina envió lo que solo podía describir como una granada de polvo de hadas que estalló con el impacto de una tormenta de arena.

Brillante. Espeso. Denso al igual que tinta.

Negro.

El color de las pesadillas que había devorado.

Negro.

El vacío al fondo de un lago.

Negro.

El color que sombreaba la perla de su dedo.

Aquel tormentoso estallido devoró las figuras de Tamelina y Mela; aunque solo durante un momento. Luz plateada delineó sus siluetas con la magia de la corona. Con la luz de mil estrellas.

—Alex, ve por Tamelina, llévala al lago.

Glorian me dedicó una sonrisita de diablo antes de volver su atención hacia adelante. El Conjurador de Cristales lanzó sus esferas en todas direcciones. *Splat. Splat. Splat.* Impactaron contra Pucas, hadas y humanos. *Splat. Splat Splat.* Golpearon a la reina Merea, al rey Valdemar y al príncipe Luka.

El bosque mismo exhaló, sorprendido.

Guau, Glorian no hace diferencias con respecto a sus enemigos, pensé. O tal vez siempre había querido arrojar esferas de nieve cristalizada a personas que llevaban coronas.

Saqué ventaja de la situación y me apresuré hacia Tamelina. La niña se sacudía el polvo de pesadillas que le cubría el vestido. Debió de haberse caído de Mela tras la explosión.

—Glorian ha dicho que vayamos al hielo —dije ofreciéndole mi mano.

Corrimos juntas. La luminosa corona que portaba nos convertía en un blanco fácil de seguir. Podía oír pisadas tras nosotras. Caballeros con voces fatigadas exigiendo que nos detuviéramos.

Mis botas resbalaron sobre la superficie del lago. Sin el filo de los patines apenas logré mantener el equilibrio. Tamelina por poco cae, pero la sostuve del cuello de su vestido.

Éramos dos niñas al borde de un bosque invernal.

Sobre el hielo.

Tomé la última esfera que me quedaba en el bolsillo del abrigo y se la arrojé a una figura con armadura que por poco nos alcanza.

El humo que se liberó por el impacto voló sobre mi rostro. No podía ver. Los latidos de mi corazón se oyeron más altos.

Tu-tuc, tu-tuc, tu-tuc.

La mente me llevó a un salón espejado en un estudio de danza. A la pequeña figura de Clara Stahlbaum perdida entre dos ejércitos. Lo importante era no dejar que el miedo me paralizara.

Apreté la mano de Tamelina dentro de la mía y la impulsé a pasos cortos hacia el centro del lago.

El aire silbó frío.

La superluna nos salpicó de luz.

Una vez que el humo se hubo disipado, me sorprendí al ver a un grupo de personas cortando el paso hacia el lago para que no pudieran seguirnos: Glorian, Lindy, Harry, Arlen, Sirien, Primsella, Mela, Romy, Nash, Flip. Incluso Luka.

Verlos allí me dio valor. Amistad. Lealtad. Empatía. No había nada más importante que eso.

—¿Lista para pedir ese deseo? —pregunté.

—Sí —respondió Tamelina.

28

EL DESEO DEL GANADOR

Tamelina extendió la corona hacia el cielo. La cegadora luz que se tragó su figura hizo que me cubriera los ojos. Todo se volvió resplandeciente. Sentí como si estuviera recostada sobre el hielo viendo una lluvia de estrellas.

Intenté moverme para darle espacio. Tamelina no me soltó los dedos. Era su modo silencioso de pedirme que me quedara junto a ella. Le di un pequeño apretón respondiendo que lo haría.

Tal vez… ambas compartíamos el mismo deseo. Había fuerza en eso. En dos corazones pidiendo lo mismo.

—¡NO TE ATREVAS, PEQUEÑA MOCOSA!

Una nueva marea de polvo de hadas se alzó a la distancia. Centelló tempestuosa. Meció el aire en olas de tul negro que se tragaron el azul del bosque. El viento cargó voces de niños llorando. De adultos inhalando aterrorizados. Era el poder que la reina había absorbido de las pesadillas causadas por los Pucas.

No venía del báculo, sino de Merea, de sus alas.

Noté la mano de Tamelina, fría dentro de la mía.

—Estoy aquí —le recordé—. Tus hermanos, Mela, todos están aquí.

La Reina de las Hadas condujo su tempestad de odio hacia nosotras. Creció alta. Una ola que rompería despiadada.

Vi el pelo de Lindy volando al igual que una cinta rosa. La Conjuradora de Flores fue la primera en enfrentarla. Convocó cientos de florecillas lilas que volaron hacia el corazón de la ola al igual que una bandada de golondrinas. Le siguieron los colores de Arlen. Los cristales de Glorian. Los copos de nieve de Primsella. Los rugidos de Mela. Y decenas de esferas blancas que Harry y Sirien arrojaron al unísono.

—Todos están aquí —repetí.

Di un paso hacia adelante de manera protectora, por si la magia de la cruel reina nos alcanzaba. La mano de Tamelina seguía en la mía y no iba a soltarla. No tenía mi espada de cristal. Ni más esferas de nieve. Sin embargo, la escena frente a mí me enseñó que no había arma más poderosa que la amistad. Que los sueños y los buenos deseos.

—Creo en ti, Tam. Puedes hacerlo —la animé.

El rostro de Tamelina me devolvió una mirada decidida. Alzó la corona una vez más, trazando un halo de luz a nuestro alrededor.

—Deseo que todos vean a los Pucas de la misma manera en que los veo yo —le pidió a la corona.

Habló en tono suave. Apenas logré escuchar sus palabras. Eran distintas a las que había pedido dentro de mi mente, pero el sentimiento era el mismo. Que los Pucas fueran libres del monstruo de sus sombras. Que ya no causaran pesadillas.

La luz de la corona se disparó en cientos de saetas que estallaron al igual que fuegos artificiales. Era como estar en el centro de una constelación. Miré fascinada, envuelta en el silencioso estallido de luz. Los dedos de Tamelina se volvieron cálidos. Su pelo se agitó alrededor de su rostro, haciendo que pareciera un pequeño ángel de nieve.

En un momento, el mundo se deshizo en luz.

Suspendido entre el hielo y la luna.

Al siguiente, reapareció en un cielo nocturno y un bosque azul.

Las saetas de plata se fraccionaron en una llovizna que empapó a los Pucas. Se sumergieron en sus sombras, como si se tratara de charcos, iluminándolas desde adentro hasta expulsar resplandeciente polvo negro.

Luka cayó de rodillas. Tosió la misma magia que escapó de su sombra. Romy tenía ambas manos en su garganta. Nash se retorcía sobre la nieve. El rey Valdemar yacía a los pies de un árbol. Temblaba con tanta fuerza que la corona se le había caído de la cabeza.

Susurros de alarma llenaron el espacio. Los habitantes de la Aldea de Azúcar comenzaron a salir de sus escondites para ver lo que estaba sucediendo. Parecían sombríos. Tenían las miradas desorientadas, como si estuvieran despertando de un sueño.

—Lo hiciste —dije, asombrada.

—Lo hicimos —respondió Tamelina.

La corona había perdido su luz. Era una hermosa confección creada por estrellas de distintos tamaños. Pensé en su deseo. ¿Podría ser... que siempre hubiera visto lo que eran? ¿Qué hubiera visto a través de la ilusión creada por las sombras?

Su mejor amiga era una gran osa a la que muchos consideraban feroz. No era alguien que se sintiera intimidado por lo salvaje. Sonreí. Tamelina se escondía detrás de vestidos y modales pretenciosos, pero no tenía duda de que su corazón era tan grande como el de sus hermanos.

—¡Alex! —Harry agitó la mano en el aire.

Oírlo gritar mi nombre hizo que los pies se me movieran por sí solos. Debía tener un aspecto horrible. Tenía el pelo cubierto de polvo de hadas y su chaqueta me quedaba grande.

Nos recibieron con abrazos y gritos de triunfo. Lindy besó en la cabeza a Tamelina y luego a mí.

—Mis pastelitos favoritos.

—¿Los Pucas? ¿Están bien? —pregunté.

Romy fue a la primera que vi. Había dejado de toser y se estaba inspeccionando. El cambio en su apariencia era evidente. Todavía tenía pelaje blanco y negro en las mejillas, nariz negra y una pomposa cola de mofeta. Pero era una belleza silvestre libre de la oscuridad que había distorsionado sus rasgos en algo siniestro.

El sonido de una carcajada victoriosa resonó por el bosque. Luka celebraba, incapaz de controlarse. Su rostro conservaba similitudes con el de un roedor, pero sin la segunda piel de sombras había algo intrigante, e incluso atractivo, con respecto a su rostro.

Un salvaje príncipe del bosque.

Pero el cambio más drástico fue el del rey Valdemar. Ya no era una nefasta rata, sino un hombre con rostro de ratón. Los agujeros de sus orejas habían sanado, sus dientes estaban igualados y, lo más destacable, sus ojos eran del mismo color que un campo de trigo.

—A eso lo llamo yo una transformación —dijo Harry, boquiabierto.

—Eso explica por qué me causaron pesadillas —asintió Sirien.

Tamelina marchó hacia la reina Merea con el mentón en alto y la corona en la mano. La mujer parecía atragantada de furia. Estaba de pie frente al trono roto. Sin caballeros que la rodearan.

Noté que la perla de su dedo tenía la superficie quebrada y ya no exhibía más colores.

Muchos la miraban con sospecha, aunque nadie parecía dispuesto a hablar en su contra. Esperaba que la luna se escondiera pronto. En su forma de hada, al menos era más pequeña. El odio negro en sus ojos sería más fácil de ignorar.

—Te devuelvo tu corona, Reina de las Hadas.

Tras una pequeña reverencia, la niña le dio la espalda.

29

La Montaña Esmeralda

El rey Valdemar hizo un gran banquete en honor a Tamelina. La celebración sirvió de agradecimiento y de despedida. Tras Clair de Lune, los habitantes de la Aldea de Azúcar cambiaron su actitud con respecto a los Pucas. Incluso se acercaron a la montaña, cuyo pico ya no estaba coronado por neblina y relámpagos, a ofrecer cartas de disculpas y obsequios.

Nadie parecía dispuesto a acusar a la Reina de las Hadas de haberlos hechizado para que quienes los vieran tuvieran pesadillas. Lo cual era injusto. Pero suponía que le tenían miedo. O tal vez no quisieran estar en conflicto con las hadas.

Eso era lo que había dicho Lindy.

Suponía que a veces los villanos se salían con la suya. Que en el día a día no había un «Y vivieron felices para siempre» o «La bruja fue desterrada al olvido», como sucedía en los cuentos.

Sino algo entremedio. Un mañana.

Romy y los demás nos invitaron a sentarnos junto a ellos durante el banquete. Al principio fue un poco incómodo, silencioso, pero luego Harry y Nash se perdieron en una charla sobre los mejores momentos de la batalla de nieve. Sirien se les unió. Luego Flip. Y, para sorpresa de todos, también Luka.

El príncipe de los Pucas aún tenía unos modales terribles, aunque la forma en que cerraba las manos en puños de manera inconsciente, esperando una pelea, me decía que aún estaba a la defensiva.

Seguía sin caerme bien. Si tuviera la oportunidad de lanzarle un zapato, seguro que lo haría. Pero esperaba que ya no se sintiera atrapado en una pesadilla.

—Espero que la vegetación de la montaña crezca de nuevo. Que vuelva a ser la Montaña Esmeralda.

Romy asintió.

—Ya no hay más nubes tapando el sol. —Hizo una pausa y agregó—: Me caes bien, Alex. ¿Hay algo que pueda hacer para disculparme por lo que hicimos?

La Puca mofeta estaba comiéndose uno de los dulces de Tamelina y tenía crema batida sobre la nariz. Éramos tan distintas y, a la vez, veía partes mías en ella. Le ofrecí una servilleta acompañada de una sonrisa.

—Mmmm —lo pensé—. ¡Me puedes enseñar a hacer nudos! Siempre he querido aprender a hacer un buen nudo de esos que hacen los piratas.

—Hecho.

Convenció a Flip de que se prestara de voluntario para que pudiéramos practicar con él. Romy me enseñó paso por paso hasta que logré atarle las muñecas con un nudo experto.

No era una habilidad que pudiera usar en casa. Al menos, no lo creía. Pero saber que podía hacerlo era un secreto que estaba contenta de guardar.

¿Quién sabía si algún día harían un ballet sobre piratas?

Disfrutamos de pasar un buen rato hasta que llegó la hora de despedirse. La fiesta de cumpleaños de Celestia era la noche siguiente, y teníamos que continuar el camino hacia su castillo. No podía esperar a verla y contarle todo lo sucedido. Oír sus propias historias. Estar a su lado cuando soplara sus velas de cumpleaños.

Tras regresar a la posada y despedirnos de Evi y Edgar, fuimos a los establos a buscar a la pareja de burritos. Y allí encontramos a Primsella. Sin la luna llena, había regresado a su forma de hada. Su pequeña figura estaba sentada entre las orejas de Nimbi. Las alas de mariposa de su espalda se veían caídas.

Al vernos, se apresuró a limpiarse los ojos como si hubiera estado llorando.

—¿Primsella? ¿Qué tienes? —preguntó Lindy.

—No es nada. Solo que… mi tía está furiosa conmigo por haberos ayudado, me ha dicho que ya no soy bienvenida aquí.

La Conjuradora de Flores se acercó a ella con una expresión amable.

—Todo va a estar bien. Tienes tu propio bosque, una vez me contaste que te encanta vivir allí porque puedes disfrutar de la nieve sin el clima frío.

Asentí. Recordaba aquel hermoso bosque cubierto de luminosa nieve color menta que no era húmeda, sino suave al igual que algodón.

—Lo sé. Pero el camino de regreso es largo y recorrerlo sola es aburrido —dijo con su voz cantarina—. Ha prohibido al resto de las hadas que vinieran conmigo.

Dejó escapar un hondo suspiro que agitó diminutos copos de nieve fuera de sus alas.

—Olvídate de aquel malvado diablillo de los mil nombres. Ven con nosotros.

Primsella, Lindy y yo tragamos aire al mismo tiempo. La elegante figura de Glorian reposaba contra el marco de la puerta que daba a los establos. No era que estuviera allí. Era lo que había dicho. La manera en que lo había dicho.

—¿De verdad? —preguntó el hada.

—De verdad —respondió el Conjurador.

Las alas de Primsella se agitaron en un revuelo de escarcha y polvo de hadas.

—¿Me estás invitando a ir contigo?

—Con nosotros. Somos un grupo grande. —Glorian desvió la mirada, restándole importancia—. Puedes acompañarnos a la fiesta de la princesa Celestia y luego de regreso a Lussel de Abajo. Tu bosque está detrás de nuestra casa.

Primsella se sostuvo en un vuelo pausado frente al rostro del joven.

—Eres el más maravilloso, mi querido Glorian —dijo, rebosante de alegría.

Se impulsó hacia adelante, cerrando los ojos como si fuera a darle un beso. El Conjurador de Cristales se movió hacia un lado, esquivándola.

—«Maravilloso» es mi quinto nombre —dijo caminando hacia fuera.

30

LUSSEL DE ARRIBA

Lo que quedaba del camino hacia Lussel de Arriba nos llevó por un paisaje que parecía hecho de hielo. Los árboles ya no eran pinos azules, sino cerezos blancos. Como si un hada los hubiera puesto a dormir bajo un hechizo de invierno. Y habíamos visto osos polares. De no haber sido porque llevaban bufandas rojas los hubiéramos confundido con muñecos de nieve.

El castillo en el que vivía Celestia no se alzaba en torrecillas altas ni en muros de perla como el de Sirien, sino que se extendía a lo ancho. Era una bonita construcción de piedra gris cubierta de enredaderas con florecitas rosas y blancas que parecían sobrevivir al frío. La hilera de ventanas indicaba que tenía tres plantas. Cuatro torres redondas se elevaban desde cada esquina.

Parecía el castillo de un viejo cuento de hadas. Un cuento más silencioso, con una princesa risueña y un hechizo escondido tras los muros.

—El de Lussel de Abajo parecía sacado de un parque de Disney, este me recuerda a verdaderos castillos, como los que hay en casa, o en Escocia, Irlanda... —dijo Harry.

Asentí.

—Estaba pensando lo mismo.

Harry llevaba las riendas de Pintitas en una sola mano y parecía mucho más cómodo que hacía unos días. Sirien le había dado algunos consejos sobre cómo montar, además de lecciones con la espada. Se estaban volviendo buenos amigos.

—Este es el castillo de invierno, el de verano es una réplica del de mis padres. Como los dos castillos de la insignia de los lussines —nos contó Sirien.

La chica que nos recibió en la entrada no era la princesa cisne de mirada perdida a la que había conocido en un lago solitario. Celestia se veía fuerte. Alguien real. Una chica de catorce años con pelo rubio que le llegaba a la altura de los hombros, cautivantes ojos color ámbar y una sonrisa que me recordaba a la luna.

—¡Alex!

Llevaba un largo vestido de traslúcida tela clara con flores de magnolia en tonos pastel.

—¡Celes!

Salté de la carreta y nos fundimos en un gran abrazo. Pensé en la última vez que nos habíamos visto, en la forma en que Celestia había tocado su corazón, luego el mío, y me había dicho: «Hasta que volvamos a vernos».

—Estoy tan feliz de verte de nuevo —dije sin soltarla.

—¡Yo también! Fue mi deseo de cumpleaños.

Una sensación cálida me llenó el pecho. Quería creer que los deseos de Celestia siempre me traerían de vuelta a Lussel. Lo había hecho la primera vez, cuando había pedido un deseo a una estrella fugaz y había podido regresar gracias a su invitación.

—En mi próximo cumpleaños desearé que tú vengas de visita a Bristol —le dije.

—Trato hecho.

Sirien esperó a un lado, contento de vernos reunidas, hasta que fue su turno de saludarla. La forma en que Celestia le rodeó el cuello con los brazos y le dio un beso en la mejilla fue de lo más adorable. Verlos juntos me hizo pensar en que los finales felices sí eran posibles. Que había amistades que podían florecer en algo tan mágico como las flores de Lindy.

—Hay alguien a quien quiero presentarte —dije sin poder contenerme—. Él es mi amigo, Harry Bentley.

—Hansel. Es Hansel, el chico de los establos —intervino Glorian entre dientes.

Suponía que era un poco tarde para eso. Y Celestia nunca diría nada que nos causara problemas. Harry se pasó los dedos por el pelo para intentar peinárselo antes de inclinarse en una gran reverencia. Parecía un poco nervioso, consciente de que Celestia era una princesa y la construcción a su espalda era su castillo.

—Su majestad, es un gusto.

—Los príncipes y las princesas son «su alteza» —lo corrigió Tamelina.

—Y esa reverencia ha sido exagerada —agregó Glorian.

La niña y su hermano intercambiaron una sonrisa cómplice. Cuando estaban juntos eran terribles. Harry puso los ojos en blanco sin hacerles caso.

—Me han llegado rumores de que hubo problemas en la Aldea de Azúcar, algún conflicto entre Merea y los Pucas... ¿Por eso habéis tardado? —preguntó Celestia.

—Tenemos mucho que contarte —respondió Sirien.

Una vez que todos saludaron a Celestia, la princesa nos guio hacia el interior de su hogar. Primsella revoloteó a su lado, con sus copos color menta guiando el camino al igual que migas. El salón que nos recibió estaba decorado para una celebración; estandartes con un castillo hacia arriba en tonos burdeos y dorados, arreglos florales, una interminable mesa de banquete y guirnaldas de colores.

—Estábamos esperándoos para terminar con los preparativos. Sentaos a comer algo y luego...

Los Conjuradores se dispersaron por el salón antes de que Celestia pudiera terminar de hablar. Tamelina se acercó a la mesa y volcó su magia de plato en plato, creando dulces que me hicieron rugir el estómago. Glorian se paseó, agregando esculturas de cristal aquí y allá. Lindy les dio vida a los arreglos florales. Y Arlen conjuró un arcoíris que se entrelazó con las guirnaldas.

—Nunca me he sentido tan poco útil —dijo Harry.

Sirien, Celestia y yo asentimos al unísono.

—La fiesta no es hasta la noche, ¿qué me decís de un juego de Destruye el Fuerte? —preguntó Sirien, sonriente.

El príncipe se remangó la camisola sin poder contener el entusiasmo.

—¡Voto «sí»! —Harry levantó la mano.

—¿Chicas contra chicos? —le pregunté a Celestia.

—No puedo pedir una mejor compañera. —La princesa pasó su brazo por el mío.

• • •

Jugamos a Destruye el Fuerte durante la mayor parte de la tarde. Era parecido al fútbol, solo que había varias pelotas, las cuales simulaban ser balas de cañón y se podían arrojar con las manos, y los arcos eran portones de madera. Otros chicos también se nos unieron y al final llegamos a un empate. Había olvidado lo divertido que era pertenecer a un equipo o escuchar gritos con indicaciones que me resultaban muy graciosas, como: «¡Tu flanco izquierdo está descubierto! ¡Ataca ese portón!».

Nunca escucharía nada parecido en ballet.

Lo disfruté tanto que me aferré a ese tiempo que pasé entre amigos. Tenía que recordarlo para cuando volviera a Bristol, encontrar la manera de dedicarle tiempo a bailar sin descuidar a las personas a las que quería o ponerme tanta presión.

Solo tenía trece años. Disfrutar de mi edad, de mi niñez, era algo que solo yo podía hacer por mí.

Un atardecer violeta nos envió a prepararnos para la gran celebración. El cambiador hizo que todos estuviéramos listos para un baile real.

Al entrar en el salón mis ojos se abrieron tan grandes que debí parecer un dibujo animado. Los Conjuradores habían hecho un trabajo increíble. Hermosas esculturas de cristal, flores, colores, y los dulces... tantos, tantos dulces. Sin mencionar un pastel de seis pisos decorado al igual que un bosque en primavera.

—Probar una de las ardillas de mazapán sería malo... ¿no? —me preguntó Harry.

—No si nadie nos ve.

Pero alguien nos estaba viendo. Mela. La gran osa lamía una galleta de miel sentada al otro lado de la mesa; tenía los pequeños ojos fijos en nosotros como si pudiera oler nuestras intenciones. Tamelina debió haberle pedido que custodiara el pastel.

—Creo que tendremos que esperar hasta que Celes sople las velas —dije.

Harry se quedó mirando a las ardillas un momento más antes de alejarse resignado. Tenían una pinta deliciosa. Cargaban nueces hechas de chocolate y crema batida.

La noche fue mágica. Como una boda. El año anterior habíamos ido a la boda de una amiga cercana de mamá y había tenido aquel mismo aire de ensueño. Sin mencionar que Olivia y yo habíamos comido y bailado tanto que nuestros estómagos terminaron más revueltos que una lavadora. Oli incluso se había descompuesto sobre un macetero en la entrada de casa.

Glorian, Lindy y Arlen hicieron un gran espectáculo que llenó el salón entero de *ohhhh* y *ahhhh*. Disfruté viéndolo junto a los demás sin tener que sentir nervios de que yo fuera la siguiente. Me encantaba estar arriba de un escenario, pero dejarme cautivar por otros artistas me parecía igual de especial. Tamelina también se había sentado con nosotros. En sus propias palabras: «Me gusta conjurar detrás de escena, no soy una entretenedora ambulante como mis hermanos».

Una vez que terminaron, el ambiente quedó sumergido en un tono festivo; música, danza, demasiadas voces hablando y riendo al mismo tiempo.

Noté que Celes se alejaba hacia una de las puertas sin decir nada. Momentos antes había tenido los ojos cerrados en una expresión abrumada. Busqué la mochila que había dejado en la entrada del salón y fui tras ella.

Vi la cola de su vestido desapareciendo tras una esquina. Era turquesa, y estaba adornada por mariposas de tul. Las seguí hasta una puerta; la habitación al otro lado tenía muebles cubiertos de sábanas blancas, el rastro de mariposas desaparecía bajo una mesa.

—¿Celes?

Moví la sábana, asomando el rostro. La princesa estaba sentada junto a un farol que iluminaba el escondite. Tenía las piernas retraídas contra el pecho y los brazos envolviéndole las rodillas.

—¿Estás bien? —pregunté.

—Hay veces en que estoy bien, pero otras… cuando me siento rodeada de sonidos y de personas… el ruido se vuelve demasiado alto. Siento una presión contra mi piel. —Celes se pasó una mano por el brazo—. No sé detenerlo.

El silencio en sus ojos ambarinos me transportó a un lago tocado por la luna. A un cisne solitario con una corona de cristal.

Gateé debajo de la mesa y me senté dejándole espacio. No dije nada. Solo escuché.

—El lago era tan sereno. Los sonidos se oían distintos, suaves, hojas que jugaban con el viento, los copos de nieve que danzaban silenciosos, los graznidos de los otros cisnes… las personas podemos ser muy ruidosas, todavía no me acostumbro del todo.

No podía imaginar lo que debía sentir. El contraste de un melancólico lago y la energía rebosante de una fiesta.

—¿Puedo hacer algo para ayudar? —pregunté.

Celes negó con la cabeza y sonrió un poquito.

—Que te preocupes por mí me ayuda. Me recuerda que no estoy sola; que, a pesar de que es algo abrumador, las personas en ese salón están allí porque quieren celebrar conmigo.

Se acomodó un mechón de pelo suelto detrás de su oreja. El gesto reveló a una chica llena de emociones distintas. Reconocí a la princesa vibrante de vida que nos había recibido esa mañana, pero también quedaba un poquito de la princesa encantada atrapada bajo plumas blancas.

Pensé en lo triste que me había sentido durante las últimas semanas; preocupada por bailar el papel del Hada de Azúcar, decepcionada porque creía que Harry le había dado un beso a Nadia, asustada de tener que dejar a mi familia para mudarme a la escuela de danza en Londres, e igual de asustada de que eso no sucediera.

—Está bien no estar bien. Hay mucho espacio en el medio entre sentirse invencible y esconderse debajo de una mesa. —Estiré la mano hacia la de Celes—. Podemos reclamar el espacio que queramos. Lo importante es que luego de refugiarnos durante un ratito, seamos valientes para salir de nuevo.

—Eso suena tan… reconfortante. Voy a pedirle a Arlen que coloree esas palabras en la pared de mi habitación —respondió Celes.

—¡No! ¿Y si luego cambias de opinión y no puedes borrarlas?

Intercambiamos una mirada que nos hizo reír.

—Te he traído un regalo. Feliz cumpleaños. —Le ofrecí el libro de *Peter Pan* que había buscado en mi mochila—. Mi mamá me lo leía antes de irme a dormir. Tiene ilustraciones muy bonitas. Es sobre un chico que no quiere crecer, vive en la tierra de Nunca Jamás. Para poder llegar hay que volar hasta lo más alto del cielo y girar en la segunda estrella a la derecha. Hay piratas, sirenas, un cocodrilo que se tragó un reloj…

Celes tomó el libro y lo abrazó contra su pecho.

—Suena asombroso. ¡Gracias, Alex! ¡Prometo cuidarlo!

Sonreí, contenta de que le hubiera gustado. No podía elegir volar a Nunca Jamás y no crecer, pero lo que sí podía elegir era no crecer demasiado rápido. Disfrutar de mis sueños al igual que Clara.

Estábamos viendo las ilustraciones del libro a la luz del farol cuando el ruido de pisadas nos hizo sobresaltar.

—¿Celestia? ¿Alex? —nos llamó la voz de Sirien.

Las dos asomamos la cabeza por la sábana al mismo tiempo.

—Tu escondite favorito. —Le extendió la mano a la princesa—. Es hora de soplar las velas. ¿Te sientes preparada? Puedo decir que no te he encontrado…

—No. Quiero hacerlo. Compartir el momento contigo, papá, mis amigos.

Al decir la última palabra, Celes me miró con ojos brillantes.

—Bien. Volvamos antes de que el novio de Alex no se contenga de robar una porción de pastel —dijo Sirien en tono chistoso.

—No es mi novio —respondí, avergonzada.

—Vi cómo estabais mirando esas ardillas de mazapán —insistió Sirien.

31

CATORCE VELAS

Al volver al salón, la orquesta estaba tocando una melodía lenta que invitaba a escuchar en lugar de a bailar. Sirien y yo acompañamos a Celes hacia el centro de la interminable mesa de banquete en la que estaba exhibida la tarta de seis pisos.

El rey de Lussel de Arriba esperaba a su hija con una expresión afectuosa. Era un hombre de perfil distinguido. Su pelo, al igual que su barba, era del mismo rubio claro que el de Celestia.

Estaba a punto de empezar a cantar «Cumpleaños feliz» cuando me di cuenta de que todos se estaban tomando de las manos en silencio.

Lindy, que estaba a mi lado izquierdo, cerró sus dedos sobre los míos, mientras que Celestia hizo lo mismo con mi mano derecha.

Lussel debía tener tradiciones distintas. Al menos había una tarta. Y también soplaban velitas.

—¿Qué está pasando? —le susurré a Lindy.

—Nos unimos para desearle buena fortuna a Celestia, para que su deseo se cumpla.

Eso explicaba por qué estábamos rodeados por rondas de personas tomadas de la mano. Celestia se acercó a la mesa. Catorce llamitas le iluminaron el rostro, pintándole las mejillas.

A su otro lado, Sirien le susurró algo al oído.

Celes sonrió.

Sus labios liberaron un soplido.

Una a una las velas se extinguieron en una espiral de humo.

El silencio que reinaba en la sala no se sintió vacío, sino cargado de buenas intenciones. Algunas personas tenían los ojos cerrados, otras abiertos, pero todas estaban sonrientes. Le deseaban cariño y felicidad a la princesa.

Suponía que era lo mismo que expresábamos en casa cuando cantábamos «Cumpleaños feliz».

El humo de las velas no había terminado de deshacerse hacia el techo cuando unos luminosos copos color menta llovieron sobre Celestia.

Primsella celebró creando un despliegue de fuegos artificiales.

Estruendos de aplausos llenaron el salón.

Apreté los dedos de mi amiga en un gesto que preguntaba: *¿Estás bien?* Celes me respondió con un suave apretón: *Sí.*

—¡Feliz cumpleaños! —exclamó Harry—. ¿Ahora podemos cortar el pastel?

Sirien y yo compartimos una carcajada.

—Si sigues insistiendo con arruinar este pastel, te daremos la última porción —intervino Glorian.

Harry puso los ojos en blanco. Glorian replicó el gesto. Nadie se animó a tomar el cuchillo y a enterrarlo en el primer piso de mazapán por miedo a hacerlo de manera incorrecta.

—Tam, ¿quieres hacer los honores? —preguntó Lindy.

La Conjuradora de Flores impulsó a su hermana pequeña hacia adelante. Tamelina se tomó su tiempo. Cortó porción por porción de manera experta, cada una del mismo tamaño exacto. Cuando finalmente pude llevarme un trocito a la boca por poco lloro de alegría. Era, sin lugar a dudas, el pastel más delicioso que había probado. Mejor que todos los pasteles de todos los cumpleaños a los que había ido. Mejor que los costosos dulces de la pastelería a la que nos llevaba mamá en Londres.

—Esto es...

—Voy a casarme con este pastel. Juntos para siempre —dijo Harry.

Tenía la boca tan llena que apenas logró decir las palabras. Y sus labios estaban cubiertos de chocolate. Lindy, Celes y yo intercambiamos miradas y nos deshicimos en risitas.

Dos porciones de pastel después, la orquesta retomó la música con un vals. Me encantaban los valses. Me recordaban a una escena del ballet *La bella durmiente* en la que había parejas de bailarines dando giros en un bosque.

Sirien le pidió la mano a Celestia en un gesto galante. Mis pies se movieron por sí solos, ansiosos por seguirlos a la pista de baile, en el centro del salón.

Un vals era un baile de dos. Harry seguía comiendo pastel y no conocía demasiado bien al resto de los chicos con los que habíamos jugado a Destruye el Fuerte.

Iba a ir a sentarme cuando una mano se tendió delante de mí en una invitación.

—¿Me concedes este baile, pajarito?

El pulso se me aceleró dulce, por todo el azúcar que había comido. La alta figura de Glorian resplandecía en un oscuro traje dorado. Sus ojos azules eran el corazón de un océano. Y estaba delante de mí. Invitándome a bailar un vals.

Abrí la boca al igual que un pez. Era más probable que soltara una burbuja en vez de una palabra.

Primero una S y después una Í. SÍ. Dilo.

—Sí.

—¿Por qué tan boquiabierta, Alex de Bristol? —preguntó Glorian, entretenido.

Porque eres el muchacho más mágico y talentoso que conozco. Y no puedo creer que vaya a compartir un vals contigo. Y es un sentimiento distinto al que siento por Harry, más como puro asombro y admiración, pero me hace sentir igual de avergonzada. Y... la vocecita de mi cabeza está fuera de control.

—Me encantan los valses —dije, un poco atolondrada.

—A mí también.

El Conjurador de Cristales me condujo hacia el círculo de parejas danzantes. Dejé que guiara, replicando sus pasos, y nos incorporamos al ritmo de la melodía con una emoción fluida. La composición era una que nunca había escuchado, obra de algún músico de Lussel; aun así, las notas musicales me engañaban con facilidad, haciéndome pensar en el vals de *La bella durmiente del bosque*. Era mi favorito. Había algo en él que era tan romántico y estaba lleno de ilusión.

Giramos entre coloridas figuras danzantes como si estuviéramos en un carrusel. Glorian era un bailarín espléndido. La cola de su traje dorado volaba con cada vuelta, tocando mi vestido celeste. Sabía que tendríamos un aspecto extraño. Por la diferencia de estatura. De edad. Una niña de Bristol y un Conjurador de Lussel. Pero estaba tan contenta de estar bailando con él que no me importaba.

—La sanguijuela parece que fuera a atragantarse —notó Glorian curvando los labios en una sonrisita que rozaba lo malvado.

Esperé hasta el próximo giro y eché un vistazo hacia las mesas. Harry nos estaba mirando, vigilante como una gárgola. Primsella aleteaba a su lado. Parecía ofendida. Movía las alas a tal velocidad que había derramado una pequeña montaña de polvo de hadas sobre el hombro de Harry.

—No es una sanguijuela —agaché la mirada y agregué—: Lo que escribí en esas cartas, de que estaba triste porque había besado a una chica llamada Nadia… me equivoqué, no sucedió.

Glorian hundió las cejas.

—Entonces, ¿lloraste por nada?

Asentí. Mi rostro enrojecido.

—De todos modos. Una sanguijuela es una sanguijuela —respondió, certero.

Los pies del Conjurador cobraron velocidad junto a la música. Podía ver a Sirien y a Celestia girando en el anillo de parejas. Lindy y Arlen los seguían de cerca. Estaba tan feliz de poder ser parte de ese momento en lugar de mirarlo desde afuera.

—Gracias por bailar conmigo. Y por haber venido a buscarme a Bristol —dije animándome a levantar la mirada—. Lindy y tú sois muy especiales para mí. La verdad es que os eché mucho de menos. Y cuando vuelva…

No quería pensar en ello. En lo triste que sería despedirse una segunda vez.

—Estaremos contentos de visitarte —dijo Glorian.

—¿De verdad? ¿Cuándo? ¿Debo esperar otra celebración?

Glorian puso una expresión enigmática que prometía un truco de magia.

—¿Puedes mantener un secreto? —preguntó, bajando la voz.

—Lo prometo.

Retiró la mano que reposaba ligera sobre mi espalda y la metió en el traje. Extrajo un pequeño objeto que resplandeció transparente bajo los candelabros. Una llavecita de cristal. Reconocí el diseño. Formaba una corona en el extremo opuesto de los dientes. Era igual a la que Sirien me había dado meses atrás para abrir el portal que me llevó de regreso a Inglaterra.

Glorian me dedicó una sonrisita torcida.

—¡Has hecho una copia! —adiviné.

El joven me guiñó un ojo y la deslizó de nuevo hacia su escondite. Continuamos bailando como si no hubiera compartido un gran secreto conmigo. Eso significaba que podrían cruzar a Bristol cuando quisieran. Que los volvería a ver.

Me moví junto a la música, rebosante de alegría.

—Eres una bailarina con mucho talento. Recuérdalo cuando vuelvas a casa, Alex —dijo Glorian.

—Recordaré que tú lo dijiste. —Las palabras me salieron solas.

Iba a recordar cada momento de esta maravillosa aventura.

··············· **32** ···············

UN ADIÓS COLORIDO

Nuestro séptimo día en Lussel llegó pronto. El tiempo entre mi mundo y aquel mágico reino pasaba distinto. A Glorian le gustaba coleccionar relojes, y había calculado la diferencia en mi primera visita.

Siete días en Lussel eran un día en Inglaterra.

Lo que significaba que debía volver a casa antes de que me pasara del horario que había acordado con mamá y papá. Se suponía que estaba en casa de mi amiga Sumi.

Nos habíamos despedido de Celestia en Lussel de Arriba y Sirien nos había acompañado de vuelta a su hogar en Lussel de Abajo.

El portal que nos llevaría a Harry y a mí de vuelta estaba en el bosque que rodeaba a la centelleante ciudad donde se alzaba el castillo blanco.

Una puerta en un árbol.

Recordaba la densa oscuridad del túnel. Llevaba a una granja de pinos que estaba abandonada en mi vecindario.

Sirien no se había podido escapar de una reunión con sus padres para contarles todo lo acontecido en la Aldea de Azúcar. También pidieron la presencia de Primsella. Me había despedido del encantador príncipe y del Hada del Bosque con la esperanza de volver a verlos.

Abracé a Mela, y luego a Tamelina, mientras Harry se aferraba al cuello de su caballo Pintitas.

—Te voy a echar de menos, muchacho. Si vuelvo, prometo traer todas las zanahorias que pueda cargar.

El caballo relinchó contra su pelo, lo cual fue sumamente adorable.

—Debo decir que ahora me cae un poco mejor —me dijo Tamelina.

—¿Hay algo más mono que un chico que se lleve bien con los animales? —pregunté suspirando.

—Por supuesto. Los animales —respondió Tamelina, como si fuera evidente.

Eso me hizo reír. Arlen fue el siguiente en despedirse. Llevaba la misma chaqueta dividida entre blanco y negro, y el pañuelo rojo de vaquero alrededor de su cuello.

Saludó a Harry chocando el puño, como le había enseñado. Luego se dieron un abrazo como si fueran viejos amigos.

—Gracias por todo. Prometo practicar los malabares —dijo Harry.

Arlen asintió con entusiasmo. El Conjurador de Colores se acercó y me besó la mano. Me sorprendí de ver una nubecita violeta en forma de corazón brotando del beso.

—A mí también me ha encantado conocerte. Por favor, cuida de Lindy —le pedí.

Me dio una mirada solemne que hablaba por sí sola.

Abrazar a Lindy sin llorar fue imposible. Incluso si sabía que volvería a verla. Enterré el rostro en su pelo rosa, deseando que su perfume de flores me siguiera de vuelta. Que pudiera sentirlo en mi ropa todos los días.

—No llores, pastelito, me haces llorar a mí —dijo sollozando.

—Lo siento…

Eso solo nos sacó más lágrimas. Lindy se limpió los ojos con la manga del vestido antes de despedirse de Harry.

—Ha sido un placer conocerte, Harry Bentley. Vuelve cuando quieras.

La joven le susurró algo al oído que no logré escuchar. Harry pestañeó rápido. Su mirada encontró la mía en un gesto inconsciente y sonrió un poco avergonzado. *¿Qué le habrá dicho? Ahora me quedará la intriga.*

—Nada de lágrimas, pececito.

Glorian se arrodilló y me dio un abrazo.

—Nos veremos más pronto de lo que crees —me dijo en tono cómplice.

—Os esperaré. Siempre…

—Y ten cuidado con esa sanguijuela… —me advirtió.

El Conjurador de Cristales se puso de pie y le extendió una mano a Harry en un gesto cordial.

—Adiós, Hansel.

Harry resopló irritado, aunque le extendió la mano.

—Adiós, Glorian —hizo una pausa y agregó en tono chistoso—: Y no engañas a nadie. Todos sabemos que te gusta Primsella.

Lindy, Tamelina y yo estallamos en carcajadas. Y luego oí una risa nueva. Un sonido alegre que me hizo pensar en un gran arcoíris que cruzaba el cielo en un sendero de colores. Un sonido que cargaba un amanecer amarillo y un atardecer rosa.

Arlen. Era el sonido de su risa.

Se llevó las manos a los labios con una expresión que delató sorpresa.

—¡Arlen! ¡Tu voz! —exclamó Lindy.

Asintió, sonriente. Parecía tímido de volver a hacer un sonido. «Los Conjuradores de Colores ven el mundo distinto, más intenso, abrumador, por eso a veces pierden las palabras por un tiempo», recordé que Lindy me había explicado cuando nos había presentado.

—Bien por ti, Arlen. Odio interrumpir, pero debéis ir yendo si queréis volver en el horario correcto —me recordó Glorian.

Llevé la mirada al gran árbol, que me esperaba inmóvil al igual que el resto de los árboles. De no ser por la diminuta cerradura del tronco nadie sospecharía que escondía una puerta. Glorian sacó una llave de oro. Era la original, no la copia de cristal que había conjurado.

—Hasta pronto, Alex de Bristol.

—Hasta pronto.

Pasé la mirada de Glorian a Lindy, luego a Arlen y, por último, a Tamelina y Mela. Era afortunada de tener tan buenos amigos. *Y voy a hacer un mejor trabajo viviendo más aventuras con mis amigos en Bristol*, me prometí.

—¿Lista para volver a casa? —me preguntó Harry.

—Lista.

33

JUEGOS DE NIÑOS

E l timbre anunció a la segunda visita que estaba esperando. Corrí por las escaleras y la gran figura de Toby me pasó por un lado, ganando la carrera hacia la puerta. Sus largas orejas estaban levantadas de manera expectante, y tenía el hocico presionado contra la madera intentando olfatear quién estaba del otro lado.

—Toby —lo llamé.

Mi perro levantó la cabeza y me miró con ojos brillantes.

—Abajo —le indiqué—. No puedes saltarle encima o le darás un susto.

Me puso la expresión alegre, con la lengua colgando a un lado, que ponían todos los perros cuando les querían hacer creer a sus humanos que se iban a portar bien. Aunque Toby por lo general cumplía.

Llevé la mano al picaporte. Gabrielle «Poppy» Hadley estaba parada sobre el pequeño tapete de bienvenida. Era una de las primeras veces que la veía fuera del estudio de danza. La primera vez que venía a casa. Aparentaba más de trece años. Probablemente, por su estilo clásico. Llevaba un abrigo beis similar a una gabardina sobre un largo jersey de color crema, medias negras y botitas de invierno. Y su pelo, rubio y bien liso, recogido en una coleta. Lo cual también era inusual, ya que rara vez lo veía fuera de su moño.

—Hola, Poppy —la saludé, animada.

Apenas podía creer que Poppy Hadley estuviera en casa. Toby asomó su gran cabeza por la puerta, inspeccionándola.

—Él es Toby.

—Hola, Alex. —Bajó la mirada estudiando a Toby—. Es un perro muy grande.

—Lo sé, pero se porta muy bien —le aseguré.

Toby se contuvo de saltar sobre ella, lo que me ayudó a demostrar que tenía razón. La invité a pasar. Poppy observó el salón de manera silenciosa antes de seguirme hacia las escaleras.

—Dijiste que necesitabas mi ayuda con algo —dijo.

—Sí... ehmmm, no es tanto que necesite tu ayuda, sino que... he pensado que nos podemos ayudar mutuamente. Que sería bueno tomarnos un día para relajarnos y hacer cosas divertidas. —Jugué con mis manos de manera nerviosa.

—¿Cosas divertidas? —Sonaba confundida.

—El Hada de Azúcar es alguien que transmite la alegría inquieta de sueños infantiles, entonces he pensado que conectar con nuestro lado... ehm... ¿infantil?... Ayudaría...

Abrí la puerta de mi habitación esperando que la escena dentro la hiciera entender lo que quería decir. Había montado la carpa que me regalaron mis padres y la había decorado con una guirnalda de cálidas lucecitas led. Sumi y Olivia estaban sentadas dentro, entre almohadones y mantas. El resto del suelo estaba ocupado por juegos de mesa, un recipiente lleno de bastones de caramelo, una bandeja con magdalenas y tazas de té.

—No sé qué decir.

Poppy se había quedado sin palabras. Y un poco escéptica.

—Solo... dale una oportunidad —dije.

Cuando planeé todo para pasar el día con Olivia y Sumi, parte de mí no había podido dejar de pensar en Poppy. Se esforzaba más que cualquier otra persona que conocía. Y si lo que había aprendido en Lussel podía ayudarla a bailar mejor, quería compartirlo con ella.

—Eres una chica muy extraña, Alex —me dijo en voz baja.

Eso me hizo reír. Suponía que era un poco cierto. Olivia se acercó y dio un saltito frente a Poppy. Llevaba el pelo en una corona de trenzas que le rodeaba la cabeza. Había estado probando distintos estilos en busca de uno propio.

—Soy Olivia, la hermana de Alex —se presentó—. ¿Quieres venir a sentarte con nosotras en la carpa? Sumi me iba a dibujar un tatuaje de estrellas.

Mi mejor amiga había traído su caja de rotuladores favorita y los estaba acomodando sobre la manta en una hilera que iba de claros a oscuros.

—¿Quieres que pasemos el día jugando a juegos de niñas? —me susurró Poppy poco convencida.

—Somos niñas.

Le di una mirada que decía: *No me odies.* Poppy abrió la boca y la volvió a cerrar. Como si hubiera estado a punto de contradecirme y luego se hubiera dado cuenta de algo.

—¡Ven, Poppy! —la alentó Sumi.

—De acuerdo —suspiró.

Poppy Hadley se quitó el abrigo, luego las botitas, las acomodó a un lado de mi escritorio y se fue a sentar dentro de la carpa. Olivia y yo nos dejamos caer en los almohadones que la rodeaban como si fuéramos dos focas saltando al mar.

—Se nota que sois hermanas —acotó Poppy con humor.

—¡Somos como Elsa y Anna de *Frozen*! Alex es toda dedicada y responsable, y yo soy la divertida —rio Olivia.

—¡Ey! —Le di un empujoncito hacia una de las mantas.

Olivia me sacó la lengua. Seguro que no pensaría eso si me hubiera visto arrojándoles bolas de nieve a los Pucas.

—Háblanos de ti, Poppy. Llevas en nuestra clase de danza hace tres años y ni siquiera sé cuál es tu ballet favorito —dijo Sumi.

—Es *Giselle.*

Lo consideré.

—Ahora que lo dices, serías la Giselle perfecta —dije.

—¡Sí! No me sorprende que sea tu favorito —asintió Sumi.

—¿De qué trata *Giselle*? —preguntó Olivia.

—Sobre amor inocente y traición, hay un conde llamado Albrecht que es un mujeriego, y una hermosa campesina llamada Giselle —le contó Sumi mientras elegía un rotulador para dibujarle una estrellita—. Giselle tiene un corazón débil, pero le encanta bailar. Albrecht se disfraza de campesino para enamorarla. Hay una escena famosa en la que Giselle cae en un arrebato de locura. Es muy trágico.

—Esa es mi escena favorita —dijo Poppy.

Sumi y yo intercambiamos miradas. Seguro que estaba pensando lo mismo que yo. Que ver a alguien tan compuesta como Poppy bailar una escena tan extrema, cegada de locura, sería algo increíble.

—Todos estos ballets son tan raros y trágicos. —Olivia arrugó la nariz—. ¿Qué es un mujeriego?

—Es un sinvergüenza que sale con varias mujeres —respondió Poppy en tono de desaprobación.

Tras una pausa de silencio incierto, Sumi, Olivia y yo estallamos en risitas ante la palabra «sinvergüenza». Nunca había oído a nadie de mi edad llamar a alguien así.

—Nueva palabra del día —dijo Olivia, agitándose entre risas.

Poppy nos contempló como si fuéramos tres marcianos, en vez de tres chicas, y luego, para sorpresa de todas, se echó a reír.

—No tenéis remedio.

Me sorprendió todavía más cuando agarró un cojín y lo estampó contra mi nariz.

—¡Oh, no! ¡Eso es una declaración de guerra! —respondí.

En cuestión de segundos, estábamos en el medio de una batalla de cojines, completamente perdidas entre risas y pequeñas plumas que se escapaban de las fundas con cada impacto.

Me pareció un momento especial, como si estuviéramos cubiertas de polvo de hadas. Esa era la magia de nuestro mundo. Nacida de risas y amistad. De cuatro chicas arrojándose cojines. De una carpa adornada con lucecitas y un fuerte de mantas.

Así era como lograríamos la sonrisa del Hada de Azúcar.

Creando recuerdos que nos inspiraran.

34

EL CASCANUECES

Podía sentir el calor de los reflectores en la base del cuello. Mi moño estaba inmovilizado por la laca, adornado por una coronita de plástico. Me mantuve en quinta posición; brazos elevados, dedos curvados, una pierna flexionada, la otra estirada *en pointe*. Wes Mensah maniobró mi cintura haciendo que rotara en el sitio al igual que la bailarina de una caja de música.

Éramos el Hada de Azúcar y su caballero. Hipnotizantes. Cada gesto, liviano como el aire. Dejé que guiara mis movimientos, siguiendo los suyos en perfecta sincronía. Había algo especial entre nosotros. Un lazo invisible que nos unía, moviéndonos al mismo tiempo, siguiendo los antojos de un romántico capricho.

Wes parecía el caballero encantado de una corte mágica. Su traje color bronce relucía bajo la llovizna de luces; un eco de mi leotardo y el delicado tutú que se desplegaba en un abanico de pálidos tonos rosas salpicados en dorado.

Danzamos juntos, contando una historia de sonrisas cómplices y travesuras. Pensé en Primsella y en Glorian desplazándose sobre el hielo bajo la luz de la luna. En Lindy conjurando flores. En el sonido de la risa de Arlen. Pensé en Harry Bentley mirando la aurora boreal. En Olivia, Sumi y Poppy arrojándome cojines.

Mi sonrisa fue tan grande que me generó la sensación de tener luz propia. Mis pies se movieron con precisión. Delicados. Imaginé que mis piernas eran las agujas de un reloj y se movían entre un *tic* y un *toc* impulsadas por el *tempo* de los instrumentos.

Wes me levantó del suelo en un giro lento envuelto en música. Extendí la mano imaginando que iluminaba todo lo que tocaba. Que éramos el rey y la reina de un castillo de sueños que los niños visitaban cuando dormían.

Era el Hada de Azúcar.

Wes era mi caballero.

Galante. Festivo. Risueño. Su expresión era vivaz, y su técnica, admirable.

Giré en el arco de sus brazos, regalándole una *pirouette*.

Nos miramos.

Suspendidos.

La melodía llegó a su fin en una última nota.

Los reflectores iluminaron nuestras figuras congeladas, dejando el resto del escenario en sombras.

El silencio nos despertó de nuestros papeles.

Y luego siguió el estruendo de los aplausos.

35

NOCHEBUENA

El catálogo en mis manos mostraba preciosas fotografías de la Royal Ballet School de Londres. Chicos y chicas sonrientes sentados en el suelo de un estudio de danza con sudaderas que enseñaban la insignia de la escuela. Era muy distinguida; un escudo con tres coronas, un halcón a un lado y un cisne al otro. El lema «Fortaleza y gracia» en letras negras.

Después de que el telón cayera tras terminar *El cascanueces*, nuestra profesora Nina Klassen nos presentó a un representante de la Royal Ballet School que nos invitó a solicitar una audición a Wes y a mí.

En ese momento, la noticia había sido como una corriente eléctrica que prendió cada rinconcito de mi cuerpo. Tras tanto esfuerzo, lo había conseguido. La oportunidad de solicitar una audición en una prestigiosa escuela en la cual aprendería todo lo necesario para convertirme en bailarina profesional.

Y, aun así, la vocecita en mi cabeza me había retenido.

No quería volver a sentirme atrapada bajo una nube de tormenta que no me permitiría detenerme a disfrutar del sol. Las semanas antes de ir a Lussel me había puesto demasiada presión. Entendía que era parte de crecer. De entregarme a una disciplina que exigía esfuerzo y sacrificio. Pero necesitaba aprender a controlarlo mejor. A disfrutar de ser una niña además de una bailarina.

No estaba lista para irme de casa.

Por lo que después de una charla con mis padres y con Nina Klassen, había decidido esperar un año antes de enviar mi solicitud. Nina me aseguró que era mejor esperar a sentirme lista en lugar de precipitarme y no dar lo mejor de mí misma. Y un año no arruinaría mis posibilidades de entrar. Muchos aspirantes aguardaban a tener catorce o quince años.

Quería volver a casa y encontrar a Toby esperándome en la puerta. Ver por qué estilo de pelo se decidiría Olivia. Sentarme a cenar con mi familia y escuchar sobre el día de todos. Ir con Sumi a clases de danza después de la escuela. Salir a caminar con Harry y compartir auriculares para escuchar música.

Wes había decidido lo mismo. Poppy había recibido una invitación a la School of American Ballet tal y como quería y no había dudado en aceptar una audición.

Algún día, Gabrielle «Poppy» Hadley iba a ser una *prima ballerina*. No tenía dudas de ello. Esperaba que yo también pudiera alcanzar ese sueño. Mi camino sería distinto, tal vez más largo, pero suponía que todos alcanzábamos nuestras metas de manera diferente.

Lo que importaba era esforzarse sin olvidar de disfrutarlo. Dar lo mejor. Seguir soñando.

Dejé el catálogo sobre el edredón, a un lado de mi oso de peluche. Kristoff era el nombre que le había dado frente a mis padres, en honor a mi personaje favorito de *Frozen*. Pero su verdadero nombre, el que solo sabíamos Sumi y yo, era Harry.

Cuando salí del árbol en la vieja granja de pinos, tras llegar a casa, no había perdido un momento en sacarlo del armario y devolverlo a su lugar entre los cojines de mi cama.

El oso de sonrisa dulce guardaba un pequeño corazón rojo dentro de su relleno de algodón. El deseo que había pedido al crearlo se había cumplido. Ya no custodiaba un deseo, sino el recuerdo de mi primer beso.

—¡Aleeeeex! —Mi hermana asomó la cabeza por la puerta—. Mamá dice que bajes. Harry Bentley está en la puerta. Quiere verte.

Tu-tuc, tu-tuc, tu-tuc.

Esas tenían que ser las mejores palabras que hubiera escuchado. Era veinticuatro de diciembre. Nochebuena. Salí de la cama de un salto y fui al espejo en forma de gato que colgaba de mi pared. Mi largo pelo castaño estaba suelto y me apresuré a peinármelo con los dedos. Llevaba un jersey negro debajo de un vestido rojo que tenía tirantes al igual que un jardinero.

Mamá había comprado ese para mí y uno verde para Olivia. Mi hermana lo llevaba sobre un jersey blanco, su pelo peinado en alborotados rizos que me recordaron a Mérida de *Brave*. Eso explicaba por qué la había visto enroscar su pelo en lápices.

No era el vestido que hubiera elegido, pero mamá se había mostrado tan contenta de que Olivia y yo los usáramos para la cena de Navidad que había decidido darle el gusto.

—Uuuuuuhhhh, ¿te estás peinando porque Harry está abajo? —preguntó Olivia con una sonrisita pícara.

Oh, no. Si se daba cuenta de que me gustaba, nunca dejaría de burlase.

—Me estoy peinando porque se me ha quedado el pelo enredado por el cojín —respondí en tono serio.

Fui hacia la cómoda y tomé el paquetito que había escondido allí de manera disimulada. Al bajar, encontré a Harry a un lado de la puerta. Toby tenía las patas delanteras sobre sus vaqueros y le estaba lamiendo el rostro.

—Ey... —lo saludé.

—Ho...la, Alex.

Hablar con Toby lamiéndolo no era tarea fácil.

—¿Quieres salir un minuto al jardín? —me preguntó.

Estiré la cabeza hacia el salón, podía oír a mi familia hablando, mis padres, abuelos, tíos... seguro que no notarían si me escabullía fuera un ratito.

—Vamos.

La noche estaba fría. No nevaba, aunque había neblina. Envolvía la calle y los faroles en un manto grisáceo que se iluminaba con todas las lucecitas navideñas de los distintos jardines. Harry se llevó las manos a los bolsillos de la chaqueta. Se había puesto una bufanda verde y el cable de los auriculares le colgaba sobre del cuello.

—El otro día en el teatro no pude felicitarte en persona. Estuviste estupenda —me dijo.

—Gracias. Lo disfruté mucho.

Cuando vi el rostro de Harry Bentley en el teatro de la academia creí que saldría flotando como un globo. Se había quedado en las filas de atrás porque le había dado vergüenza que mis padres lo vieran. Pero había estado allí. Y luego me había enviado un mensaje de texto felicitándome.

—La manera en que actuabas con tu pareja de baile... los dos parecíais muy... ¿a gusto? —Harry arrugó la nariz.

Eso me hizo reír.

—Eso era lo que debíamos transmitir —respondí, contenta de que lo hubiéramos logrado—. Y Wes también fue mi pareja en *El lago de los cisnes*. Nos sentimos cómodos bailando juntos.

—Hicisteis un buen trabajo. —Harry hizo una pausa y agregó—: Aunque fue distinto a cuando Glorian patinó con Primsella. Con ellos prácticamente había chispas en el aire. Sabía que nadie era tan buen actor.

Puso una expresión triunfal, como si hubiera atrapado al Conjurador en una mentira. Era cierto. Verlos patinar juntos había sido mágico.

—No soy ningún caballero encantado, ni tengo esa destreza increíble para bailar y dar saltos, pero sé ir a caballo y tengo puntería experta.

Los ojos de Harry se encontraron con los míos y nos quedamos mirándonos por un momento. Cerré los dedos sobre el paquetito que tenía en mis manos, nerviosa de dárselo.

—Solo quería pasar a saludar. Feliz Navidad, Alex.

Harry sacó una de las manos de su bolsillo y me ofreció algo. El arco de luces de colores que decoraba la puerta de casa iluminó la palma de su mano. Era un *pendrive*. Tenía la forma de un simpático oso panda.

—Te he hecho una lista de reproducción con todas mis canciones favoritas.

—¡¿De verdad?!

—Mix Harry —dijo con una de esas sonrisas de pura travesura.

—¡Gracias!

Lo guardé entre los dedos y le extendí mi otra mano.

—Para ti, feliz Navidad —susurré.

Su rostro se iluminó de una forma que solo sucedía cuando los niños encontraban regalos bajo el árbol.

—¿Puedo abrirlo ahora?

Asentí. Ni siquiera terminé el gesto antes de que sus dedos comenzaran a despegar el papel de regalo de forma ansiosa.

Ojalá le guste, rogué.

El primer objeto que cayó en su mano fue un pequeño caballo de madera blanco con manchitas negras.

—¡Pintitas! —Harry sonrió tanto que me hizo sonreír también—. ¡Es igual! ¿De dónde lo sacaste?

—Lo compré en el bazar de la Aldea de Azúcar. En un pequeño puesto con juguetes de madera. Pensé que te gustaría recordarlo...

—Es perfecto. ¡Gracias, Alex!

Harry me sorprendió con un abrazo.

—De nada —susurré sobre su hombro.

Tras un momento se enderezó un poquito, sin alejarse, para poder ver qué más había en el paquete. Era el *selfie* que nos habíamos tomado con la aurora boreal de fondo. Había hecho dos copias. La otra estaba oculta dentro de un libro en el cajón de mi mesita de noche.

—Genial. Estos regalos son mucho mejores que lo que me pueda traer Papá Noel —dijo.

—¿Sí?

—Por supuesto. A excepción de unos nuevos auriculares de este modelo específico que quiero hace meses. En eso hay empate —admitió.

Compartimos una risa. El sonido se quedó entre nosotros haciendo que me diera cuenta de lo cerca que estaba.

—¡Alex! ¡La cena!

La voz de mamá por poco me sobresalta.

—Tengo que volver...

Me puse de puntillas para saludarlo al mismo tiempo que Harry se inclinaba hacia mí. Nuestros labios se encontraron en un beso. Fue corto. Dulce. Y mejor que una pila de regalos.

Un beso de Navidad.

En el portal de casa.

Rodeados de lucecitas de colores y de la corona de muérdago que colgaba de la puerta.

Era como una escena conjurada de una película romántica o un videoclip. Cuando la chica corría fuera de la casa en una noche de lluvia y encontraba a su interés romántico esperándola en el portal.

—Nos vemos después, Alex de Bristol.

—Nos vemos después, Harry Bentley.

—¿Qué hay de Harry de Bristol? —preguntó.

Negué con la cabeza.

—Para mí siempre serás Harry Bentley.

—Es mejor que Hansel —murmuró para sí.

Cuando entré a casa, mi cabeza era una espiral de estrellitas. Disfruté de una cena con mi familia; de las mismas anécdotas que mi abuelo contaba todos los años; de la comida que había preparado mi abuela.

Una vez que terminamos, Olivia y yo nos sentamos a tomar chocolate caliente frente a la ventana del comedor. Toby se acomodó en el medio. Era nuestra tradición. Mirar el cielo nocturno en busca de algo inusual. Fantasear con que era el trineo de Papá Noel.

Que podíamos ver a Rudolph liderando al resto de los renos con su brillante nariz roja.

—La neblina tapa el cielo —se quejó Olivia.

—Entonces, nos tendremos que esforzar más con nuestra imaginación —respondí.

Niña, adolescente, adulta, nunca querría dejar de jugar.

De creer en la magia de Lussel.

En la magia de mis sueños infantiles.

AGRADECIMIENTOS

Haber tenido la oportunidad de vivir otra aventura en Lussel, de reencontrarme con personajes que me dan tanta alegría, y de crear estos escenarios invernales fue tan mágico como la Navidad.

Gracias, Leo Teti, por invitarme a formar parte de Puck y acompañarme en un proyecto tan bonito. Lo he dicho antes y lo repito, eres un amigo incondicional y un editor excepcional. Gran parte de esta historia es darles valor a los recuerdos que uno comparte con la familia y los amigos, y tenemos unos cuantos llenos de risas, ja, ja.

Gracias, mis lectores, por vuestro gran cariño y generosidad, sois la razón por la cual puedo seguir dedicándome a lo que más me gusta, que es contar historias; tenéis mi gratitud por siempre. Este libro es para vosotros.

Gracias a mis papás Lis y Elvio, por hacerme creer en los cuentos de hadas. Sin vosotros no sería la persona que soy hoy. Me enseñaron a soñar y a perseguir esos sueños, siempre listos para ayudarme cuando lo necesito. A mi hermano Anthony, el Glorian de mi Lindy, echo de menos ir a merendar juntos todas las semanas.

Gracias a mis abuelos Betty, Luli, Héctor y Elvio, sois una gran parte de mi infancia y de esos recuerdos que brillan con la magia de polvo de hadas. A mi abuelo Héctor, eres parte de tantos recuerdos y aventuras de cuando era niña. De tantos veranos en Mar del Plata. Desde jugar ajedrez en la playa, a incontables partidas de backgammon antes de ir a dormir, visitas a la granja, al puerto, paseos a caballo en los que me querías convencer de que probara a otros porque siempre elegía al mismo (Mimoso), carreras en cuatriciclo, horas en Sacoa juntando puntos para ganar una radio para la abuela. Te perdimos en 2021 y te extraño. Te voy a extrañar siempre.

Gracias a mi marido Phillip, por todas las tazas de té mientras escribo, y por ayudarme a practicar poses de ballet que no se parecen en nada a lo que deberían ser, ja, ja, ja. Eres mi momento cósmico. Y a mi perro Shiku, mi compañero mientras escribo. Te veo en todas las travesuras de Toby.

Gracias, Sebas Giacobino, por el fantástico arte de la portada y todas las ilustraciones del interior que hacen un trabajo precioso para darle vida a esta historia. Con este son ya diez libros en los que trabajamos juntos; en tus palabras, «esta dupla es un clásico».

Gracias, Eri Wrede, con quien tuve el gusto de trabajar para pulir todos los detalles de esta historia.

Gracias a todos en el equipo de Puck y Ediciones Urano, por esta maravillosa experiencia.

¿TE GUSTÓ
ESTE LIBRO?

Escríbenos a

puck@edicionesurano.com

y cuéntanos tu opinión.

ESPAÑA 🇫 /MundoPuck 🇩 /Puck_Ed 📷 /Puck.Ed

LATINOAMÉRICA 🇫 🇩 📷 /PuckLatam

📷 /PuckEditorial

¡Gracias por vivir otra
#EXPERIENCIAPUCK !